插图珍藏本

三字经·百家姓
千字文

［宋］王应麟　［宋］无名氏
［南北朝］周兴嗣◎著

岳麓書社·长沙　博集天卷 CS-BOOKY

图书在版编目（CIP）数据

三字经：插图珍藏本 /〔宋〕王应麟著. 百家姓：插图珍藏本 /
〔宋〕无名氏著. 千字文：插图珍藏本 /〔南北朝〕周兴嗣著.
— 长沙：岳麓书社，2016.5
ISBN 978-7-5538-0573-3

Ⅰ. ①三… ②百… ③千… Ⅱ. ①王… ②无… ③周…
Ⅲ. ①古汉语—启蒙读物 Ⅳ. ① H194.1

中国版本图书馆 CIP 数据核字（2016）第 058271 号

上架建议：青少年阅读◎经典名著

SANZIJING BAIJIAXING QIANZIWEN

三字经·百家姓·千字文：插图珍藏本

作　　者：三字经：〔宋〕王应麟
　　　　　百家姓：〔宋〕无名氏
　　　　　千字文：〔南北朝〕周兴嗣
评　　注：王　践
责任编辑：陆荣斌
监　　制：蔡明菲　潘　良
特约策划：王　维
特约编辑：刘　筝
封面设计：张丽娜
版式设计：姜利锐
内文排版：百朗文化

岳麓书社出版发行
地址：湖南省长沙市爱民路 47 号
直销电话：0731-88804152　88885616
邮编：410006
岳麓书社网址：www.yueluhistory.com
岳麓书社天猫网：http://lzfts.tmall.com

2016 年 5 月第 1 版第 1 次印刷
开本：880×1270　1/32
印张：11
字数：230 千字
印数：1–8 000
ISBN 978-7-5538-0573-3
定价：21.80 元
承印：北京鹏润伟业印刷有限公司

质量监督电话：010-59096394
团购电话：010-59320018

目录
CONTENTS

序

一

《三字经》是中国古代一本重要的蒙学读物，一般认为系南宋学者王应麟所作。王应麟，字伯厚，南宋庆元人，宋理宗淳祐年间进士，曾任礼部尚书，著有《玉堂类稿》《困学纪闻》《玉海》等书二十余种。相传他九岁即精通六经，第进士后，官道也走得比较顺，可说是"学而优则仕"的典范。这样的经历，也许使他比常人更加懂得从小学习的重要性，以至于他身居高位，还亲自动手来编写儿童读物。

《三字经》的形成和发展，有一个过程。作为南宋人，王应麟原创的读本自然反映出所处时代的特色，比如书中称宋朝为"炎宋"，这便是当时的说法，据说宋政权在五行中属火，故称"炎宋"。书中历史叙述的部分，终于宋朝；所举事例，亦是宋朝或宋以前。有宋以降，历代文人表现出对这本读物持续不衰的热情和兴趣，不断加以增补和修订，直至清末民初，最后形成了我们今天看到的这个本子。近人章炳麟于一九二八年重新修订，并为之作序。不过，章的修订本并未流行开来，因为近代西学传入，带来新思潮兴起，社会观念发生很大变化，读书领域不断扩大，传统蒙学逐渐式微，儿童齐诵《三字经》的时代已经过去了。

《三字经》采用韵文的形式，高度概括了当时的中国学术、伦理、文化以及历史、地理、物产等基本常识，同时还揉进了一些历史典故和民间传说，具有老少咸宜、易记易诵的特点。因此，它一经问世，便广为流传，甚至还被译成少数民族文字，编成汉蒙、汉满对照本，供蒙族、满族儿童学习汉文之用。其名声之大，影响之深，以至于有的文化程度并不高的人，都能脱口说出"人之初，性本善"之类的句子来。《三字经》思想内容比较丰富，有的观点如"三纲五常"等，充满了浓厚的封建色彩，但其中许多内容至今尚有积极意义，值得我们学习和借鉴。

　　《百家姓》与《三字经》一样，也是中国古代流传较广的蒙学读物。《百家姓》未署作者姓名，据南宋学者王明清考证，作者"似是两浙钱氏有国时小民"。王氏这一推断的依据主要是开篇姓氏"赵钱孙李"的排列，其中，赵是宋朝的国姓，故排在首位；钱是五代十国中吴越国王的姓氏，吴越在宋立国后尚存在了一段时间，直至宋太宗太平兴国三年五月才向宋朝纳土，故排在次位。清初人王相作《百家姓考略》，沿袭了这一说法，并进一步指出，孙是当时吴越国王钱俶的正妃之姓，李则是南唐国王的姓氏。据此，我们虽然不能知道《百家姓》作者的姓名，但已大致清楚该书的成书时代为北宋初年。

　　北宋时期，中国大部分姓氏业已形成，在这种形势下，作者匠心独运，把这些姓氏以韵文形式编排起来，成为朗朗上口的通俗读物，不能不说是一种创举。全书共收录姓氏四百三十八个，其中，单姓四百零八个，复姓三十个。当然，中国姓氏实有数远不止四百三十八个，其中，仅常见的复姓就有一百七十个。但该书没有什么实际内容，其目的主要不是求知，而是识字，所以我们就不必去苛求九百多年前的作者收录姓氏的不完整了。而且，自该书问世以后，各种版本的《百家姓》相继登场，如《皇明百家姓》《百家姓新笺》《御制百家姓》等，但均昙花一现，这也足以说明这本原创《百家姓》的生命力。

中国姓氏来源比较复杂，有以国为姓的，有以封地名为姓的，有以官职名为姓的，有以谥号为姓的，等等。一些姓氏的起源有多种说法，本书主要采用《百家姓考略》。

诠释《百家姓》，是一件比较费心的事情，因为注本较多，对笔者的诠释思维和模式虽是一种启迪，但同时也是一种束缚。本书在吸取众家之长的基础上，在一些大姓的后面附上"本姓名人名句"，而在一些小姓后面，则选用"本姓名人故事"或简要事功。希望能使读者既能通过姓氏去熟悉名人名句和故事，又能通过名人名句和故事去了解姓氏。这一做法不知是否妥帖有效，还有待于阅读的检验。需要说明的是，有些高僧的法号已为大众熟悉，真实姓名反而鲜为人知，故采用他们的法号，如怀让、怀素等。此外，有些极为罕见的姓氏，其名人史书无记载，遑论名句。故这些姓氏下的"本姓名人名句"或"本姓名人故事"，只能暂付阙如，留待有心的读者以后再作补充。

与《三字经》和《百家姓》相比，《千字文》成书略早。作者为南朝梁人周兴嗣。周兴嗣，字思纂，梁武帝时为散骑侍郎，官至给事中，有《梁书》等著作百余卷。周兴嗣才思敏捷，长于文字，深得梁武帝赏识，常将朝廷文笔之事托付与他。相传，梁武帝为了教诸王子读书，从王羲之书写的碑文中拓下一千个互不重复的字，让周兴嗣编成一篇文章。周兴嗣只用了一个晚上便编就呈上，而他本人亦因劳思过度而须发皆白。这一传说过于夸张。但作者能将一千个基本上不重复的字编成一篇内容丰富、文字华丽、形式工整的美文，也足以看出作者非凡的功力。

《千字文》是一本常识性较强的读物，它简略地介绍了那个时代中国人所能掌握的天文、地理、历史、物候、物产、民俗以及伦理、礼仪、法律等方面的知识。文章构思奇特，内容丰富，韵律优美，完全可以视为一篇美文。故问世千余年，不仅为蒙童所喜爱，而且成人亦表现出浓厚的兴趣，差不多历代都有编撰者、续编者和改编者；因为它是由相互不重复的字所构成，所以，许多书法家还用它作为习字的素材。

《千字文》流传过程中，曾出现过满汉对照本和蒙汉对照本，甚至东邻日本，亦出现了译本。这也说明了它的影响力。

中国古代蒙学读物是中国传统文化的组成部分。在汗牛充栋的古代典籍中，这些薄薄的小册子，显得那么不起眼，但丝毫不影响到它们自身的价值。以我的孤陋寡闻，还不知道世界上有哪个国家，有我们这样多的蒙学读物。仅就这一点而言，蒙学读物就足以彪炳世界儿童读物和教育读物出版的史册。它的编写和流传，至少向我们传达了三个方面的信息。一是中国古代即重视儿童教育。即以本书中三篇为例，最早的《千字文》，距今已有一千四百余年，最晚的《三字经》，距今也有七百余年，而且历代的修订、注释者还不在少数。令我震撼的是，编写这些读物的多是当时的大知识分子，有的还是高官，以他们的身份而编纂儿童读物，似乎有些屈尊，但一定程度上也反映了他们独到的教育理念和眼光。二是中国古代即重视儿童教育方法。这些蒙学读物均照顾到了阅读对象的接受能力，它们不是板着面孔进行说教，而是尽可能地引用一些传说、故事来阐述道理，而且每篇都行文流畅、韵律优美、易读易记。这些都是儿童喜闻乐见的方式。当然，这样的方式，成人也喜欢。三是中国古代即重视对儿童的常识教育。不要小看常识，成年的人，成熟的人，也经常犯常识性错误。常识教育，从儿童开始最为有效，因为儿童心地如白纸一张，记忆力也最强，此时的灌输，印象和影响至深至远。蒙学读物的作者也许深谙这一点，所以我们在阅读的时候，也就得以接触了当时古人所能够了解和掌握的天文、地理、物候、物产以及历史、法律、伦理等方面的常识。

写作是一门遗憾的艺术，当评注完本书时，我再一次强烈地感受到了这一点，如果不是由于学识的浅陋和时间的限制，也许我可以把活做得更完美一些。但我在本书上所花费的时间和精力，比我此前写的任何一本书所花费的都要多。我不敢以此作为希望读者原谅的借口，只是想说明，出于对中国古代文化的崇仰，我已经尽了最大的努力。

读者是最好的老师，我将以愉快的心情接受老师的评判。

王践

三字经

人之初，性①本善。性相近，习②相远。

注释

①性：天性，本性。

②习：习染，学习。

译文

人在刚出生的时候，本性都是善良的。虽说本性相近，但因后天环境和习染的不同，便造成性情和气质的差异。

简评

关于人的本质，中国和西方古代均存在着两种不同的见解，即"性善论"和"性恶论"。《三字经》的作者显然是持前一种观点，并由此入手，说明学习对塑造人的本质和性情的重要性。

相关链接

孟子的"性善论"：人性之善也，犹水之就下也。人无有不善，水无有不下。（《孟子·告子上》）

荀子的"性恶论"：人之性恶，其善者伪也。（《荀子·性恶》）

苟①不教②，性乃迁③。教之道④，贵以⑤专⑥。

注释

①苟：假如，如果。

②教：教育，教化。

③迁：变迁，变化。

④道：规律，方法。

⑤以：在于，凭借。

⑥专：专一。

译文

假如不对孩子施行良好的教育，人的善良本性就会改变。而教育的方法，则在于专心致志，始终如一。

简评

后天的教育在人的成长过程中具有重要作用，它可以稳固强化人的善良天性。

相关链接

铁杵磨成针：传说李白小时候在山中读书，因厌恶学习，便私自逃离。在山下一条小溪旁，他看见一位老婆婆在石头上磨一根又粗又长的铁棒。李白好奇地问老婆婆磨铁棒干什么，老婆婆回答说："我想将它磨成绣花针。"李白由此领悟到，要想成大器，就得专心致志，下足功夫。于是他返回山中继续学习，终于成为一代大诗人。

昔孟母①，择邻②处③，子不学，断机杼④。

注释

①孟母：中国古代思想家孟子的母亲。孟子少年丧父，传说他的母亲为了能使他安心学习，曾三次搬家。有一次，孟子偷偷地跑出去玩耍，孟母生气地割断正在纺织的纱线，以此告诫孟子学习必须持之以恒，不可半途而废。

②邻：邻居。

③处：居处。

④机杼：织布机的梭子。

译文

以前孟子的母亲，为了给孩子营造一个好的环境而三次搬家。孟子逃学，孟母割断正在纺的纱线以诫勉他。

简评

孟子发奋学习，终成一代宗师，既说明良好的家庭教育对于孩子的积极作用，也进一步说明了学习对于成长的重要性。

相关链接

孟子（约前372—前289）：战国时期思想家、政治家、教育家。名轲，字子舆，邹（今山东邹县）人。受业于子思门人，是孔子第四代弟子。曾游说齐、宋、滕、魏等国，一度任齐宣王客卿。因不见用，退而与弟子万章等著书立说。孟子被中国封建统治者称为"亚圣"，其学说和孔子的学说一起被合称为"孔孟之道"，成为中国漫长的封建社会的统治思想。

窦燕山①，有义方②，教五子，名俱扬。

注释

①窦燕山：原名窦禹均，五代蓟州渔阳人，因家住燕山附近，又称窦燕山。五代周初为户部郎中，五子仪、俨、侃、偁、僖相继登进士第，学问优博，并有时誉，仪、俨、偁为宋初名臣，人称"窦氏五龙"。

②义方：合乎道义的教育方法。

译文

窦燕山教子有方，五个儿子，均扬名天下。

简评 ◎

教育孩子，必须有一套好的方法。好的方法，往往可以取得事半功倍的效果。

相关链接 ◎

岳母刺字：岳飞幼年丧父，家道贫寒。其母为培养他，亲自教他识字，由于买不起纸笔，岳母便让岳飞用树枝代笔，用沙盘作纸，练习写字。同时，又将岳飞送到著名武师周桐处学习武艺。为了勉励岳飞长大以后报效国家，岳母还在岳飞背上刺下"精忠报国"四个大字。岳飞不忘母亲教诲，从小立志，后成为南宋抗金名将。

养不教，父之过①。教不严，师之惰②。

注释 ◎

①过：过失，错误。

②惰：懒惰。

译文 ◎

养育了孩子而不教育他，这是父亲的过错。教育学生而不严格要求他，这是老师的懒惰。

简评 ◎

这里涉及了教育的两个方面，一是家教，二是师教。教育孩子，家长与教师均有责任，家教与师教相结合，是培养孩子成才的有效途径。

相关链接 ◎

姚坦任教：姚坦担任宋太宗第五个儿子赵元杰的老师。元杰聪明好学，但也顽皮。曾在宫中大造亭台楼阁，并引来一群贵族子弟，毫无节制地玩耍。姚坦看不入眼，多次当面直谏，元杰我行我素。无奈之下，姚坦便到宋太宗跟前告御状。时间一长，元杰十分恼恨，宋太宗也很不耐烦。而姚坦忠于职守，仍直言不止，终获宋太宗的认可和嘉许。

子不学，非所宜①。幼②不学，老何为。

注释 @

①宜：适宜，恰当。

②幼：年轻，年幼。

译文 @

孩子如果不好好学习，是很不应该的。年轻时不学习，到老时能有什么作为呢？

简评 @

到老连做人的道理都不知道，一事无成，回首往事，留下的只有悔恨和遗憾。作者为孩子们描绘了一幅悲哀的图景。要使短促的人生成为有意义的记忆，就必须珍惜光阴，发奋学习。

相关链接 @

神童仲永：北宋时期，浙江金溪地方有一个叫方仲永的人，祖祖辈辈都是农民。传说方仲永五岁时便哭闹着要文具。其父觉得十分奇怪，便到邻舍家借了一套给他。方仲永摊开纸，写下四句诗，还署上了自己的名字。诗的意思是孝敬父母维护宗族之类。乡中一位秀才得知后，便来到仲永家中，随便指着屋内一件东西，让仲永赋诗,仲永很快就写了出来,而且文理技巧都还过得去。乡人认为很奇异,便经常登门造访,以观神童。有的甚至重金相邀,请仲永赋诗。仲永父亲见有利可图,就带着仲永到处表演,没有让他再读书。在京城做官的王安石很早就听说了仲永的名声。有一年,王安石回乡时,在自己舅舅家遇见了仲永,当时这位神童已经十二三岁了。王安石便请他作诗。仲永虽然写出来了,但与从前相比,已大为逊色。又过了七八年,王安石再次来到舅家,问起仲永的情况,其舅说:"与其他人也没有什么区别了。"

玉不琢①,不成器②。人不学,不知义③。

注释

①琢:雕琢。

②器:器物,器皿。

③义:道理。

译文

玉石不经过雕琢,不能成为精美适用的器物。而人不读书学习,也不能懂得做人的道理。

简评

成长与成才都不是自发的,而必须通过学习和灌输,通过打磨和培养。

相关链接

雕琢璞玉:今有璞玉于此,虽万镒,必使玉人雕琢之。(《孟子·梁惠王下》)

为①人子，方②少时，亲③师友，习礼仪④。

注释

①为：作为。

②方：正当。

③亲：亲近，亲善。

④礼仪：礼节和仪式。

译文

做儿女的，从小就应该懂得尊敬师长和善待朋友，学习待人接物的道理和礼节。

简评

良好的道德品质和生活习惯，不是一天可以形成的，得靠长时期的培养。从小做起，至关重要。

相关链接

程门立雪：游酢和杨时去拜访著名理学家程颐，正值程颐午睡。游、杨二人便在门外恭恭敬敬地等候。当时，正是隆冬时节，天上飘起鹅毛大雪，不多一会儿，地上积雪已有尺余。程颐醒来后，听说有两个青年一直在外面守候，既惊讶又感动，赶忙将二人请进屋中，并热情解答了他们的问题。

香①九龄②，能温席，孝于亲③，所当执④。

注释

①香：黄香，东汉人，中国古代著名的二十四孝子之一。据说黄香十分孝敬父母，夏天入睡前先把父母的枕席扇凉，冬天则用自己的身体暖热父母的被褥。

②龄：年岁。

③亲：这里指父母。

④执：遵守，施行。

译文

黄香年仅九岁，就知道为父母温暖枕席。这种孝敬父母的行为，每一个做儿女的都应当具备和施行。

简评

中国古代道德体系中，有一个基本的道德规范——"孝悌"。孝即孝敬父母，悌指尊敬兄长。这两条，应该说是处理人与人之间的关系的道德底线。我们很难设想，一个不懂得孝敬父母、尊敬兄长的人，能够尊重和善待他人。

相关链接

二十四孝图：《二十四孝》，元代郭居敬编，内容是辑录古代所传二十四个孝子的故事，后来的印本都配上图画，通称《二十四孝图》，是宣扬封建孝道的通俗读物。其中，包括子路负米、黄香扇枕、陆绩怀橘、哭竹生笋、卧冰求鲤、老莱娱亲等故事。

融①四岁，能让梨，弟于长②，宜先知。

注释

①融：孔融，字文举，东汉著名文学家，孔子第二十世孙。传说他小时候就懂得敬让兄长。一次，别人送来一筐梨，哥哥们都挑选大梨，唯孔融选最小的，有人问他为何挑选小梨，孔融回答说："我本来就是小弟弟，自然要拿小的。"

②长：年长者，这里指兄长。

译文

孔融才四岁，就知道把大梨让给哥哥。这种弟弟尊重兄长的道理，从小就应该知道。

简评

成年后的孔融好虚名而不务实，恃才高而不度时，终为曹操所不容，下狱弃市。可见名人亦有所累所困之时，这时候名声也帮不了什么忙。

相关链接

孔融妙答：孔融十岁时，曾随父亲去洛阳。当时，河南尹李膺名高望重，洛阳城中不是名士或其通家好友，一律不见。孔融出于好奇，前往李府拜访。李府门房问孔融与主人的关系，孔融昂然答曰："与李府尹是通家之好，请通报。"李膺见到这位小童，问道："您的祖父与敝人一定是旧交，对吗？"孔融回答说："不错，先祖宗孔子与您的祖上李老君（即老子）论交为师友，所以我与您乃累代通家。"李膺家宾客满座，听孔融侃侃而论，相与惊叹。一位名叫陈炜的太中大夫颇不以为然，与其他客人说："小时了了，大未必佳。"孔融应声回答："听足下今日所言，料想幼时必定了了。"满座人皆为其敏捷而称奇。

首①孝悌，次②见闻，知某③数④，识某文⑤。

注释

①首：首要，首先。
②次：次要，其次。

③某：一些，基本。

④数：数目。

⑤文：文理。

译文 ◎

为人首先要孝敬父母，尊敬兄长，其次才是学习知识，丰富见闻。知道基本的算术常识，认识基本的文章道理。

简评 ◎

教育的目的是什么？这里，作者提出了一个很有意义的命题，即如何处理做人与求知的关系。作者的回答无疑是正确的，即首先是做人，其次才是求知。一个道德高尚、品格完美的人，可以用掌握的知识报效国家，造福人民；而道德败坏、品格低下的人，即便拥有再多的知识，也只能是为谋取一己之私所用，而无益于社会。

相关链接 ◎

修身为本：物格而后知至，知至而后意诚，意诚而后心正，心正而后身修，身修而后家齐，家齐而后国治，国治而后天下平。自天子以至于庶人，一是皆以修身为本。（《曾子·大学》）

一而①十，十而百，百而千，千而万。

注释 ◎

①而：连词，有"到"的意思。

译文 ◎

一到十，十到百，百到千，千到万。

简评 ◎

一是数字中最小的单位，同时也是最基本的单位。没有一的累积，不可能有数的扩展。为人做事应注意从小处着眼，从小事做起。

相关链接 ◎

数的起源：根据"结绳而治"和"契木为文"的传说，中国史前已有数的概念。考古所发现的仰韶和马家窑的彩陶钵上有不少符号，与商代数字差不多。夏朝以十日为旬，商代甲骨文金文用十三个单字词记录十万以内的任何自然数，都标志着我国早已采取十进制。这种以九个数码跟位值成分十、百、千、万相结合的十进制记数法，比古埃及的累积法、罗马的减乘式构数法、苏美尔人的六十进位制、玛雅人的不固定进位制优越得多，为世界基本进位制的统一做出了贡献。

三才①者，天地人。三光②者，日月星。

注释 ◎

①三才：中国古代以天、地、人为三才。

②光：发光的物体。

译文 ◎

宇宙中三样基本的质体，就是天、地、人。天空中有三种发光的物体，就是日、月、星。

简评 ◎

天、地、人，日、月、星，都是自然界不可移易的存在，作者由此导出封建道德规范——"三纲"的合理性。

相关链接 ◎

天人合一：关于天人关系的一种观点，认为天道和人道、自然和人为相通、相类和统一。中国古代许多思想家都反对天与人相互敌对的观点，而讲求天与人的统一，力图追索天与人的协调、和谐和一致，成为中国古代哲学的一大特色。

三纲①者，君臣义，父子亲，夫妇顺②。

注释 ◎

①三纲：中国古代封建礼教所提倡的人与人之间的道德标准，即君为臣纲，父为子纲，夫为妻纲。纲，本义是提网的总绳；为纲，是居于主要或支配地位的意思。

②顺：和顺。

译文 ◎

人世间有三条纲领，就是君臣之间要仁义，父子之间要亲爱，夫妇之间要和顺。

简评 ◎

"三纲"集中反映了封建宗法伦理中的思想糟粕，它所鼓吹的愚忠、愚孝和所谓"妇德"，在封建社会中一直是愚弄和欺骗人民的道德教条的主要支柱。

相关链接 ◎

鲁迅评女子守节：总而言之，女子死了丈夫，便守着，或者死掉；遇了强暴，便死掉；将这类人物，称赞一通，世道人心便好，中国便得救了。大意只是如此。（鲁迅《我之节烈观》）

曰春夏，曰秋冬，此四时①，运②不穷③。

注释

①时：时间，这里指季节。

②运：运动，运转。

③穷：尽头。

译文

春夏秋冬，四季运行没有穷尽。

简评

时间具有一维性，不可重复，不可再现。人的生命在时间的长河中，在岁月的长河中，在历史的长河中，不过是极为短暂的一瞬。应该珍惜时间，切勿虚度光阴。

相关链接

四时：一年中春、夏、秋、冬四个季节，又称"四季"。夏历以正月、二月、三月为"春"，分别为孟春、仲春、季春；以四月、五月、六月为"夏"，分别为孟夏、仲夏、季夏；以七月、八月、九月为"秋"，分别为孟秋、仲秋、季秋；以十月、十一月、十二月为"冬"，分别为孟冬、仲冬、季冬。

曰南北，曰西东，此四方①，应②乎中③。

注释

①方：方向，方位。

②应：对应，照应。

③中：中间，中央。

译文

东西南北，四个方位对应中央。

简评

确定方向，是一个伟大的发明。茫茫森林，浩浩大海，有了方向感，既能到达目标，又能回归起点。

相关链接

南辕北辙：战国时期，有一个居住在北方的人，要到南方的楚国去。他驾着马车从太行山下动身，向北方奔驰而去。一路上对别人说："我要去楚国。"有人说："到楚国去，应该往南走，你为什么反而往北去呢？"那人回答说："没关系，我的马跑得快。"听者问道："马虽跑得快，但朝北走，总到不了楚国吧？"那人说："没关系，我带了充足的旅费呢。"听者说："旅费再充足也不济事，这毕竟不是去楚国的路啊！"那人说："没关系，我还有一个很好的马夫，他赶马驾车的本事很好呢。"这种人的条件越好，马夫技术越高，只能是离楚国越远。

曰水火，金木土，此五行，本①乎数②。

注释

①本：本源，根本。

②数：天数。

译文

水火木金土五种元素，本源在于天数。

简评◎

　　人类对自己赖以生存的自然界所存的好奇心，是一切知识的起源。

相关链接◎

　　五行：中国古代，人们从形形色色的自然物中抽象出水、木、金、火、土这五种最基本的物质，企图说明世界万物的起源和结构，表现了古代中国人对自然的本源、性质的理解。战国时期曾流行五行"相生相克"的说法，认为五行之间既相互促进（木生火，火生土，土生金，金生水，水生木），又相互排斥（水克火，火克金，金克木，木克土，土克水）。

　　曰仁义，礼智信，此五常①，不容紊②。

注释◎

　　①常：不变的。这里讲的"五常"与前文中"三纲"相对应，合称"三纲五常"。"五常"指仁义礼智信，仁：指爱心；义：指应该做的事情；礼：指礼节礼仪；智：指知识；信：指信用。

　　②紊：紊乱。

译文◎

　　仁义礼智信五条准则，关系不容紊乱。

简评◎

　　时间遵循着一定规律运行，方位对应着一个中心确立，元素依照着一定秩序构成，同样不以人的意志为转移。作者再由此导出封建道德的信条——"五常"，告诫人们它像四季、四方、五行一样，都是不可改变、不容紊乱的，以此说明封建秩序的合理性。与"三纲"不一样的是，"五常"的内容中还是具有某些积极因素的。但封建思想家用"五常"来配合"三纲"，旨在粉饰封建社会不平等的道德关系，给封建统治秩序披上伪善的外衣。

相关链接 @

　　荀巨伯：汉朝有一位叫荀巨伯的人，听说自己的朋友病危的消息，便千里迢迢地赶去探望。刚到不久，就遇上战乱，满城的人都开始逃亡。朋友见状，劝荀巨伯也赶紧离开。荀巨伯谢绝了，他说："我怎么能够丢下你不管而去逃命呢！"敌军攻破城池后，抓住荀巨伯，问他为什么不逃走，荀巨伯回答说："在这样的危急关头，我不会丢下我的朋友的。"敌军被荀巨伯的义气所感动，便立即撤兵。

　　稻粱菽①，麦黍②稷③，此六谷，人所食④。

注释 @

　　①菽：豆类的总称。
　　②黍：一年生草本植物，子实淡黄色，去皮后叫黄米，比小米稍大，煮熟后有黏性。是重要粮食作物之一，子实可以酿酒、做糕等。
　　③稷：古代一种粮食作物，有的书说是黍一类的作物，有的说是小米。
　　④食：食用。

译文 @

　　稻子、高粱和豆子，麦子、黄米和小米，这六种谷物是人的主要食物。

简评 @

"谁知盘中餐，粒粒皆辛苦。"粮食来之不易，须好好珍惜。

相关链接 @

白痴皇帝：西晋白痴皇帝司马衷，听说许多老百姓饿死了，惊讶地问身边的大臣："他们为什么不吃饭呢？"大臣们告诉他："因为他们没有饭吃。"司马衷更为惊异："既然没有饭吃，为什么不吃肉糜呢？"

马牛羊，鸡犬豕①，此六畜，人所饲。

注释 @

①豕：猪。

译文 @

马、牛、羊，鸡、狗、猪，这六种牲畜是人所饲养的家畜。

简评 @

在大自然中，动物是人类最亲密的伙伴，人类应该善待它们。六种家畜，或帮助我们劳作，或为我们所食用，更须好好养护。

相关链接 @

老马识途：战国时期，齐国军队讨伐孤竹国。春天进兵，冬天才班师。经过一处山谷时，队伍迷失了方向。随军作战的相国管仲说："老马也许能认得路线。"他吩咐士兵从战车上解下几匹老马，让它们在前边走。结果，老马果然将队伍带出了山谷。

曰喜怒，曰哀惧，爱恶欲，七情①俱。

注释

①七情：古有"七情六欲"之说，七情指高兴、愤怒、哀伤、恐惧、喜爱、憎恶、欲望七种情感。六欲指生、死及眼、耳、鼻、口所产生的欲念。

译文

喜、怒、哀、惧、爱、恶、欲，是人的七种基本情感。

简评

食色，性也。人有七情六欲，但一定要有所节制。

相关链接

季桓子不上朝：齐国人送给鲁国一些舞女歌姬，鲁国宰相季桓子接受了她们，连着三天不上朝，孔子知道后，愤而离去。

匏土革，木石金，丝与竹，乃八音①。

注释

①八音：八种乐器。匏、土、革、木、石、金、丝、竹，代指用不同材质为主体制成的八种乐器。

译文

匏、土、革、木、石、金、丝、竹，是乐器的八种类别。

简评

音乐产生于自然，经过人类天才的加工后，成为一种神奇的声音。音乐能愉悦我们的感官，陶冶我们的情操，应该学会欣赏和享受。

相关链接 ◎

高山流水：伯牙擅长弹琴，钟子期善于欣赏。伯牙弹琴，内心向往着登临高山。钟子期便赞叹："好啊，巍巍峨峨就像泰山一样啊！"伯牙又向往着畅游流水。钟子期又喝彩说："妙啊，浩浩荡荡就像长江一样啊！"凡是伯牙心中所想所念，钟子期都能知道。后来，钟子期因病死去，伯牙痛失知音，遂摔碎古琴，终身不再弹奏。

高曾祖，父而身，身而子，子而孙。自子孙，至玄曾，乃九族①，人之伦②。

注释 ◎

①九族：由自身算起，上指高祖、曾祖、祖父、父亲，下指儿子、孙子、曾孙、玄孙。

②伦：秩序，顺序。

译文 ◎

从高祖、曾祖、祖父、父亲到我辈，再到儿子、孙子、曾孙、玄孙，这就是九族，是老幼尊卑的基本秩序。

简评 ◎

在封建社会中，对于那些犯有"重罪"的人，往往是株连九族，而灭九族，更是让人断子绝孙，可见刑罚之残忍。

相关链接 ◎

瓜蔓抄：朱棣（明成祖）通过所谓"靖难之役"夺取皇位后，大肆杀戮建文帝近臣。一日，在朝上，朱棣发现耿清神色有异，顿生疑窦，便令手下搜查耿清身上，结果搜出一把尖刀。朱棣问他想干什么，耿清昂然回答："我想为故主报仇！"朱棣大怒，将耿清九族全部抓获，斩尽杀绝。之后，朱棣还不解恨，又派人到耿清家乡清查其故旧姻亲和学生，在清查过程中，常有一村一村的人被杀光。

父子恩^①，夫妇从^②，兄则友，弟则恭^③，长幼序，友与朋^④，君则敬，臣则忠，此十义^⑤，人所同。

注释

①恩：恩爱。

②从：顺从。

③恭：恭敬。

④友与朋：朋友之间要讲信用。

⑤十义：指父慈、子孝、夫和、妻顺、兄友、弟恭、朋谊、友信、君敬、臣忠。

译文

父亲要爱护儿子，儿子要孝敬父亲，丈夫要亲和妻子，妻子要顺从丈夫，兄长要爱护弟弟，弟弟要尊敬兄长，长幼之间要讲求尊卑次序，朋友之间要讲求信用，君王要尊重臣子，臣子要忠于君王。这就是做人的十义，大家都要遵守。

简评

中国封建社会的伦理道德学说曾是维系社会秩序、构建社会和谐的精神支柱。传统道德讲究礼仪，讲究尊卑秩序，有一定的积极意义，如晚辈要尊敬长辈，朋友要以诚相待等。但封建思想家们倡导这些道德规范的最终目的是维护封建统治秩序，他们将这种秩序演变成一种人身依附关系，以致将其夸张到荒谬的程度，如君要臣死，臣不得不死之类，则是我们要坚决屏弃的。

相关链接 ◎

举案齐眉：东汉文学家梁鸿年轻时给人做雇工，每次回到家里，妻子孟光给他做好饭，送饭时都把端饭的案盘举得跟自己的眉毛一样高，以表对丈夫的恭敬。

凡训^①蒙^②，须讲究，详训诂^③，明句读^④。

注释 ◎

①训：训诫，教诲。
②蒙：刚刚读书识字的孩子。
③训诂：古代语言学的重要部分，即对古书字句的解释。
④句读：一句为句，半句为读，指文章的停顿断句。

译文 ◎

教育刚刚发蒙的小孩，必须讲究学习方法，重在弄明白字句的意思，搞清楚应该在哪里停顿断句。

简评 ◎

读书学习，最重要的是方法，不仅要知其然，而且要知其所以然，切忌一知半解，不求甚解。

相关链接 ◎

有教无类：周代，学在官府，只有贵族子弟才有受教育的机会。孔子主张有教无类，意思是人们不分贤愚贵贱，也不分地区种类，都可以作为教育对象。根据这一主张，孔子兴办私学，把受教育的对象扩大及于庶民，他的学生很多，其中不少是平民。

为学者，必有初①。小学②终，至四书③。

注释 @

①初：开始。

②小学：指宋代朱熹等人为儿童编写的礼仪知识读本。

③四书：即《论语》、《孟子》、《中庸》、《大学》。这是古代读书人必读书，也是朱熹选定的。

译文 @

读书学习，必须有一个良好的开始，读完《小学》，便可以开始学习《四书》。

简评 @

正确的学习方法是先易后难，循序渐进。作者在这里为读书学习的人开列了一份必读书单和时间表，告诫孩子们首先掌握待人接物的一些基本道理和常识，然后进一步学习和研修古代最高学问——儒家经典著作。

相关链接 @

官学：中国历代各级官府所办的学校。西周的国学、乡学，汉代的太学、州郡学，唐宋以后的太学、国子学（监）、府州县学，元代以后的社学，都属于官学。

论语①者，二十篇，群弟子，记善言。

注释

①《论语》：书名，孔子的学生们编纂的记载孔子言行的一部书，共二十篇。

译文

《四书》中的《论语》，一共有二十篇，它是孔子的弟子们对先生言论的记载。

简评

贤哉孔门诸弟子！正是由于他们有情有心，才使我们得以在历史发展的长河中，欣赏古代哲人的睿智，吸纳中国文化的精华。

相关链接

孔门弟子：作为教育家孔子，一生有不少学生，传说他有弟子三千，贤人七十二，颜回、子路、曾参等，都是其中的佼佼者。

孟子①者，七篇止，讲道德，说仁义。

注释

①《孟子》：书名，孟子的学生们编纂的记载孟子言行的一部书，共七篇。

译文

《孟子》一共有七篇，这本书专门阐述仁义道德。

简评

施"仁政"是中国古代一种重要的施政思想，但大多数统治者只是把它挂在嘴上，而不施"仁政"则往往成为推翻和颠覆当政者的重要理由。

相关链接 ◎

孟子游说：孟子将孔子"仁"的观念发展成为"仁政"学说，提出"民贵君轻"。他曾去齐、宋、滕、魏等国游说，希望君王采纳自己的主张，均遭到冷遇。在齐国，他虽受到齐宣王的尊重，被拜为客卿，但当时各诸侯国都在忙于相互争夺霸权，所以孟子的主张始终未获采纳。

作中庸①，子思笔，中不偏，庸不易。

注释 ◎

①《中庸》：书名，传说为孔子的孙子子思所作，共三十三篇。

译文 ◎

孔子的孙子子思作《中庸》，其中，"中"指的是不偏不倚，"庸"指的是不变不易。

简评 ◎

"中庸"思想主张待人接物采取不偏不倚、调和折中的态度，对此，必须具体情况具体分析。在涉及大是大非的原则问题时，取"中庸之道"往往会损害自身。

相关链接 ◎

子思（前483—前402）：战国初期思想家，姓孔名伋，孔子之孙，相传曾受业于孔子的弟子曾子。他在《中庸》一书中，进一步阐发了孔子关于"中庸是最高的道德标准"的思想，并把孔子"内省"的修养方法发展为"慎独",即在独处时也要谨慎不苟,勿为外物所引诱。他的思想和学说对汉代的董仲舒和宋明理学产生过较大影响,被称为"述圣"。

作大学①,乃曾子,自修齐,至平治。

注释

①《大学》:书名,传为孔子学生曾子所作,这本书提出了"格物"、"致知"的学习要求,阐述了修身、齐家、治国、平天下等一整套学以致用的理论。

译文

孔子的弟子曾子著《大学》,讲述了从修身、齐家到治国、平天下的道理。

简评

深受孔子思想影响的中国古代读书人,对自身道德修养是非常注重的,从"修身、齐家、治国、平天下"的演进顺序看,他们至少领悟了"做官先做人"的道理。可惜在"官本位"体制下,许多人对官位趋之若鹜,把做人的道理抛到一边,导致昏官贪官辈出,于是历代老百姓都呼唤清官廉吏。

相关链接

曾子(前505—前436):孔子的学生,名参,字子舆,春秋末期鲁国南武城人。曾子在孔子和孟子之间起着承前启后的作用。提出"吾日三省吾身"的修养方法,提倡"慎终追远"。曾子在思想上对孔子的学说有所发挥,在行动上是实践孔子学说的典范,因而被称为"宗圣"。

孝经^①通，四书熟，如六经^②，始可读。

注释

①《孝经》：书名，相传为孔子的学生根据孔子关于"孝道"的言论加以发挥而写成，共十八篇。

②"六经"：中国古代六部典籍的合称，即《诗经》、《尚书》、《礼记》、《易经》、《春秋》、《周礼》。

译文

如果读通《孝经》，而且读熟《四书》，就可以进一步学习"六经"了。"六经"是《诗经》、《尚书》、《礼记》、《易经》、《春秋》和《周礼》的合称，是需要我们认真研读的。

简评

四书是为官做人的基本义理，六经则进一步夯实学问功底。自此节起，作者进一步诠释"六经"。古代读书人对于"六经"的看重，可以从下面这个事例得到证明。公元前213年，秦始皇采纳李斯建议，下焚书令：销毁《秦记》以外的史书，除博士官收藏外，私藏《诗》、《书》、诸子百家著作者三十日内交地方长官统一烧毁，有敢相聚讨论《诗》、《书》的，在市上处死。次年，秦始皇又在咸阳坑杀四百六十余儒生。这就是历史上著名的"焚书坑儒"事件。而经过残酷的政治屠杀和思想清洗，上述典籍仍然得以流传，至少说明，有相当一部分古代读书人曾经冒着极大的政治风险甚至生命危险保护这些典籍。换句话说，这些典籍对读书人来说，比他们的生命还要重要。从"六经"的内容看，它实际上包括了古代政治生活和社会生活的重要方面，有学术文章，有宫廷书札，有政治制度，有礼节仪式，有风雅诗歌，有历史实录。在"学而优则仕"的信条占统治地位的古代知识界，学习"六经"，了解"六经"，掌握"六经"，其意义不言自明。作者以相当的篇幅介绍"六经"，其用意亦不言自明。

相关链接

陆九渊谈"六经"：学苟知本，六经皆我注脚。

有连山，有归藏，有周易，三易①详。

注释

①三易：古代易书由《连山易》、《归藏易》和《周易》三部书组成，合称"三易"，前两种今已不见存世。

译文

易有《连山易》、《归藏易》和《周易》，详细地阐明了易的学问。

简评

《易经》起源于占卜，但包含了朴素辩证法思想的萌芽，而后世一些学者却先后将其谶纬化、玄学化、理学化，可谓各取所需，致使《易经》的本义在很长时间里变得模糊不清。

相关链接

文王演易：商朝末年，西伯侯姬昌礼贤下士，实行改革，深得民心。商纣王对其既疑且惧，将姬昌囚禁于羑里（今河南省汤阴县）达七年之久。在牢狱中，姬昌研究原始宗教中的占卜之术，完成了《周易》这部书。

有典谟，有训诰，有誓命，^①书之奥^②。

注释

①典、谟、训、诰、誓、命：为《尚书》的六类。典指帝王受命之书；谟指大臣献策；训指臣下谏言；诰指君王诏书；誓指讨伐敌人的誓言和檄文；命指命令。

②奥：艰涩，深奥。

译文

《尚书》由典、谟、训、诰、誓、命六大类组成，其含义非常深奥。

简评

过于深奥、晦涩的书，极易束缚学子的创造性和活力。

相关链接

《尚书》：我国古代最早的记言历史书。也称《书》、《书经》。上古夏、商、周等历史文件和部分追述古代事迹著作的汇编。上起尧舜，下迄秦穆公，可分为"虞书"、"夏书"、"商书"、"周书"。

我周公，作周礼，著六官^①，存治体^②。

注释

①六官：《周礼》将当时的官制分为六种，分别为天官冢宰（吏部）、地官司徒（户部）、春官宗伯（礼部）、夏官司马（兵部）、秋官司寇（刑部）、冬官司空（工部），称六官。

②治体：国家政治制度。

译文

周公作《周礼》，记载了当时六官的官制以及治理国家的政治制度等方面的情况。

简评

有了国家，便有了管理国家的机构。从周公设置的这套官制来看，已经具备了以后各种国家机构的雏形。

相关链接

六部：古代的六部是国家管理各方面事务的机构。六部初建于隋朝，正式定制于唐朝。六部分别是吏部（主管全国文职官吏的挑选、考查、任免、升降、调动、封勋）、户部（主管国家户籍、田亩、货币、赋税、官员俸禄）、礼部（主管朝廷重要典礼、科举考试、接待外国来宾）、兵部（主管武职官员、练兵、武器、驿站）、刑部（主管国家司法、行政）、工部（主管兴修水利和主要土建工程）。

大小戴①，注礼记，述圣言，礼乐备。

注释

①大小戴：指西汉戴德（大戴）和他的侄子戴圣（小戴）。叔侄二人曾分别注释《礼记》。前者编定的《礼记》为《大戴礼记》，后者编定的《礼记》为《小戴礼记》。《大戴礼记》已失传。

译文

大小戴注释《礼记》，阐述圣贤的言论，完备地反映了古代礼乐制度。

简评

古代礼乐制度的实质，在于维护和巩固统治阶级内部的秩序，以便更有效地统治人民。

相关链接 ◎

礼：古代伦理思想的基本概念之一。一般泛指古代社会贵族
等级制度的社会规范和道德规范。"礼"最初指祭神的器物和仪
式。周代除指仪式外，已含有规范和礼制思想，认为各诸侯要各
守本分，维护贵族统治制度。

曰国风，曰雅颂，号四诗①，当讽咏②。

注释 ◎

①四诗：《诗经》三百零五篇，分为风、雅、颂三类，其中，雅有大
雅和小雅，合称"四诗"。

②讽咏：讽，抑扬顿挫地诵读；咏，吟咏。

译文 ◎

国风、雅、颂，合为"四诗"，我们应当诵读吟咏。

简评 ◎

感谢先民的天才创造，使我们得以在几千年之后，遥想和追
慕充满真诚、充满情趣、充满怨尤、充满情爱的社会生活画面。

相关链接 ◎

诗歌何时称"首"：在古代，诗歌最初称"篇"或"章"。例
如《诗经》，叫三百篇，屈原的诗作叫"九章"。诗歌称"首"，最
早出现在东晋初年，当时有一位名叫孙绰的诗人，在他的《悲哀
诗序》中写道："不胜哀号，作诗一首。"从此，人们普遍称诗为
"首"。

诗既亡，春秋①作，寓褒贬，别善恶。

注释

①春秋：中国古代的编年体史书，相传鲁国的《春秋》经过孔子修订。

译文

《诗经》逐渐被人遗忘，这时孔子又修订《春秋》，寓含褒贬于史实，区分善恶于人物。

简评

一个正直的史书编撰者必须忠实于历史，忠实于良知，他的责任就是维护历史的原貌。但孔子修订《春秋》主要是用来发挥他的恢复传统秩序的政治理想，故其笔下对史实多有隐瞒、曲解和抹杀，这是他的一大败笔。

相关链接

春秋笔法：指文笔曲折而意含褒贬的文字。古代学者认为孔子修订《春秋》，用语精练含蓄，尤注意用一字笔削褒贬，含有微言大义在内。这种曲折而意含赞扬与批评的文笔，后人称为春秋笔法。

三传①者，有公羊，有左氏，有穀梁。

注释

①三传：指诠释《春秋》的三部书，分别是齐国人公羊高所著《公羊传》、鲁国人左丘明所著《左传》和鲁国人穀梁赤所著《穀梁传》。

译文

为《春秋》作诠释的有三部书，即《公羊传》、《左传》、《穀梁传》。

简评

三部书同时诠释孔子修订过的书，可见孔子在当时已有相当大的影响和学术感召力。

相关链接

史书的体例：中国古代史书的体例，大致包括纪传体、编年体、纪事本末体、通史、断代史等几种类型。

经既明，方①读子②，撮③其要④，记其事。

注释

①方：才。

②子：子书，即诸子百家的著作。

③撮：摘取。

④要：要点。

译文

"六经"读完了，才可以读诸子百家的书，要摘取其中的要点，记取其中的内容。

简评

从知识的一般掌握进入深度阅读，循序渐进。

相关链接

子：古代特指有学问的男人。

五子①者，有荀扬，文中子，及老庄。

注释

①五子：荀即荀子，原名荀况，战国时楚国人，著有《荀子》一书，提倡性恶论。扬即扬雄，西汉时成都人，仿《论语》作《法言》，仿《易经》作《太玄经》。文中子，原名王通，隋朝山西人，作《元经》和《中说》。老即老子，原名李耳，春秋时楚国人，著有《道德经》一书。庄即庄子，原名庄周，战国时楚国人，著有《南华经》一书。

译文

诸子中着重学习五子的著作，即荀子、扬雄、文中子、老子和庄子。

简评

书海无涯，每一个读书人必须处理好精读与泛读的关系。作者深谙此中道理，所以提出，读诸子百家的书，主要掌握其中的主要观点和内容，也就是泛读。但从作者开列的书单看，令人大惑不解，因为五子著作实在难以代表百家精粹。其中，老子和庄子的思想基本可以划分为一类；扬雄都是仿作，远不及读原著；而荀子的思想主张更与《三字经》作者有相互矛盾之处，比如，作者开篇说，"人之初，性本善"，而荀子是主张"性恶论"的，认为"人之性恶，其善者伪也"。看来，给青年开必读书单，须持鲁迅态度，应慎之又慎。

相关链接

老子过函谷关：相传公元前四八四年，老子骑着青牛，向西而去。在经过秦国的函谷关时，守关的官员尹喜对他说："我也非常喜欢道术，您就要去隐居了，希望您能给我们留下几句话。"

于是，老子便在那里写下了《道德经》，然后出关而去，从此不知所终。

经子通，读诸史，考世系①，知终始。

注释

①世系：指帝位、爵位等世代相传。

译文

"六经"和"诸子"都通晓以后，就可以研读历史了，考证帝王世系，了解兴衰更替。

简评

有了一定的学问知识，还需从历史中吸取经验。

相关链接

史书的种类：中国古代史书大致可分为正史、杂史、别史、野史、稗史五类。

自羲农，至黄帝，号三皇①，居上世。

注释

①三皇：传说中上古时期的三个君王，即伏羲、神农和黄帝。

译文

从伏羲、神农到黄帝，这就是"三皇"，均居于上古时代。

简评

无文字可考，所以给我们留下许多遐想的空间。

相关链接

炎黄子孙："炎黄"分别是指中国原始社会两位不同民族的首领。炎帝族与黄帝族之间曾发生过几次大的冲突，后来两族与居住在东方和南方的民族逐渐融合，形成为春秋时期的华族，汉以后称为汉族。炎、黄二帝被人们称为中华民族的始祖，因而，人们往往称中华民族是"炎黄子孙"。

唐有虞①，号二帝，相揖逊②，称盛世。

注释

①唐有虞：唐，即帝尧，因曾封于陶而被称为陶唐氏。有虞，即帝舜，因帝尧在虞禅位于舜而被称为有虞氏。

②揖逊：谦让。这里指尧禅位给舜的故事。

译文

唐尧和虞舜，被称为贤明的"二帝"，他们禅让帝位，其治理的时期也都是历史上的盛世。

简评

"三皇五帝"是中国古代传说中的帝王，也是中国古代历代文人所极力推崇的帝王。推崇的理由主要是两点，一是王位禅让，二是政治清明。实际上，禅让的故事只能存在于传说中，政治清明也是比较而言。从夏朝开始，天下就再没有出现过尧舜，乱世则是交替上演。究其原因，在于私有制产生，在于私有制催生的权力以及由权力带来的分配。帝王坐拥天下，独霸天下，操控天下，谁会为图一个"禅让"的美名而放弃取之不尽的天下之利呢？倒是那些时刻渴望黄袍加身的野心家们，为了粉饰自己无耻的行为，往往给可怜的被剥夺者加上"禅让"的美名。我们在史书中见到的大多数情节，都是为争夺唯一的帝位而前仆后继，你死我活。

相关链接

舜帝南巡：传说，舜帝有一年去南方巡视，很长时间都没有消息。他的两个妃子十分着急，便一起去南方寻找。当她们来到洞庭湖中的君山时，听到舜帝驾崩的消息，两人痛不欲生，终以身殉情。

夏有禹，商有汤，周文武，称三王①。

注释

①三王：指夏禹、商汤和周文王、周武王，这是三个朝代的开国之王。

译文

夏禹、商汤和周文王、周武王，历史上被称为"三王"。

简评

大凡开国之君都是贤明的，创业不易，不能不谨慎。而他们的后世多为不肖，是因为他们躺在祖先开创的基业上。

相关链接

大禹治水：传说舜帝时代，洪水泛滥。舜帝命令鲧去治水。鲧采用堵的方法，结果洪水越来越凶猛。舜帝一怒之下，杀掉鲧，起用鲧的儿子禹来治水。禹采用疏的办法，历时十三年，最终解决了水患。

夏传子^①，家天下，四百载，迁夏社^②。

注释 ◎

①夏传子：夏禹将帝位传给自己的儿子，改变了过去尧舜禅让的做法，帝位世袭制开始形成，夏朝开了"家天下"的先河。

②社：社稷。

译文 ◎

从夏朝起，开始把帝位传给子嗣，从此就有了"家天下"。夏朝历经四百年后灭亡。

简评 ◎

家天下的出现是历史的必然。因此，从古代社会的演进这一点来看，由一家来掌握天下并不可怕，可怕的是把天下当成自己的家，可以任取任拿。

相关链接 ◎

夏朝的覆亡：夏朝最后一位君主夏桀，荒淫无道，残暴无比。臣下规劝他："你再这样下去，恐怕会亡国呢。"夏桀不耐烦地说："你别妖言惑众了！人民有君主，好比天上有太阳。太阳亡，我才亡。"于是，全国人民都呼喊着："太阳啊，你快亡吧，我们与你一起灭亡！"不久，夏朝为商汤所灭，夏桀本人被放逐。

汤伐夏，国号^①商，六百载，至纣亡。

注释 ◎

①国号：国家的称号。

译文 ◎

汤讨伐夏桀，建立新国号商。商朝历经六百年，到商纣王时灭亡。

简评 ◎

商纣王覆灭的故事与夏桀如出一辙，不过增添了许多荒淫的内容，如酒池、肉林之类。

相关链接 ◎

甲骨文：商朝统治者在行事前，常用龟甲兽骨占卜吉凶，既卜之后又在甲骨上刻记卜辞以及和占卜有关的记事文字，其文字称甲骨文。甲骨文出土于商王朝都城遗址，也叫殷墟。学者经考证，将甲骨文断为商代。

周武王，始诛①纣。八百载，最长久。

注释 ◎

①诛：杀；谴责处罚。

译文 ◎

周武王杀掉商纣王，其建立的周朝历经八百年，是所有王朝中历史最长久的一个朝代。

简评 ◎

当邪恶的势力最猖獗的时候，也就是它灭亡的时候。正如西谚所云："上帝要他灭亡，必先使他疯狂。"

相关链接 ◎

姜太公钓鱼，愿者上钩：姜太公，即姜尚，字子牙，帮助周武王伐纣的功臣。传说姜尚垂钓于渭水，直钩钓鱼，不用鱼饵，离水面三尺，自言道："负命者上钩来！"周文王觉其贤，起用了他，后果然倚靠他辅佐成就大业。

周辙①东，王纲②坠，逞干戈③，尚④游说。

注释

①辙：车轮压出的痕迹，这里指周室东迁的史实。

②王纲：国家的纲纪制度。

③干戈：泛指武器，比喻战争。

④尚：崇尚。

译文

周王室迁都至洛阳后，国家纲纪制度开始遭到破坏，到处都在炫耀武力，崇尚口舌。

简评

自有战争以来，以武力说话就成为处理国家关系的一种重要手段，危险的是有的统治者把它当作唯一的手段。

相关链接

周王室东迁：周朝第十二任君王周幽王也是一位暴君兼昏君，烽火戏诸侯千金买笑的故事就发生在他身上，结果引来强邻入侵，周幽王本人被杀，首都镐京陷落。宜臼继位后，因镐京民众流离失所，一片断墙残壁，无法居住，于是周王室东迁至洛阳，是为"东周"的起始。

始春秋①，终战国②，五霸③强，七雄④出。

注释

①春秋：时代名，公元前 722 年—公元前 481 年，因鲁国编年史《春秋》包括这一段历史时期而得名。现在一般把公元前 770 年到公元前 476 年，划为春秋时代。

②战国：时代名，公元前 475 年—公元前 221 年，共二百五十四年。

③五霸：指春秋时期的五个君王，即齐桓公、晋文公、秦穆公、宋襄公和楚庄王，他们都开创了一代霸业。

④七雄：指战国时期的齐、楚、燕、赵、韩、魏、秦七国，它们是当时各诸侯国中实力最强大的国家。

译文

东周起始于春秋，结束于战国，这一时期先后出现五霸争强和七雄并出的局面。

简评

周王室开始衰落，诸侯国逐渐强大，于是便有了许多问鼎轻重的故事发生。

相关链接

商鞅变法：相对于中原各诸侯国来说，秦国曾经是一个落后的国家。公元前 359 年，秦孝公起用来自卫国的商鞅实行变法。商鞅变法摧毁了奴隶制度，对巩固新兴地主阶级政权起到了积极作用，使秦国生产不断发展，为秦统一六国奠定了基础。

嬴秦氏①，始兼并，传二世，楚汉争。

注释

①嬴秦氏：指秦始皇，秦始皇原名嬴政。

译文

嬴政兼并六国，统一天下，自称始皇，秦朝仅传了两代就灭亡了。秦二世时，天下大乱，最终形成楚汉相争的局面。

简评

嬴政梦想世世代代将皇位传下去，于是自称始皇。殊不知抱有"王侯将相宁有种乎"、"彼可取而代之"、"大丈夫当如是也"等想法的还大有人在，其残暴统治也加速秦王朝的灭亡。

相关链接

指鹿为马：秦二世当政时，丞相赵高欲作乱，唯恐群臣不服，因此先设法试验，他使人牵着一头鹿献给秦二世，说："这是一匹马。"二世笑着说："丞相错了，怎么把鹿当成马呢？"赵高就问左右大臣，大臣们有的不吭声，有的说是马以逢迎赵高，有的就说是鹿。赵高把所有说是鹿的人暗暗记下来，事后假借各种名义将这些人谋害。从此以后，大臣们都非常畏惧他。

高祖①兴，汉业建，至孝平②，王莽篡。光武③兴，为东汉，四百年，终于献④。

注释

①高祖：汉朝开创者汉高祖刘邦。

②孝平：西汉末期汉平帝刘衍。

③光武：东汉王朝开创者光武帝刘秀。

④献：东汉末代皇帝汉献帝刘协。

译文

汉高祖刘邦在楚汉争斗中取胜，建立了汉朝；汉朝至孝平帝时，王莽篡位建立新朝。光武帝兴起建立东汉；汉朝历经四百年，在汉献帝时灭亡。

简评

汉朝是中国历史上一个相当重要的朝代，它不仅结束了秦末的动荡，实现了大一统，而且自这时起，中国人被称为汉人、汉民族，中国字被称为汉字，中国语被称为汉语。

相关链接

白居易《放言》：赠君一法决狐疑，不用钻龟与祝蓍；试玉要烧三日满，辨材须待七年期。周公恐惧流言日，王莽谦恭未篡时；向使当年身便死，一生真伪有谁知？

魏蜀吴，争汉鼎①，号三国，迄两晋。

注释

①鼎：比喻王位、帝业。春秋时，楚子北伐，陈兵于洛水，向周王朝炫耀武力，向周王室派去劳师的大臣询问周朝传国之宝九鼎的大小轻重。楚子问鼎，有夺取周朝天下之意。

译文

魏蜀吴相互争夺汉朝天下，由此形成三国鼎立的局面，一直到西晋和东晋。

简评

　　尽管是乱世，三国仍是一个令人神往的历史时期，主要表现在人才能够充分发挥自己所长，如荀彧辅佐曹操，诸葛亮辅佐刘备，周瑜辅佐孙权等。人才的任用及流动与春秋战国时期相仿佛。

相关链接

　　苏轼《念奴娇·赤壁怀古》：大江东去，浪淘尽、千古风流人物。故垒西边，人道是、三国周郎赤壁。乱石穿空，惊涛拍岸，卷起千堆雪。江山如画，一时多少豪杰！　遥想公瑾当年，小乔初嫁了，雄姿英发，羽扇纶巾，谈笑间、樯橹灰飞烟灭。故国神游，多情应笑我，早生华发。人间如梦，一樽还酹江月。

　　宋齐继，梁陈承，为南朝①，都金陵②。北元魏③，分东西，宇文周，与高齐。

注释

　　①南朝：宋、齐、梁、陈四个朝代的合称，时在 420 年—589 年，因其政权均建于我国南方而得名。与此相应，北魏（后分裂为东魏和西魏）、北齐、北周先后在我国北方建立政权，叫北朝（386 年—581 年）。南朝与北朝又合称为南北朝。

　　②金陵：南京的古称。

　　③元魏：公元 386 年，拓跋珪建代国，后改国号为魏，史称北魏。471 年，魏孝文帝实施汉化，将原姓氏拓跋氏改为元氏。

译文

　　晋朝之后是宋齐梁陈，这就是南朝，它们的首都都在金陵；当时在北方又有元魏政权，后来分为东魏和西魏，西魏被宇文觉的北周政权取而代之，东魏则被高洋的北齐所灭。

简评

以中国历史之悠久，文化之厚重，每一个历史时期都有英雄人物出现，这一时期的英雄无疑是魏孝文帝。

相关链接

孝文迁都：公元490年，魏孝文帝开始亲政。当时，平城作为北魏都城已不适应，主要是难以推行改革。因此，魏孝文帝决定把都城迁到洛阳。493年，他以南伐名义，率二十万大军南下。到洛阳后，魏孝文帝假装继续南下，群臣跪于马前劝阻。他利用大家不愿南伐的心理，宣布定都洛阳。随后，魏孝文帝开始了包括均田制、改官制、禁胡服、断北语、改姓氏、定族姓等内容在内的一系列改革。

迨至隋，一土宇①，不再传，失统绪②。

注释

①一土宇：统一天下。
②统绪：帝王相传的系统。

译文

到了隋朝，天下再次统一，隋朝只传了一代，很快就失去了帝王世系。

简评

从春秋战国到隋朝，历代王朝交替，无数帝王轮值，正是"乱纷纷你方唱罢我登场"。其中，最短命的王朝有两个，一为秦朝，一为隋朝。将这两个王朝做一番对比，颇有一些相似之处：

开国君王都是雄才大略，后继者却都是奢靡骄逸；立国之初都显露出治世的迹象，朝野之间却涌动着乱世的潜流；王朝末期都为农民起义所困扰，但夺取胜利果实的都不是正宗农民；两个王朝同属短命，继起的王朝却长期存在。两个不同的历史时段分别反映了封建制从稚嫩到成熟、中央集权制从稚嫩到成熟的发展进程。

相关链接 ◎

隋炀帝奢侈：曾有西域人请求到洛阳市内进行交易，隋炀帝令市内大讲排场，以至于用缯帛缠在树上，显示豪华。连西域人看了也发问："中国亦有贫者，衣不盖形，何如以此物与之，缠树何为？"

唐高祖，起义师，除隋乱^①，创国基。二十传，三百载，梁灭之，国乃改。

注释 ◎

①隋乱：隋炀帝时，因荒淫无道，导致农民起义，一时群雄蜂起，天下大乱。隋臣唐国公李渊乘乱扩充势力，起兵反隋，终于攻克隋都长安，登上皇位，改国号为唐。旋又倚仗其子李世民平定各路豪强，奠定了唐朝的基业。

译文 ◎

唐高祖兴起义师，消除了隋朝大乱的局面，创建了唐王朝的基础。唐朝传二十代，历经三百年，后来灭于后梁，国家也改朝换代了。

简评 ◎

唐太宗李世民是一个具有雄才大略的皇帝，经他奠基，中经武则天、唐玄宗，古代中国得以出现新的太平盛世。但盛极而衰，"渔阳鼙鼓动地来，惊破霓裳羽衣曲"，一场长达七年之久的"安史之乱"，使得统一、繁荣、强盛的唐朝成为诗人的回忆。而自唐朝以后至元朝（仅仅短暂的九十七年）的几百年中，中华民族竟长期处于分裂状态，内乱、外敌入侵几乎没有停止过。这正是封建社会走向衰亡的征兆。可惜，继起的明王朝没有也不可能认识到这一点，这个王朝本来是有很多历史机遇的。

相关链接

　　唐太宗从善如流：唐太宗李世民在位时，大臣魏征常直言无忌，屡犯龙颜，唐太宗不以为忤，虚心纳谏，还将魏征写的《谏太宗十思疏》置于案头，以资警惕。魏征死后，唐太宗悲痛不已，常对人说，以人为镜，可以明得失。魏征死了，我失去了一面镜子了。

　　梁晋唐，及汉周，称五代①，皆有由。

注释

　　①五代：唐朝以后，后梁、后唐、后晋、后汉、后周先后在中原建立政权的时期。

译文

　　后梁、后唐、后晋、后汉、后周五代相继更替，都各有缘由。

简评

　　这一时期，政权林立，天下大乱，正是唐"安史之乱"结出的"恶果"，其原因又在于唐玄宗晚年荒淫无道，政治腐败。

相关链接

儿皇帝：后唐河东节度使石敬瑭，以割让幽云十六州、岁贡绢帛三十万匹和认年龄比他小很多的辽朝君主耶律德光为父皇帝等条件，取得辽兵的援助，推翻后唐，建立后晋政权。

炎宋①兴，受周禅，十八传，南北混，辽与金，帝号纷，迨灭辽，宋犹存。

注释

①炎宋：公元 960 年，后周大将赵匡胤发动陈桥兵变，以"禅让"为名，攫取了后周政权，建立宋朝。据说宋政权在五行中属火，故称"炎宋"。

译文

炎宋兴起，是接受了后周的禅让，传了十八代，分北宋、南宋两个时期。后来辽、金两国，纷纷称帝。金灭辽时，宋朝还存在。

简评

除了对文人的看重和由此带来的文化的昌盛外，宋朝在其他方面似乎没有多少可取之处。该朝的皇帝大多比较平庸，疆域上始终没有实现统一，政治上始终没有完成有决定意义的改革，军事上始终不能对强邻形成压倒优势。因此，宋朝在中国历史上，是一个相对较弱的朝代。

相关链接

黄袍加身：公元 960 年，后周朝廷根据一则"北汉和辽朝将会师攻周"的传闻，命殿前都点检赵匡胤出征御敌。当赵部行进到开封东北 40 里外的陈桥驿时，在赵匡胤的指使下，其手下将领发动兵变，将事先准备好的黄袍披在赵匡胤身上。部队随即开回京城，后周小皇帝不得不"禅位"。赵匡胤登基，将国号改为"宋"。

至元兴，金绪歇，有宋世，一同灭，莅①中国，兼戎狄②，九十载，国祚③废。

注释

①莅：到。

②戎狄：我国古代称东方的民族为夷，称西方的民族为戎，称南方的民族为蛮，称北方的民族为狄。戎狄在这里泛指外族。

③祚：君王的位置。

译文

到元朝兴起，金统治结束，南宋也被一起消灭。蒙古人进入中原，同时兼并了四周一些少数民族地区。元朝统治了九十年，国家就灭亡了。

简评

蒙古骑兵挟大漠雄风，远征中亚，进抵东欧，横扫中原，可谓不可一世。然建立的王朝却短命如此，令人深思。

相关链接

成吉思汗（1162—1227）：蒙古大汗，名铁木真，即元太祖。出生于贵族家庭，12 世纪末被推为部落首领。1206 年统一全蒙古。1207 年—1218 年，率军先后攻灭畏吾儿和西辽，进军西夏和金朝，直到黄河北岸。1219 年—1225 年，发动西征，版图扩大到中亚地区和南俄。1226 年病逝。

明太祖，久亲师①，传建文，方四祀②。迁北京，永乐嗣③，迨崇祯，煤山④逝。

注释

①亲师：亲自督师。

②祀：年。

③嗣：接续，继承。

④煤山：明崇祯皇帝面对明末政局纷乱、民变蜂起的局面，曾励精图治，试图重振朝纲。无奈积重难返，无力回天，李自成率农民起义军攻入北京，走投无路的崇祯自缢于煤山。

译文

明太祖长期亲自率兵在外作战，他后来传位于建文。建文只坐了四年皇位。迁都北京后，永乐继承王位。明朝延续到崇祯自杀于煤山就灭亡了。

简评

明朝是中国历史上一个颇有意思的朝代，这个朝代除了开国时期的两个君主外，其余的皇帝基本上不是昏庸就是无能，或者是昏庸加无能。到了后期，"皇帝的励精图治或者宴安耽乐，首辅的独裁或者调和，高级将领的富于创造或者习于苟安，文官的廉洁奉公或者贪污舞弊，思想家的极端进步或者绝对保守，最后的结果，都是无分善恶，统统不能在事业上取得有意义的发展，有的身败，有的名裂，还有的人则身败而兼名裂。"（历史学家黄仁宇语）于是，这个令人窒息的朝代仅仅剩下一件事，这就是：等待灭亡。

相关链接 ◎

郑和下西洋：郑和（1371—1435），本姓马，小字三保。明成祖时任内官监太监。1405 年—1433 年，为寻找失踪的建文帝，明成祖命郑和率庞大的船队，从江苏太仓出发，经越南南部、印度尼西亚，穿马六甲海峡达斯里兰卡、孟加拉、印度南部、波斯湾的霍尔木兹以及红海沿岸的亚丁。航程十万余里，经三十余国。航船最多时达六十二艘，水手、官兵二万七千八百多人。郑和下西洋扩大了中国同亚非各国经济文化的交流，为中外友好关系写下了新的篇章。

廿二史，全在兹①。载治乱，知兴衰。

注释 ◎

①兹：这里。

译文 ◎

至此，二十二史全在这里，它记载了历代治乱，让人知晓兴衰道理。

简评 ◎

在文明古国中，只有古代中国保存了完整的史书和史籍，为后人研究历史提供了极大的方便。

相关链接 ◎

二十四史：二十四部纪传体史书的总称。包括《史记》、

《汉书》、《后汉书》、《三国志》、《晋书》、《宋书》、《南齐书》、《梁书》、《陈书》、《魏书》、《北齐书》、《周书》、《隋书》、《南史》、《北史》、《旧唐书》、《新唐书》、《旧五代史》、《新五代史》、《宋史》、《辽史》、《金史》、《元史》、《明史》。名称始于清乾隆年间，时《明史》定稿，诏刊二十二史，又诏增《新唐书》，并从《永乐大典》中辑出《旧五代史》，合称二十四史，其后遂成为习称。

读史者，考①实录。通古今，若亲目②。

注释

①考：考证，考究。

②亲目：亲眼目睹。

译文

研读历史，要考究君臣实录，通晓古今变化，好像亲眼目睹一般。

简评

钻进历史了解过去，跳出历史把握现在。

相关链接

实录：各朝皇帝的政务大事编年。按年月日记述当朝政治、经济、军事、文化、灾祥等，并依次插入亡殁臣僚的传记。最早的实录是南朝梁周兴嗣撰《梁皇帝实录》。

口而诵①，心而惟②，朝于斯，夕于斯。

注释

①诵：朗读。

②惟：思维，思考。

译文

口中咏诵，心里思考，不论白天还是晚上，都应如此。

简评

读史使人明智。综观整个中国历史，大致沿着"统一——分裂——统一"、"治——乱——治"的轨迹运行，这说明统一是历史趋势，治世为人心所向，任何违背这一规律的图谋，都是注定要失败的。

相关链接

胡三省治史：宋人胡三省曾为《资治通鉴》作注，在元军南侵时，他的这部著作毁于战火。宋亡后，尽管生活十分困难，胡三省仍然继续他的著述，经三易其稿，历二十九年，才将书稿完成。

昔仲尼①，师项橐②，古圣贤，尚勤学。

注释

①仲尼：孔子名丘，字仲尼。

②项橐：春秋时期鲁国人。传说有一天，孔子率弟子驾车外出，路遇七岁的项橐与小伙伴们用瓦片玩筑城墙游戏，见车过来，也不避让。孔子下车询问，项橐回答说，只有车绕城的道理，没有城避车的理由。孔子进一步与其交谈，项橐对答如流，不由大为佩服。

译文 ◎

从前孔子曾拜七岁的项橐为师，古代的圣贤尚且如此勤学好问。

简评 ◎

这便是大师的气度和胸怀。

相关链接 ◎

孔子论师：三人行，必有我师焉。择其善者而从之，其不善者而改之。(《论语·述而》)

赵中令①，读鲁论，彼既仕②，学且勤。

注释 ◎

①赵中令：北宋大臣赵普。赵普辅佐赵匡胤取得天下，宋太宗时官至中书令（宰相）。

②仕：做官。

译文 ◎

赵普官至中书令，不时研读《论语》，他已经做官了，仍然勤奋学习。

简评 ◎

做人无止境，读书无止境。因此要活到老，学到老。

相关链接 ◎

宰相读书：赵普为赵匡胤登上皇帝宝座以及稳固政权，立下了汗马功劳。但他本人读书不多，有时闹出笑话来。宋太祖改年号要找前代没用过的，后定为乾德，赵普连声说好。几年后，有人告诉太祖，说这年号前蜀用过，太祖一听，大吃一惊，派人去查，果然如此。太祖很生气，用毛笔在赵普脸上涂了几下，说："宰相还是要用读书人啊！"赵普从此以后发愤读书。一次，宋太宗去赵普家，见他正在读《论语》，于是问他为何这般精心研读，赵普回答说："齐家治国平天下的道理，都在《论语》中啊！"

披蒲编①，削竹简②，彼无书，且知勉③。

注释

①蒲编：用蒲草编织的席子。汉代路温舒家境贫寒，但仍刻苦读书，传说他在湖边牧羊时，取蒲草编席，然后把借来的《尚书》抄在席子上阅读。

②竹简：用来写字的薄竹片。传说汉代公孙弘五十岁时，帮人家放猪于竹林中，他将竹子削去竹青，削成薄片，将《春秋》抄录在竹片上阅读。

③勉：努力。

译文

路温舒用蒲编抄录《尚书》，公孙弘用竹简抄录《春秋》，他们都没有书，却知道要努力。

简评

从"昔仲尼"开始与篇首相呼应。前面重点讲述道德修养对于儿童成长的重要性，从此节开始，重点讲述读书学习对于儿童的重要性。首先引用四个历史故事，圣贤和大官应该说是学问等身、功成名就了，但仍学习不辍。而那些因为家境贫寒没有书读的人，却千方百计地设法读书。

相关链接 ◎

纸本书的演变：中国古代纸本书，经历了卷轴和册页两个阶段。东汉蔡伦发明了纸以后，直至唐代，书基本上都是卷轴形式的。晚唐以后，卷轴书逐渐向册页书过渡。至明代才出现线装本的册页书。

　　头悬梁①，锥刺股②，彼不教，自勤苦。如囊萤③，如映雪④，家虽贫，学不辍⑤。如负薪⑥，如挂角⑦，身虽劳，犹苦卓⑧。

注释 ◎

①头悬梁：晋朝人孙敬勤奋读书，常至深夜。因怕自己打瞌睡，便把自己的头发系于梁上。

②锥刺股：锥，锥子，针。股：大腿。战国时人苏秦出外谋官未成，回家后遭亲友白眼，于是发愤读书，每当疲倦时，便用锥子刺自己的大腿以自警。

③囊萤：晋朝人车胤，家贫，夜读时没有点灯的油，传说他捉来萤火虫放进一只薄纱袋中以照明。

④映雪：晋朝人孙康，也是因家贫，夜晚读书无油灯，于是到户外，借助雪的反光以照明。

⑤辍：中止，停止。

⑥负薪：薪，柴火。西汉人朱买臣，年轻时靠打柴为生，即便如此，仍坚持读书，在砍柴时，经常将书放在树下随时阅读。砍柴归来，将书悬在担头，边走边读。

⑦挂角：隋朝李密，幼时替人放牛，常常坐在牛背上读书，而把剩余的书挂在牛角上。

⑧卓：坚卓，卓越。

译文 ◎

孙敬读书发悬房梁，苏秦读书锥刺大腿，他们虽然没有老师教诲，却能自觉勤奋刻苦。车胤读书用萤火虫作灯，孙康读书以雪光照明，他们虽然家境贫寒，却从不中止学习。朱买臣背着柴火不停读书，李密放牛不忘读书，他们虽然身体辛劳，苦读的精神却超过了常人。

简评 ◎

此处引用六个历史故事，说明读书学习主要靠自觉，环境不是决定性因素。故事中的主人公，或缺乏师教，或出身贫寒，或从事苦力，但都能勤奋苦读，最后取得了成功。

相关链接 ◎

苏秦衣锦还乡：为了有效抵抗日益强大的秦国，苏秦成功说服燕、赵、韩、魏、齐、楚等六国的国君采取合纵政策，被拜为六国宰相。当他乘着华丽的马车，带着众多随从，回到家乡时，获得了极大的尊重。那位曾经给他白眼的嫂子也匍匐在地，恭敬有加。苏秦问嫂子："从前你为什么那么轻视我，如今又如此恭敬？"其嫂回答说："只因你今天位尊而多金。"

苏老泉①，二十七，始发愤，读书籍。彼既老，犹悔迟，尔小生，宜早思。若梁灏②，八十二，对大廷③，魁④多士。彼既成，众称异，尔小生，宜立志。莹⑤八岁，能咏诗，泌⑥七岁，能赋棋。彼颖悟⑦，人称奇，尔幼学，当效⑧之。

注释

①苏老泉：宋代著名文学家，"唐宋八大家"之一。原名苏洵，字明允，号老泉，系苏轼、苏辙的父亲。苏洵年轻时不读书，二十七岁时才开始发愤，成为了著名的文学家。

②梁灏：北宋人，字太素，廷试甲科，以翰林学士知开封府，暴疾卒，年四十二岁，所谓梁灏八十二岁中状元事，系误传。

③大廷：指廷试。

④魁：为首的，居第一位的。

⑤莹：指北齐人祖莹，传说他八岁就能诵读《诗经》。

⑥泌：指唐朝李泌，传说他七岁时曾应唐玄宗之命作《棋赋》，赋云："方若行义，圆若用智，动若骋材，静若得意。"唐玄宗深感惊异，当即给予赏赐，后李泌做了四朝宰相。

⑦颖悟：聪明，敏捷。

⑧效：效仿。

译文

苏老泉二十七岁才发愤读书。他年老的时候，还在后悔用功太迟，你们这些小孩子，应当早早想到读书。梁灏八十二岁参加廷试，在众多士人中一举夺魁，他获得了成功，大家都称赞其特别，你们这些小孩子，应当早早立志。祖莹八岁，就能诵读《诗经》，李泌七岁，便能作出《棋赋》。他们聪明敏捷，大家都称赞其奇特，你们年幼求学，应当好好仿效他们。

简评

此节举四个例子，进一步说明年龄的大小也不是读书学习的障碍，只要立志，什么时候读书学习都不为迟。

相关链接

状元：旧时科举考试称殿试第一名为状元。因其为殿试一甲第一名，亦别称殿元；又因状元居鼎甲之首，也称为鼎元。状元在科名中荣誉最高，故中状元者号为"大魁天下"。

蔡文姬①，能辨琴，谢道韫②，能咏吟，彼女子，且聪敏，尔男子，当自警。唐刘晏③，方七岁，举神童，作正字，彼虽幼，身已仕，尔幼学，勉④而致⑤。有为者，亦若是。

注释

①蔡文姬：字琰，东汉著名文学家蔡邕的女儿，传说她有很高的音乐造诣，在父亲弹琴遇到猫捉老鼠时，能辨别出琴声中的肃杀之音。董卓专权，蔡邕忧国忧民，操琴时，文姬听出其中焦虑之声，知道危难将至。后蔡邕果然为董卓所害。文姬曾流落匈奴十二年，作《胡笳十八拍》，抒发了自己幽怨哀伤思念故土之情。曹操闻之，以重金将文姬从匈奴赎回中原。

②谢道韫：东晋宰相谢安侄女，以文才著称，嫁王羲之的儿子王凝之为妻，传说有一次，天降大雪，谢安问在场子侄："大雪纷纷何所似？"一侄儿随口吟道："撒盐空中差可拟。"谢道韫接道："未若柳絮因风起。"此句为时人所称道。

③刘晏：唐代曹州人，幼年饱学，七岁考中神童科，被唐玄宗任命为"太子正字"，后历仕四朝，官至户部尚书平章事。

④勉：勉力，尽力。

⑤致：达到，做到。

译文

蔡文姬能辨琴音，谢道韫能吟诗词，这些女子，尚且如此聪明，你们这些男儿，更当自警。唐朝刘晏才七岁，就考中神童科，做了正字的官员，他虽年幼，却做了官，你们年幼求学，应当勉励自己努力做到。想要有所作为的人，都应该这样。

简评

女子能做到的事情，幼童能做到的事情，志在高远的人通过努力都能做到。

相关链接

韦温年少中进士：唐朝人韦温自幼聪颖。十一岁那年，他瞒着家里参加了科举考试。官府张榜公布成绩时，韦父看到榜上有韦温的名字，他不相信是自己的儿子。回家后才知道韦温参加了考试。正在韦父半信半疑之际，公差将喜报送上了门。

犬守夜，鸡司①晨，苟②不学，曷③为人。蚕吐丝，蜂酿蜜，人不学，不如物。

注释

①司：管理，掌握。

②苟：假如，如果。

③曷：怎么。

译文

狗可以守夜，鸡可以报晓，如果人不学习，又怎么为人呢？蚕会吐丝，蜂会酿蜜，人如果不学习，连动物都不如。

简评

天生万物，各司其职。动物依靠自己的本能，人类依靠自己的自觉。动物各有专长，人如果不学习，则一事无成。

相关链接

闻鸡起舞：西晋末年，天下大乱。祖逖与刘琨相互勉励，立志为国效力。他俩每天半夜听到鸡鸣声便起床舞剑，刻苦练功。后来，祖逖成为东晋叱咤风云的一代名将。

幼而学，壮而行，上致君，下泽①民。扬名声，显父母，光于前，裕②于后。

注释

①泽：恩泽。

②裕：富足。

译文

小时候发愤学习，成人后成就事业，上可以辅佐君主，下可以泽被百姓。既扬名于世，又显耀父母，光宗耀祖，造福子孙。

简评

古代人要出人头地，成就一番事业，路径只有一个，那就是：读书——科举——做官。在这个成长链中，读书是基础，是起点，是根本。

相关链接

科举：我国古代用考试选拔官员的制度。因分科取士，故称科举。公元587年，隋文帝开始设科取士，隋炀帝设置进士科。唐朝在进士科外，增设秀才、明法、明书、明算诸科，武则天创行殿试，并增设武举。宋朝以后都用儒家经义取士，至明朝，科举制度更加完备。1905年，科举制度废除。

人遗子，金满籝①，我教子，惟一经。

注释

①籝：竹器具。

译文

人家留给儿女的，可能是满箱满箱的金银财宝，我教导子女，仅仅是一部经书。

简评

儿女贤能，不留金银财宝，他们也能挣到；儿女不贤，留再多金银财宝也会坐吃山空。处于千年以前的作者能有这样的认识，殊属不易。

相关链接

韦贤教子：西汉儒生韦贤有四个儿子。他用儒家经典教育他们，结果儿子们长大以后都有出息。老大当了县令，老二做了太守，老三没有做官，按照儒家的教诲看守祖坟，老四则当上了丞相。

勤有功，戏①无益，戒②之哉，宜勉力。

注释

①戏：嬉戏，玩乐。
②戒：警戒，防备。

译文

勤勉可以成功，嬉戏毫无益处。以此为戒啊！一定要好生努力。

简评

通篇读来，作者不厌其烦地劝导儿童读书，可谓用心良苦。

不管作者主观意图如何，读书毕竟可以让人受益终生。因此，关于读书的忠告和劝勉就显得十分可贵了。

相关链接 ◎

　　皇甫谧发奋：皇甫谧，晋朝人。少时不愿读书，游手好闲，不务正业。但他对母亲十分孝顺。眼看二十岁了，皇甫谧还是那副样子，母亲着急了，把他叫到身边说："你对为娘的孝顺，为娘非常清楚。但你要真正孝顺我，就不能再这样子下去了，而要发愤图强，争取有所长进，有所出息。"皇甫谧听从了母亲的话，开始认真学习，后来成为有名的文学家。

百家姓

原　文

赵钱孙李　　周吴郑王　　冯陈褚卫　　蒋沈韩杨
朱秦尤许　　何吕施张　　孔曹严华　　金魏陶姜
戚谢邹喻　　柏水窦章　　云苏潘葛　　奚范彭郎
鲁韦昌马　　苗凤花方　　俞任袁柳　　酆鲍史唐
费廉岑薛　　雷贺倪汤　　滕殷罗毕　　郝邬安常
乐于时傅　　皮卞齐康　　伍余元卜　　顾孟平黄
和穆萧尹　　姚邵湛汪　　祁毛禹狄　　米贝明臧
计伏成戴　　谈宋茅庞　　熊纪舒屈　　项祝董梁
杜阮蓝闵　　席季麻强　　贾路娄危　　江童颜郭
梅盛林刁　　钟徐邱骆　　高夏蔡田　　樊胡凌霍
虞万支柯　　昝管卢莫　　经房裘缪　　干解应宗
丁宣贲邓　　郁单杭洪　　包诸左石　　崔吉钮龚
程嵇邢滑　　裴陆荣翁　　荀羊於惠　　甄麴家封
芮羿储靳　　汲邴糜松　　井段富巫　　乌焦巴弓
牧隗山谷　　车侯宓蓬　　全郗班仰　　秋仲伊宫
宁仇栾暴　　甘钭厉戎　　祖武符刘　　景詹束龙
叶幸司韶　　郜黎蓟薄　　印宿白怀　　蒲邰从鄂
索咸籍赖　　卓蔺屠蒙　　池乔阴郁　　胥能苍双
闻莘党翟　　谭贡劳逄　　姬申扶堵　　冉宰郦雍

郗璩桑桂　　濮牛寿通　　边扈燕冀　　郏浦尚农
温别庄晏　　柴瞿阎充　　慕连茹习　　宦艾鱼容
向古易慎　　戈廖庚终　　暨居衡步　　都耿满弘
匡国文寇　　广禄阙东　　欧殳沃利　　蔚越夔隆
师巩厍聂　　晁勾敖融　　冷訾辛阚　　那简饶空
曾毋沙乜　　养鞠须丰　　巢关蒯相　　查后荆红
游竺权逯　　盖益桓公　　万俟司马　　上官欧阳
夏侯诸葛　　闻人东方　　赫连皇甫　　尉迟公羊
澹台公冶　　宗政濮阳　　淳于单于　　太叔申屠
公孙仲孙　　轩辕令狐　　钟离宇文　　长孙慕容
司徒司空

赵

属地 天水郡，今甘肃省通渭县①。

本姓起源

赵姓祖先为帝舜时的伯益，伯益十三世孙造父系周穆王的驾车大夫，因军功而封于赵城。造父子孙以先祖封地名为姓。

本姓名人

战国时期赵国名将赵奢，三国时期蜀汉名将赵云，宋太祖赵匡胤，唐朝诗人赵嘏，南宋诗人赵师秀，元朝书画家赵孟頫，清朝文学家赵翼，学者赵藩，诗人赵执信，现代革命烈士赵博生，当代战斗英雄赵宝桐，文学家赵树理，佛学家、书法家赵朴初，语言学家赵元任，女翻译家赵萝蕤，历史学家赵纪彬，电影表演艺术家赵丹，京剧表演艺术家赵燕侠，评剧表演艺术家赵丽蓉。

本姓名人名句

独上江楼思渺然，月光如水水如天。同来望月人何处？风景依稀似去年。（赵嘏《江楼感旧》）

朝来行药向秋池，池上秋深病不知；一树木犀供夜雨，清香移在菊花枝。（赵师秀《池上》）

李杜诗篇万古传，至今已觉不新鲜；江山代有才人出，各领风骚数百年。（赵翼《论诗》）

能攻心则反侧自消，从古知兵非好战；不审势即宽严皆误，后来治蜀要深思。（赵藩《题成都武侯祠诸葛亮殿联》）

我死国生，我死犹荣，身虽死精神长生，成功成仁，实现大同。（赵博生）

① 书中涉及属地均为清代行政区。

钱
属地　彭城郡，今江苏省铜山县。

本姓起源

传说颛顼的裔孙孚曾任周朝的钱府上士，其后人以先祖官职名为姓。

本姓名人

唐朝诗人钱起，五代吴越国王钱镠，宋朝医学家钱乙，画家钱仁熙，良吏钱可则，明末清初学者钱谦益，清朝书画家钱元章，学者钱大昕，书画家、诗人钱泳，当代学者钱锺书，书画篆刻家钱君匋，画家钱松嵒，核物理学家钱三强，力学教育家钱伟长，经济学家钱俊瑞，科学家钱学森，原国务院副总理、外交部部长钱其琛，爱国民主人士、原全国政协副主席钱昌照。

本姓名人名句

咫尺愁风雨，匡庐不可登。只疑云雾窟，犹有六朝僧。（钱起《江行无题》）

恼一恼，老一老；笑一笑，少一少。（钱大昕）

读万卷书，行万里路。（钱泳）

明日复明日，明日何其多。我生待明日，万事成蹉跎。世人若被明日累，春去秋来老将至。朝看水东流，暮看日西坠。百年明日能几何，请君听我明日歌。（钱福《明日歌》）

你要知道一个人的自己，你得看他为别人做的传；你要知道别人，你倒要看看他为自己做的传。自传就是别传。（钱锺书《魔鬼夜访钱锺书先生》）

孙
属地　乐安郡，今山东省广饶县。

本姓起源

周文王第八子卫康叔的八世孙卫武公生惠孙，惠孙的孙子为纪念祖父，即以祖父的字为姓。

本姓名人

春秋时期军事家孙武，唐朝医学家孙思邈，诗人孙逖，近代民主革命家孙中山，当代经济学家孙冶方，翻译家孙大雨、孙用，作家孙伏园、孙犁，中国人民志愿军烈士孙占元。

本姓名人名句

香阁东山下，烟花象外幽。悬灯千嶂夕，卷幔五湖秋。画壁余鸿雁，纱窗宿斗牛。更疑天路近，梦与白云游。（孙逖《宿云门寺阁》）

世界潮流，浩浩荡荡；顺之者昌，逆之者亡。（孙中山）

李　属地　陇西郡，今甘肃省临洮县。

本姓起源

传说尧帝时代皋陶后裔理征因得罪商纣王而被杀，其妻儿在逃亡过程中一度靠食李子果腹，因不敢暴露自己的原姓"理"，又感于李子的救命之恩，遂改其姓"理"为"李"。

本姓名人

春秋时期思想家李耳（老子），西汉音乐家李延年，唐太宗李世民，唐朝诗人李白、李益、李贺、李商隐，五代南唐后主、词人李煜，宋朝女词人李清照，明朝思想家李贽，医药学家李时珍，清朝文学家李调元，戏曲理论家李渔，现代无产阶级革命家李大钊，地质学家李四光，文学家李芾甘（巴金），国画大师李苦禅、李可染。

本姓名人名句

不自见，故明；不自是，故彰；不自伐，故有功；不自矜，故长。（老子）

以铜为镜，可以正衣冠；以古为镜，可以知兴替；以人为镜，可以明得失。（李世民）

明月出天山，苍茫云海间。长风几万里，吹度玉门关。汉下白登道，胡窥青海湾。由来征战地，不见有人还。戍客望边邑，思归多苦颜。高楼当此夜，叹息未应闲。（李白《关山月》）

黑云压城城欲摧，甲光向日金鳞开。角声满天秋色里，塞上燕脂凝夜紫。半卷红旗临易水，霜重鼓寒声不起。报君黄金台上意，提携玉龙为君死！（李贺《雁门太守行》）

君问归期未有期，巴山夜雨涨秋池。何当共剪西窗烛，却话巴山夜雨时。（李商隐《夜雨寄北》）

春花秋月何时了，往事知多少？小楼昨夜又东风，故国不堪回首月明中。　雕栏玉砌今犹在，只是朱颜改。问君能有几多愁，恰似一江春水向东流。（李煜《虞美人》）

薄雾浓云愁永昼，瑞脑消金兽。佳节又重阳，玉枕纱厨，半夜凉初透。　东篱把酒黄昏后，有暗香盈袖。莫道不消魂，帘卷西风，人比黄花瘦。（李清照《醉花阴》）

我觉得人生求乐的方法，最好莫过于劳动。一切乐观，都可由劳动得来，一切苦境，都可由劳动解脱。（李大钊）

周　属地　汝南郡，今河南省汝南县。

本姓起源 ◎

传说帝喾之子后稷的后人定居于周，形成周部落，到周文王时，族人以国为姓。

本姓名人 ◎

三国时期吴国将领周瑜，宋朝词人周邦彦，哲学家周敦颐，元朝诗人周德清，近代文学家、思想家周树人（鲁迅），当代无产阶级革命家周恩来，中国人民解放军上将周士第，历史学家周予同，历史学家、教育家周谷城，物理学家周培源，理论物理学家周光召，作家周而复、周立波，文学翻译家周煦良，京剧表演艺术家周信芳，电影表演艺术家周璇。

本姓名人名句

秋阴时晴渐向暝，变一庭凄冷。伫立寒声，云深无雁影。　更深人去寂静，但照壁，孤灯相映。酒已都醒，如何消夜永？（周邦彦《关河令》）

长江万里白如练，淮山数点青如靛，江帆几片疾如箭，山泉千尺飞如电。晚云都变露，新月初学扇，塞鸿一字来如线。（周德清《塞鸿秋》）

希望附丽于存在，有存在，便有希望，有希望，便有光明。（周树人）

大江歌罢掉头东，邃密群科济世穷。面壁十年图破壁，难酬蹈海亦英雄。（周恩来）

吴　属地　延陵郡，今江苏省武进县。

本姓起源

相传周太王的儿子泰伯建吴国，其后裔吴王夫差为越王勾践所败，逃亡异国他乡的吴国人为表示对故国怀念之情，以国为姓。

本姓名人

战国军事家吴起，唐朝诗人吴融，画家吴道子，宋朝词人吴文英、吴激，明朝小说家吴承恩，明末清初诗人吴伟业，清朝诗人吴嘉纪，小说家吴敬梓，现代中国"保尔"、劳动模范吴运铎，革命家、教育家吴玉章，学者吴宓，历史学家吴晗，物理学家吴有训、吴大猷，工程热物理学家吴仲华，古人类学家吴汝康，社会学家吴文藻，作家吴强，剧作家吴祖光，画家、美术教育家吴作人，油画家吴冠中。

本姓名人名句

举国繁华委逝川，羽毛飘荡一年年。他山叫处花成血，旧苑春来草似烟。雨暗不离浓绿树，月斜长吊欲明天。湘江日暮声凄切，愁杀行人归去船。（吴融《子规》）

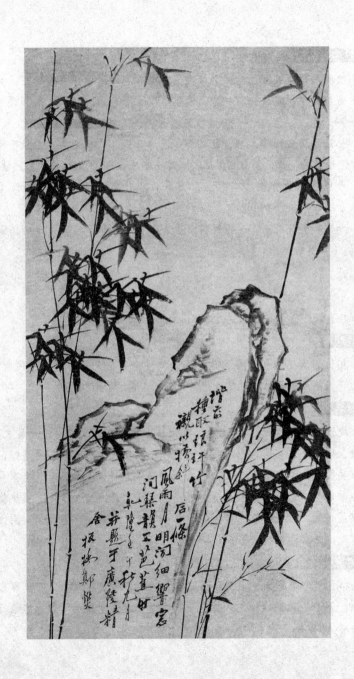

门隔花深旧梦游，夕阳无语燕归愁，玉纤香动小帘钩。　落絮无声春堕泪，行云有影月含羞，东风临夜冷如秋。（吴文英《浣溪沙》）

恸哭六军俱缟素，冲冠一怒为红颜。（吴伟业《圆圆曲》）

不参加变革社会的斗争，理想将永远是一种幻影。（吴运铎）

理想必须要人们去实现它。这就不但需要决心和勇敢，而且需要知识。（吴玉章）

郑　属地　荥阳郡，今河南省荥阳县。

本姓起源◎

周宣王封幼弟姬友于郑，姬友建立郑国，其后人以国为姓。

本姓名人◎

唐朝诗人郑谷，明朝航海家郑和，明末民族英雄郑成功，清朝书画家郑板桥，维新思想家郑观应，现代文学史家、考古学家郑振铎，著名音乐家郑律成，电影导演郑君里。

本姓名人名句◎

扬子江头杨柳春，杨花愁杀渡江人。数声风笛离亭晚，君向潇湘我向秦。（郑谷《淮上与友人别》）

学问二字，须要拆开看。学是学，问是问，今人有学而无问，虽读万卷书，只有一条钝汉尔。（郑板桥）

人必日用脑筋，以增其力，如读书运思等事，则能免病。（郑观应）

我们相信光明必定会到来，我们迎上去，我们向着它走去。（郑振铎）

王 属地 太原郡，今山西省太原县。

本姓起源

王姓大多出自王族。传说周灵王儿子姬晋，因犯颜直谏遭贬，因其王族出身，后人称其为"王家"，子孙便以王为姓。

本姓名人

东汉哲学家王充，晋朝书法家王羲之，唐朝文学家王勃，诗人王之涣、王昌龄、王维、王翰、王建，北宋政治家、思想家、文学家王安石，元朝戏曲家王实甫，画家王冕，明末清初哲学家王守仁，思想家王夫之，清末学者王闿运，当代有无产阶级革命家王稼祥，语言学教育家王力，核物理学家王淦昌，应用光学家王大珩，经济学家王亚南，历史学家王仲荦，作家王蒙，作曲家王洛宾，电影表演艺术家王丹凤，革命烈士王杰，劳动模范王进喜。

本姓名人名句

虹销雨霁，彩彻云衢，落霞与孤鹜齐飞，秋水共长天一色。渔舟唱晚，响穷彭蠡之滨；雁阵惊寒，声断衡阳之浦。（王勃《滕王阁序》）

白日依山尽，黄河入海流。欲穷千里目，更上一层楼。（王之涣《登鹳雀楼》）

青海长云暗雪山，孤城遥望玉门关。黄沙百战穿金甲，不破楼兰终不还。（王昌龄《从军行》）

渭城朝雨浥轻尘，客舍青青柳色新。劝君更进一杯酒，西出阳关无故人。（王维《送元二使安西》）

葡萄美酒夜光杯，欲饮琵琶马上催。醉卧沙场君莫笑，古来征战几人回。（王翰《凉州词》）

所谓文者，务为有补于世而已矣；所谓辞者，犹器之有刻镂绘画也。（王安石）

凡学之不勤，必其志之尚未笃。(王守仁)

知之尽，则实践之而已。实践之，乃心所素知，行焉莫顺。故乐莫大焉。(王夫之)

冯

属地　始平郡，今陕西省兴平县。

本姓起源

周文王第十五子毕公高的孙子受封于冯，其后人以封地为姓。

本姓名人

五代南唐词人冯延巳，明朝文学家冯梦龙，清末爱国将领冯子材，近代飞机设计师冯如，民国爱国将领冯玉祥，当代作家冯雪峰、冯德英、冯骥才，诗人、翻译家冯至，文学史家冯沅君，文学评论家冯牧，哲学家冯友兰。

本姓名人名句

几日行云何处去？忘却归来，不道春将暮。百草千花寒食路，香车系在谁家树？　　泪眼倚楼频独语：双燕归来，陌上相逢否？撩乱春愁如柳絮，悠悠梦里无寻处。(冯延巳《蝶恋花》)

不是一番寒彻骨，怎得梅花扑鼻香？(冯梦龙)

人的美丽可爱，不仅仅是由于他的容貌，首先决定于他的精神面貌。一个品质高尚的人，永远是年轻和美丽的。(冯雪峰)

陈

属地　颍川郡，今河南省长葛县。

本姓起源

舜帝后代胡公满被周武王封于陈，其子孙以封地名为姓。

本姓名人

秦末农民起义军领袖陈胜，西汉丞相陈平，东汉名臣陈蕃，文学家陈琳，西晋史学家陈寿，唐朝文学家陈子昂，诗人陈羽、陈陶，高僧陈玄奘，北宋诗人陈师道，南宋思想家、文学家陈亮，诗人陈与义，近代革命志士陈天华，现代中共创始人之一陈独秀，当代无产阶级革命家、军事家陈毅，历史学家陈寅恪、陈垣，爱国华侨领袖陈嘉庚。

本姓名人名句

前不见古人，后不见来者。念天地之悠悠，独怆然而涕下。（陈子昂《登幽州台歌》）

海畔风吹冻泥裂，梧桐叶落枝梢折。横笛闻声不见人，红旗直上天山雪。（陈羽《从军行》）

人体欲得劳动，但不当使极尔。动摇则谷气得消，血脉流通，病不得生，譬犹户枢不朽也。（陈寿）

志士嗟日短，愁人知夜长。（陈毅）

褚 属地 河南郡，今河南省洛阳县。

本姓起源

商朝王族后裔食采于褚邑，子孙以采邑名为姓。

本姓名人

西汉史学家褚少孙，南朝梁诗人褚沄，唐朝名臣、书法家褚遂良，当代物理学家褚圣麟，劳动模范褚天洪。

本姓名人名句

饮露非表情，轻身易知足。（褚沄《赋得蝉》）

卫 属地 河东郡，今山西省夏县。

本姓起源

周文王第九子康叔建立卫国，其后代以卫为姓。

本姓名人

西汉名将卫青，东汉学者卫宏，东晋书法家卫夫人。

本姓名人名句

善笔力者多骨，不善笔力者多肉。（卫夫人《笔阵图》）

蒋   属地   乐安郡，今山东省广饶县。

本姓起源

周成王时，周公姬旦的第三个儿子伯陵封于蒋，建立蒋国，后世即以封地为姓。

本姓名人

三国时期蜀国名臣蒋琬，唐朝文学家蒋防，北宋书法家蒋璨，清朝翰林院编修蒋士铨，大学士蒋廷锡，词人蒋春霖，民国时期政治家蒋翊武，史学家蒋廷黻，中华民国原"总统"蒋介石。

本姓名人名句

画船游，明月路。古历亭边，画面朱栏护。百顷明湖三万户，如此良宵，一点渔灯度。　棹开时，香过处，说道周遭、荷叶青无数。却被芦花全隔住，泛遍河湾，不见些儿露。（蒋士铨《苏幕遮·大明湖泛月》）

燕子不曾来，小院阴阴雨。一角阑干聚落花，此是春归处。　弹泪别东风，把酒浇飞絮。化了浮萍也是愁，莫向天涯去。（蒋春霖《卜算子》）

沈   属地   吴兴郡，今浙江省吴兴县。

本姓起源

周文王第十个儿子聃季受封于沈，后人以沈为姓。

本姓名人

南朝梁文学家沈约，唐朝诗人沈佺期，北宋科学家沈括，明代画家沈周，清朝诗人沈德潜，当代爱国民主人士沈钧儒，作家沈雁冰（茅盾）、沈从文。

本姓名人名句

闻道黄龙戍，频年不解兵。可怜闺中月，长在汉家营。少妇今春意，良人昨夜情。谁能将旗鼓，一为取龙城。（沈佺期《杂诗》）

雁尽书难寄，愁多梦不成。愿随孤月影，流照伏波营。（沈如筠《闺怨》）

摔倒了，赶快爬起来往前走，莫欣赏摔倒的地方，莫停下来哀叹。（沈从文）

韩 属地 南阳郡，今河南省南阳县。

本姓起源

周武王小儿子叔虞后裔受封于韩，其子孙以封地为姓，并建立韩国。

本姓名人

战国思想家韩非，西汉初年军事家韩信，唐朝文学家韩愈，诗人韩翃、韩琮、韩偓，南唐文学家韩熙载，南宋名将韩世忠。

本姓名人名句

严家无悍虏，而慈母有败子。（韩非）

业精于勤，荒于嬉；行成于思，毁于随。（韩愈）

春城无处不飞花，寒食东风御柳斜。日暮汉宫传蜡烛，轻烟散入五侯家。（韩翃《寒食》）

秦川如画渭如丝，去国还家一望时。公子王孙莫来好，岭花多是断肠枝。（韩琮《骆谷晚望》）

恻恻轻寒翦翦风，小梅飘雨杏花红。夜深斜搭秋千索，楼阁朦胧烟雨中。（韩偓《寒食夜》）

杨

属地　弘农郡，今河南省灵宝县。

本姓起源

周幽王封周宣王的小儿子尚父于杨，并建立杨国，尚父子孙以国为姓。

本姓名人

战国思想家杨朱，东汉大臣、学者杨震，文学家杨修，隋朝开国皇帝杨坚，唐朝诗人杨炯、杨巨源，唐玄宗贵妃杨玉环，南宋诗人杨万里，明朝诗人杨慎，清朝历史地理学家杨守敬，现代革命烈士杨超，当代美籍华裔物理学家杨振宁，宇航员杨利伟。

本姓名人名句

烽火照西京，心中自不平。牙璋辞凤阙，铁骑绕龙城。雪暗凋旗画，风多杂鼓声。宁为百夫长，胜做一书生。（杨炯《从军行》）

诗家清景在新春，绿柳才黄半未匀。若待上林花似锦，出门俱是看花人。（杨巨源《城东早春》）

以法从人，不若以人从法。以人从法，则公道行而私欲止；以法从人，则公道止而私欲行。（杨万里《论吏部恩泽之弊札子》）

满天风雪满天愁，革命何须怕断头？留得子胥豪气在，三年归报楚王仇。（杨超《就义诗》）

朱

属地　沛郡，今安徽省宿县。

本姓起源

周武王封颛顼后裔曹挟于邾地，建立邾国，曹挟后人去掉邑旁，以朱为姓。

本姓名人

西汉名臣朱买臣，唐朝诗人朱庆馀，北宋女词人朱淑贞，南宋哲学家朱熹，明朝开国皇帝朱元璋，清朝画家朱耷，文学家朱彝尊，民国政治家朱执信，现代学者朱自清，诗人朱湘，当代无产阶级革命家、军事家、原全国人大常委会委员长朱德，美学家朱光潜。

本姓名人名句

洞房昨夜停红烛，待晓堂前拜舅姑。妆罢低声问夫婿：画眉深浅入时无？（朱庆馀《闺意献张水部》）

无一事而不学，无一时而不学，无一处而不学。（朱熹）

泪眼注，临当去，此时欲住已难住。下楼复上楼，楼头风吹雨。风吹雨，草草离人语。（朱彝尊《一叶落》）

消遣就是娱乐，无可消遣当然就是苦闷。世间喜欢消遣的人，无论他们的嗜好如何不同，都有一个共同点，就是他们必都有强壮的生命力。（朱光潜）

秦 属地 天水郡，今甘肃省通渭县。

本姓起源

帝舜时期伯益后代赢非子，为周孝王驯养良马有功，被封于秦，其子孙建立秦国。秦朝灭亡后，后人以国为姓。

本姓名人

战国医生秦越人，东汉诗人秦嘉，唐朝诗人秦韬玉，北宋词人秦观，南宋数学家秦九韶，当代散文家秦牧。

本姓名人名句

苦恨年年压针线，为他人作嫁衣裳！（秦韬玉）

纤云弄巧，飞星传恨，银汉迢迢暗度。金风玉露一相逢，便胜却人间无数。　柔情似水，佳期如梦，忍顾鹊桥归路。两情若是久长时，又岂在朝朝暮暮？（秦观《鹊桥仙》）

只有在认识透彻的时候，才能够说出清晰、有力的语言；只有在感情激越的时候，才能够说出新鲜、感人的语言。（秦牧）

尤

属地　吴兴郡，今江苏省吴兴县。

本姓起源

五代时，王审知在福建自立为闽王，当地沈姓为避讳王审知的"审"字，去掉沈旁的三点水，而改姓尤。

本姓名人

南宋诗人尤袤，清初文学家尤侗，医生尤怡。

本姓名人名句

欲绘饥民图，献之上帝所，大发万千仓，散为天下雨。（尤侗《散米谣》）

许

属地　高阳郡，今河北省高阳县。

本姓起源

周武王封炎帝后裔文叔于许，建立许国，战国时，许国为楚所灭，其后人以国为姓。

本姓名人

战国时农家学派许行，东汉文字学家许慎，三国时期魏国评论家许劭，唐朝诗人许浑，南宋医学家许叔微，元初理学家许衡，清朝诗人许虬。

本姓名人名句

劳歌一曲解行舟，红叶青山水急流。日暮酒醒人已远，满天风雨下西楼。（许浑《谢亭送别》）

居辽四十年，生儿十岁许，偶听故乡音，问爷此何语。（许虬《折杨柳歌》）

何 属地 庐江郡，今安徽省庐江县。

本姓起源

战国时期，秦灭韩国后，一部分韩国王室子孙逃亡到安徽淮河流域一带，当地"韩""何"同音，为避祸，这些王室子孙将"韩"姓改为"何"姓。

本姓名人

东汉经学家何休，三国时期玄学家何晏，南朝宋科学家何承天，梁文学家何逊，明朝学者何景明，清朝书法家何绍基，现代革命烈士何叔衡，当代学者何其芳。

本姓名人名句

有之为有，恃无以生。事而为事，由无以成。（何晏《列子・天瑞》注引）

客心已百念，孤游重千里。江暗雨欲来，浪白风初起。（何逊《相送》）

身上征衣杂酒痕，远游无处不消魂。此生合是忘家客，风雨登轮出国门。（何叔衡）

凡是有生活的地方，就有快乐和宝藏。（何其芳）

吕 属地 河东郡，今山西省夏县。

本姓起源

神农后代太岳被大禹视为"心吕之臣"（"吕"是脊梁骨的意思，"心吕"比喻亲信或骨干），封其为吕侯，子孙便以吕为姓。

本姓名人

商末周初政治家吕尚（姜太公），战国政治家吕不韦，三国时吴国名将吕蒙，西晋文学家吕忱，唐朝哲学家吕才，宋朝诗人吕本中，哲学家吕祖谦，明朝学者吕坤，画家吕纪，近代女词人吕碧城。

本姓名人名句

当理不避其难，视死如归。（吕不韦）

风雨潇潇似晚秋，鸦归门掩伴僧幽。云深不见千岩秀，水涨初闻万壑流。钟唤梦回空怅望，人传书至竟沉浮。面如田字非吾相，莫羡班超封列侯。（吕本中《柳州开元寺夏雨》）

人不自爱，则无所不为；过于自爱，则一无所为。（吕坤）

施 属地 吴兴郡，今浙江省吴兴县。

本姓起源

春秋时期鲁惠公的儿子名尾，字施父，曾任鲁国大夫，第五代施伯开始以施为姓。

本姓名人

西汉学者施雠，唐朝诗人施肩吾，元朝文学家施耐庵，清朝学者施闰章，水师提督施琅，民国名医施今墨，现代革命烈士施洋。

本姓名人名句

手燃寒灯向影频，回文机上暗生尘。自家夫婿无消息，却恨桥头卖卜人。（施肩吾《望夫词》）

路回临石岸，树老出墙根。野水合诸涧，桃花成一村。呼鸡过篱栅，行酒尽儿孙。老矣吾将隐，前峰恰对门。（施闰章《过湖北山家》）

张 属地 清河郡，今河北省清河县。

本姓起源

黄帝孙子姬挥发明弓箭，被封为弓长，"弓""长"两字合一，便产生了张姓。

本姓名人

战国时期纵横家张仪，西汉名臣张良，外交家张骞，东汉科学家、文学家张衡，医学家张仲景，农民起义军领袖张角，三国时期蜀国名将张飞，晋朝文学家张载，南朝画家张僧繇，唐朝诗人张若虚、张说、张敬忠、张九龄、张谓、张继、张籍、张仲素、张祜，书法家张旭，北宋诗人张耒，词人张先，画家张择端，南宋词人张孝祥、张炎，学者张栻，明朝政治家张居正，清朝名臣张之洞，当代无产阶级革命家张闻天，革命烈士张志新。

本姓名人名句

不患位之不尊，而患德之不崇；不耻禄之不伙，而耻智之不博。（张衡）

江畔何人初见月？江月何年初照人？人生代代无穷已，江月年年只相似。不知江月待何人，但见长江送流水。（张若虚《春江花月夜》）

月落乌啼霜满天，江枫渔火对愁眠。姑苏城外寒山寺，夜半钟声到客船。（张继《枫桥夜泊》）

湘水无潮秋水阔，湘中月落行人发。送人发，送人归，白蘋茫茫鹧鸪飞。（张籍《湘江曲》）

金陵津渡小山楼，一宿行人自可愁。潮落夜江斜月里，两三星火是瓜州。（张祜《题金陵渡》）

天下之事，虑之贵详，行之贵力，谋在于众，断在于独。（张居正）

如果痛苦换来的是结识真理、坚持真理，就应自觉地欣然承受；那时，也只有那时，痛苦才将化为幸福。（张志新）

孔

属地 鲁郡，今山东省曲阜县。

本姓起源

传说帝喾妻吞乙（传说中的一种鸟）卵，生下商的祖先契，赐姓"子"。后来，契的后人将"乙""子"二字合为一体，便有了孔姓。

本姓名人

春秋时期鲁国思想家、政治家、教育家孔丘（孔子），东汉文学家孔融，南朝齐文学家孔稚珪，唐朝经学家孔颖达，清朝剧作家孔尚任。

本姓名人名句

学而时习之，不亦说乎？有朋自远方来，不亦乐乎？人不知而不愠，不亦君子乎？（孔子）

于是南岳献嘲，北陇腾笑，列壑争讥，攒峰竦诮。慨游子之我欺，悲无人以赴吊。（孔稚珪《北山移文》）

曹　属地　谯郡，今安徽省亳县。

本姓起源

周武王封周文王第十三个儿子振铎于曹地，建曹国。曹国后来为宋国所灭，其后人以故国名为姓。

本姓名人

三国时期政治家、文学家曹操，魏文帝曹丕，诗人曹植，唐朝诗人曹邺、曹松，清朝文学家曹雪芹。

本姓名人名句

对酒当歌，人生几何？譬如朝露，去日苦多。慨当以慷，忧思难忘。何以解忧？惟有杜康。（曹操《短歌行》）

官仓老鼠大如斗，见人开仓亦不走。健儿无粮百姓饥，谁遣朝朝入君口？（曹邺《官仓鼠》）

泽国江山入战图，生民何计乐樵苏！凭君莫话封侯事，一将功成万骨枯！（曹松《己亥岁》）

世事洞明皆学问，人情练达即文章。（曹雪芹）

严

属地　天水郡，今甘肃省通渭县。

本姓起源

楚庄王后人以其谥号"庄"为姓，至汉代，为避汉明帝刘庄讳，改"庄"姓为"严"姓。

本姓名人

东汉隐士严光，唐朝诗人严武、严维，宋朝文学评论家严羽，明朝琴家严澂，清朝学者严可均，思想家、翻译家严复。

本姓名人名句

昨夜秋风入汉关，朔云边月满西山。更催飞将追骄虏，莫遣沙场匹马还。（严武《军城早秋》）

丹阳郭里送行舟，一别心知两地秋。日晚江南望江北，寒鸦飞尽水悠悠。（严维《丹阳送韦参军》）

华

属地　武陵郡，今湖南省溆浦、常德一带。

本姓起源

宋戴公的儿子考父封于华邑，其后代以封地名为姓。

本姓名人

三国名医华佗，宋朝诗人华岳，当代数学家华罗庚，漫画家华君武。

本姓名人名句

牛尾乌云泼浓墨，牛头风雨翻车轴。怒涛顷刻卷沙滩，十万军声吼鸣瀑。牧童家住溪西曲，侵早骑牛牧溪北；慌忙冒雨急渡溪，雨势骤晴山又绿。（华岳《骤雨》）

凡在事业上有所成就的人，无一不是利用时间的能手。时间是由秒积成的，善于利用零星时间的人，才会做出更大的成绩来。（华罗庚）

金

属地 彭城郡，今江苏省铜山县。

本姓起源

黄帝儿子少昊被称为"金天氏"，其后人以他的称号金字为姓。

本姓名人

唐朝诗人金昌绪，元朝学者金履祥，书法家金元举，明朝学者金缨，诗人金銮，明末清初文学批评家金圣叹，清朝书画家金农，当代著名哲学家、逻辑学家金岳霖，著名学者金仲华，表演艺术家金山、金焰。

本姓名人名句

打起黄莺儿，莫教枝上啼。啼时惊妾梦，不得到辽西。（金昌绪《春怨》）

论人当节取其长，曲谅其短；做事必先审其害，后计其利。（金缨《格言联璧·处事》）

愁轻游冶兴，老重别离情。野戍寒更尽，河桥春水生。断云疏雁影，残月乱鸡声。明发应千里，萧萧过楚城。（金銮《泊淮上》）

魏

属地 巨鹿郡，今河北省平乡县。

本姓起源

周文王第十五个儿子毕公高的后裔毕万被封于魏，其子孙有的以封地为姓，其后人魏斯与韩、赵"三家分晋"，建立魏国。

本姓名人

唐朝名臣魏征，词人魏承班，北宋诗人魏野，明朝戏曲音乐家魏良辅，清朝思想家、史学家魏源。

本姓名人名句

求木之长者，必固其根本；欲流之远者，必浚其泉源；思国之安者，必积其德义。（魏征《谏太宗十思疏》）

烟水阔，人值清明时节。雨细花零莺语切，愁肠千万结。　雁去音徽断绝，有恨欲凭谁说？无事伤心犹不彻，春时容易别。（魏承班

《谒金门》)

执古以绳今，是为诬今；执今以绳古，是为诬古。（魏源《默
觚·治篇》)

陶

属地　济阳郡，今山东省定陶县。

本姓起源

传说尧帝始封于陶，后封于唐，被称为陶唐氏，其后裔有一部分以
陶为姓。

本姓名人

东晋名臣陶侃，诗人陶渊明，南朝医学家陶弘景，明朝文学家陶宗
仪，现代教育家陶行知，当代无产阶级革命家陶铸。

本姓名人名句

大禹圣者，乃惜寸阴，至于众人，当惜分阴，岂可逸游荒醉，生无
益于时，死无闻于后，是自弃也。（陶侃）

结庐在人境，而无车马喧。问君何能尔，心远地自偏。采菊东篱下，
悠然见南山。山气日夕佳，飞鸟相与还。此中有真意，欲辩已忘言。（陶
渊明《饮酒》)

我有八位好朋友，肯把万事指导我。你若想问真名姓，名字不同都
姓何：何事、何故、何人、何时、何地、何去、何如，好像弟弟与哥哥。
还有一个西洋派，姓名颠倒叫几何。若向八贤常请教，虽是笨人不会错。
（陶行知）

姜

属地　天水郡，今甘肃省通渭县。

本姓起源

传说炎帝神农氏生于姜水河畔，后人以其祖先出生地为姓。

本姓名人

商末周初政治家姜尚，三国时期蜀国名将姜维，南宋词人姜夔，明朝书画家姜立纲，清朝文学家姜宸英。

本姓名人名句

淮左名都，竹西佳处，解鞍少驻初程。过春风十里，尽荠麦青青。自胡马窥江去后，废池乔木，犹厌言兵。渐黄昏，清角吹寒，都在空城。

杜郎俊赏，算而今，重到须惊。纵豆蔻词工，青楼梦好，难赋深情。二十四桥仍在，波心荡，冷月无声。念桥边红药，年年知为谁生。（姜夔《扬州慢》）

戚　属地　东海郡，今山东省郯城县。

本姓起源

春秋时期卫国大夫孙林父因立卫殇公有功，被封于戚邑，其后人以封邑名为姓。

本姓名人

宋朝画家戚仲，明朝民族英雄戚继光。

本姓名人名句

小筑惭高枕，忧时旧有盟。呼尊来揖客，挥麈坐谈兵。云护牙签满，星含宝剑横。封侯非我意，但愿海波平。（戚继光《韬钤深处》）

谢　属地　陈留郡，今河南省陈留县。

本姓起源

炎帝后裔申伯被周宣王封于谢地，建谢国。后来，楚灭谢，谢国后人以国名为姓。

本姓名人

东晋名臣谢安，女诗人谢道韫，南朝文学家谢灵运，文学家谢庄，诗人谢朓，北宋学者谢良佐，清朝航海旅行家谢清高，当代无产阶级革命家谢觉哉，作家谢婉莹（冰心）、谢冰莹。

本姓名人名句

绿草蔓如丝，杂树红英发。无论君不归，君归芳已歇。（谢朓《王孙游》）

善于想，善于问，善于做的人，其收效则常大而且快。（谢觉哉）

弱小的草啊，骄傲些罢，只有你普遍地装点了世界。（谢婉莹）

邹　属地　范阳郡，今河北省涿县。

本姓起源

周武王封颛顼后裔曹挟于邾地，建立邾国，战国时改国名为邹，后来，邹国为楚所灭，其后人以国名为姓氏。

本姓名人

战国时期哲学家邹衍，齐国名臣邹忌，西汉散文家邹阳，明朝学者邹元标，清朝科学家邹伯奇，近代民主革命家邹容，现代政治家、出版家邹韬奋。

本姓名人名句

无所不能的人实在一无所能，无所不专的专家实在是一无所专。（邹韬奋）

喻　属地　江夏郡，今湖北省云梦县。

本姓起源

西汉苍梧太守谕猛，将自己的姓"谕"改为"喻"，其子孙便沿用下来。

本姓名人

宋朝学者喻良能，建筑学家喻皓，明朝学者、画家喻希连，清朝诗人、湖广总督喻成龙，易学家喻国人，名医喻昌，近代民主革命烈士喻培伦。

本姓名人名句

喻皓造开宝寺塔，看上去不正，塔向西南方向倾斜，有人问其故，喻皓的解释是，京师地势较平，没有多少山丘，常刮西北风，风吹百年后，这座塔就会正过来的。

柏

属地 魏郡，今河南省临漳县。

本姓起源

传说帝喾的老师封于柏地，后人以封地为姓。

本姓名人

东周史官柏常骞，唐朝大将柏良器，明朝名臣柏英，清朝书法家柏谦，当代台湾作家柏杨。

本姓名人名句

爱情是不按逻辑发展的，所以必须时时注意它的变化；爱情更不是永恒的，所以必须不断地追求。（柏杨）

水

属地 吴兴郡，今浙江省吴兴县。

本姓起源

传说大禹治水有功，其子孙便以水为姓。

本姓名人

明朝著名廉吏水苏民、水乡谟。

本姓名人故事

水乡谟，明朝鄞县人，字禹陈，万历年间进士。曾出任宁国知县，后调任丹阳，为官清正廉明，改革弊政，颇有成效，因劳累过度，呕血而亡。

窦 属地 扶风郡，今陕西省咸阳县。

本姓起源

传说夏仲康的皇后为躲避有穷的迫害，从墙窦中逃出，不久生下少康，少康长子杼继承帝位，次子龙受赐姓窦。其后人便以窦为姓。

本姓名人

西汉名臣窦婴，东汉名臣窦融，隋末农民起义领袖窦建德，唐朝诗人窦叔向、窦弘余，五代名人窦燕山，金代医学家窦汉卿，元朝医学家窦默。

本姓名人名句

夜合花开香满庭，夜深微雨醉初醒。远书珍重何曾达，旧事凄凉不可听。去日儿童皆长大，昔年亲友半凋零。明朝又是孤舟别，愁见河桥酒幔青。（窦叔向《夏夜宿表兄话旧》）

胡尘犯阙冲关，金辂提携玉颜。云雨此时萧散，君王何日归还？伤心朝恨暮恨，回首千山万山。独望天边初月，蛾眉犹自弯弯。（窦弘余《广谪仙怨》）

章 属地 河间郡，今河北省献县。

本姓起源

齐太公的子孙被封于鄣地，其后人去掉邑旁，以章为姓。

本姓名人

秦朝大将章邯，清末民初思想家、学者章炳麟，史学家章学诚。

本姓名人名句

邹容吾小弟，被发下瀛洲。快剪刀除辫，干牛肉作糇。英雄一入狱，天地亦悲秋。临命须掺手，乾坤只两头。（章炳麟《狱中赠邹容》）

云　　属地　琅玡郡，今山东省诸城县。

本姓起源

传说帝喾封祝融于"郧"（今湖北安陆），后被楚所灭，子孙以国名为姓，后去邑旁成为"云"氏。

本姓名人

唐朝佛学家云表，宋朝名臣云景龙，元朝行省参政云从龙。

本姓名人故事

云景龙，宋朝许州人，乾道年间任慈州知府。为政严明，兴建学校，鼓励农桑，为人节俭，刚直不阿，既不随波逐流，又不趋炎附势，因而为权贵所不喜，最后被迫辞官。一些长辈为之饯行时，都痛哭流涕。

苏　　属地　扶风郡，今陕西省咸阳县。

本姓起源

传说祝融之孙昆吾被封于苏，其后人建立苏国，后苏国被狄灭国，原国人便以故国名为姓。

本姓名人

战国纵横家苏秦，西汉名臣苏武，唐朝诗人苏味道、苏颋，北宋文学家苏洵、苏轼、苏辙，诗人苏舜钦，天文学家苏颂，近代诗僧苏曼殊。

本姓名人名句

火树银花合，星桥铁锁开。暗尘随马去，明月逐人来。游妓皆秾李，

行歌尽落梅。金吾不禁夜，玉漏莫相催。（苏味道《正月十五日夜》）

北风吹白云，万里渡河汾。心绪逢摇落，秋声不可闻。（苏颋《汾上惊秋》）

明月几时有？把酒问青天。不知天上宫阙，今夕是何年？我欲乘风归去，惟恐琼楼玉宇，高处不胜寒。起舞弄清影，何似在人间？ 转朱阁，低绮户，照无眠。不应有恨，何事长向别时圆？人有悲欢离合，月有阴晴圆缺，此事古难全。但愿人长久，千里共婵娟。（苏轼《水调歌头》）

潘 属地 荥阳郡，今河南省荥阳县。

本姓起源

周文王第十五子毕公高被封于毕并建立毕国后，封小儿子季孙于潘，其后人以封地为姓。

本姓名人

西晋文学家潘岳，明朝水利家潘季训，文学家潘之恒，清朝学者潘来，诗人潘德舆，名臣潘世恩，现代画家潘天寿。

本姓名人名句

教无常师，道在则是。（潘岳《闲居赋》）

人故贵于物，谁其通至诚？（潘德舆《鹊巢》）

美有如火之热情，美有冷静之头脑，美有冰雪之聪明，美有自由之规律，美有无边之真诚，美有极端之善意，美有至乐之境域。（潘天寿）

葛 属地 顿邱郡，今河北省清丰县。

本姓起源

葛国是夏朝诸侯国之一，葛国灭亡后，其后代以国为姓。

三国道家葛玄，西晋医学家、炼丹术家葛洪，唐朝诗人葛鸦儿，宋朝著名孝子葛书思，清朝殉国名将葛云飞。

官高者，其责重。（葛洪）

蓬鬓荆钗世所稀，布裙犹是嫁时衣。胡麻好种无人种，正是归时底不归？（葛鸦儿《怀良人》）

奚 属地 谯郡，今安徽省亳县。

传说黄帝的儿子禺阳被封于任，禺阳裔孙仲被封于奚，奚仲是车的发明者，其后代以其先祖封地名为姓。

后魏侍郎奚斤，唐朝制墨大师奚鼐，宋朝大理卿奚士逊，明朝户部主事奚世亮，清朝画家奚涛、奚冈。

奚冈，清朝浙江钱塘人，字纯章。年方二十即以画闻名。奚冈性格孤僻耿介，乾隆南巡时，奚冈正应童子试，杭州知府叫人用绳子将他绑来，让他在白壁上作画，奚冈说，哪有嘱托作画而用绳子绑着来的，头可断，画不可得。将他绑来的人说，你不是童生，而是铁生。奚冈便自号为铁生，终身不应试。

范 属地 高平郡，今山东省金乡县。

尧帝的后裔受封于范，其后人以其封地为姓。

本姓名人

春秋时期越国名臣范蠡，南朝哲学家范缜，史学家范晔，北宋政治家、文学家范仲淹，南宋诗人范成大，当代历史学家范文澜。

本姓名人名句

志士不饮盗泉之水，廉者不受嗟来之食。（范晔）

先天下之忧而忧，后天下之乐而乐。（范仲淹《岳阳楼记》）

州桥南北是天街，父老年年等驾回。忍泪失声询使者："几时真有六军来？"（范成大《州桥》）

彭 属地 陇西郡，今甘肃省临洮县。

本姓起源

传说颛顼后裔陆终第三个儿子活了八百岁，帝尧封他于彭城，即有名的彭祖，其子孙以封地为姓。

本姓名人

汉初大将彭越，唐朝学者彭蟾，诗人彭伉，宋朝诗人彭止，清朝学者彭端淑，诗人彭兆荪，湘军将领彭玉麟，辛亥革命烈士彭楚藩，当代无产阶级革命家彭德怀。

本姓名人名句

天下事有难易乎？为之，则难者亦易矣；不为，则易者亦难矣。（彭端淑《为学一首示子侄》）

郎 属地 中山郡，今河南省登封县。

本姓起源

鲁懿公的孙子费伯在郎地建邑，其后人以邑名为姓。

本姓名人

东汉经学家郎宗，唐朝诗人郎士元，明朝学者郎瑛，清朝书画家郎葆辰。

本姓名人名句

溪上遥闻精舍钟，泊舟微径度深松。青山霁后云犹在，画出西南四五峰。（郎士元《柏林寺南望》）

鲁　属地　扶风郡，今陕西省咸阳县。

本姓起源

周公的儿子伯禽封于鲁，并建立鲁国，鲁国被楚国灭亡后，其国人便以故国名为姓。

本姓名人

春秋时期鲁国工匠鲁班，战国时义不帝秦的鲁仲连，三国时期吴国名臣鲁肃，清朝诗人鲁一同，古文家鲁九皋，画家鲁得之。

本姓名人名句

披发何人诉上苍，孤舟百战久低昂。前军力尽宵泗水，幕府深谋坐裹粮。握节魂归云冉冉，扬灰风疾海茫茫。神光金甲分明见，噀血衔须下大荒。（鲁一同《重有感》）

韦　属地　京兆郡，今陕西省长安县。

本姓起源

夏朝少康帝将孙子元哲封于豕韦，元哲后人建立韦国，后韦国被商汤所灭，其后人以国名为姓。

本姓名人

唐朝诗人韦应物、韦庄，名将韦皋，清末三元里抗英首领韦绍光，现代革命先烈韦拔群。

本姓名人名句

独怜幽草涧边生，上有黄鹂深树鸣。春潮带雨晚来急，野渡无人舟自横。(韦应物《滁州西涧》)

江雨霏霏江草齐，六朝如梦鸟空啼。无情最是台城柳，依旧烟笼十里堤。(韦庄《台城》)

昌

属地 汝南郡，今河南省汝南县。

本姓起源

传说黄帝有一个儿子名叫昌意，其后人以祖先名字为姓。

本姓名人

南朝梁名将、徐州刺史昌义之，明朝高僧昌海。

本姓名人故事

昌义之，南朝梁乌江人。在镇守钟离时，遇北魏军队入侵，城中仅三千余人，在昌义之率领下四处御敌，魏军的尸首差不多与城墙齐平了。昌义之没有读过什么书，但为人宽厚，所以能得到众人拥戴，愿下死力追随他。

马

属地 扶风郡，今陕西省咸阳县。

本姓起源

战国时期赵国名将赵奢因军功被封为马服君，其后人省去服字，以马为姓。

本姓名人 ◎

东汉伏波将军马援，经学家马融，三国时期魏国机械发明家马钧，蜀汉名将马超，唐朝户部尚书马总，元朝杂剧和散曲作家马致远，清朝学者马建忠，现代东北抗日名将马占山，当代经济学家马寅初，作曲家马可，京剧表演艺术家马连良，粤剧表演艺术家马师曾，相声表演艺术家马三立。

本姓名人名句 ◎

文章载人之行，传人之美，岂徒调弄笔墨，空驭英丽哉！（马总《意林》）

枯藤老树昏鸦，小桥流水人家，古道西风瘦马，夕阳西下，断肠人在天涯。（马致远《天净沙·秋思》）

苗　属地　东阳郡，今浙江省金华县。

本姓起源 ◎

春秋时期楚国贵族贲皇因宫廷政变出逃至晋国，受到晋国国君的厚待，后来，晋国国君还将苗邑封给他，其后人以邑名为姓。

本姓名人 ◎

唐朝诗人苗发，宋朝名将苗授、苗再成，金代大臣苗道润，明朝学者、兵部尚书苗衷，清朝语言学家苗夔，现代天文学家苗永瑞，纺织机械专家苗海南。

本姓名人故事 ◎

苗再成，慷慨有大志。南宋末年镇守真州，南宋末代君主宋恭帝德祐年间，抗元名将文天祥兵败，退走真州。苗再成将文天祥请入城中，共商抗元大计。后真州城为元兵所破，再成不屈而死。

凤

属地 平阳郡，今山西省临汾县。

本姓起源

传说帝喾曾任凤鸟氏为历正，掌管历法节气时令，凤鸟氏的子孙即以祖上的官名为姓。

本姓名人

汉朝高士、医药学家凤纲，明朝衡州知府凤翕如，清朝驻藏大臣凤全，现代采矿专家凤冠绥。

本姓名人故事

凤纲，汉朝渔阳人。传说他常常采集各种花草，用水浸泡后，再用泥封起来。采集活动从正月开始，到九月末止，然后将封好的花草埋在地下百余日，经九次火的煎熬后制成药丸。死者以此药放入口中，立即能活过来。凤纲本人也常服此药，活了几百岁。

花

属地 东平郡，今山东省东平县。

本姓起源

从华姓中分化出来。

本姓名人

唐朝名将花敬定，明朝名将花云，诗人花润生。

本姓名人故事

花云，元末怀远人，勇力过人。投奔朱元璋后，攻城略地，屡建奇功。在朱元璋与陈友谅的战事中，花云率三千名士兵驻守太平（今安徽当涂），遇陈友谅大军来袭。坚守三天后，城破，花云被俘，奋力大呼，绑缚他的绳子都断裂了。花云夺过身边看守士兵的刀，接连杀死五六人，最后被杀。

方

属地 河南郡，今河南省洛阳县。

本姓起源

黄帝后裔方雷氏，其裔孙方叔在周宣王时，因军功封侯，子孙以祖先名字为姓。

本姓名人

北宋农民起义领袖方腊，明朝学者方孝孺，明末清初思想家、科学家方以智，清朝学者方苞，画家方士庶，现代革命烈士方志敏。

本姓名人名句

池鱼不知海，越鸟不知燕。蚯蚓霸一穴，神龙行九天。小大万相殊，岂惟物性然？君子勿叹息，彼诚可哀怜。（方孝孺《闲居感怀》）

我们活着不能与草木同腐，不能醉生梦死，枉度人生，要有所作为！（方志敏）

俞

属地 河间郡，今河北省献县。

本姓起源

传说黄帝时代有名医俞跗，为俞姓始祖。

本姓名人

宋朝诗人俞灏，明朝名将俞大猷，清朝学者俞正燮、俞樾，甘肃提学使、诗人俞明震，当代学者俞平伯。

本姓名人名句

西溪溟烟送归客，艇子落湖风猎猎。芦花浅白夕阳紫，要从雁背分颜色。颓云掠霞没山脚，一角秋光幻金碧。欲暝不暝天从容，疑雨疑晴我萧瑟。忆看君山元气中，沧波一逝各成翁。请将今日西湖影，写入生平云梦胸。（俞明震《游西溪归泛舟湖上晚景奇绝和散原作》）

任

属地 乐安郡，今山东省广饶县。

本姓起源

传说黄帝的小儿子禹阳被封于任，其后代以封地为姓。

本姓名人

南朝梁文学家任昉，元朝水利专家、画家任仁发，清朝学者任大椿，画家任熊、任伯年，现代革命烈士任锐，当代无产阶级革命家任弼时。

本姓名人名句

儿父临刑曾大呼："我今就义亦从容。"寄语天涯小儿女，莫将血恨付秋风。（任锐《重庆赴延安途中口占寄儿》）

袁

属地 汝南郡，今河南省汝南县。

本姓起源

舜帝后裔胡公满的裔孙名叫伯爰，其子孙以祖上的名为姓（古代爰、袁通用）。

本姓名人

西汉名臣袁盎，东晋文学家袁宏，南北朝文学家袁淑、袁崧，唐朝文学家袁郊，南宋史学家袁枢，明朝诗人袁宏道、袁宗道、袁中道，军事家袁崇焕，清朝学者袁枚。

本姓名人名句

湘山晴色远微微，尽日江边取醉归。不见两关传露布，尚闻三殿未垂衣。边筹自古无中下，朝论于今有是非。日暮平沙秋草乱，一双白鸟避人飞。（袁宏道《感事》）

天下无难事，只怕有心人；天下无易事，只怕粗心人。（袁枚）

柳 属地 河东郡，今山西省夏县。

本姓起源

春秋时期鲁孝公裔孙展禽封于柳下，即坐怀不乱的柳下惠，其后人以先祖封地名为姓。

本姓名人

南朝诗人柳恽，唐朝文学家、哲学家柳宗元，书法家柳公权，北宋词人柳永，散文家柳开，当代作家柳青。

本姓名人名句

千山鸟飞绝，万径人踪灭。孤舟蓑笠翁，独钓寒江雪。（柳宗元《江雪》）

寒蝉凄切，对长亭晚，骤雨初歇。都门帐饮无绪，方留恋处、兰舟催发。执手相看泪眼，竟无语凝噎。念去去、千里烟波，暮霭沉沉楚天阔。　多情自古伤离别，更那堪、冷落清秋节！今宵酒醒何处？杨柳岸、晓风残月。此去经年，应是良辰好景虚设。便纵有千种风情，更与谁人说？（柳永《雨霖铃》）

人生的道路虽然漫长，但紧要处常常只有几步，特别是当年轻的时候。（柳青）

酆 属地 京兆郡，今陕西省长安县。

本姓起源

周武王将酆地封给自己最小的弟弟姬封，姬封的后人以先祖封邑名为姓。

本姓名人

春秋时期潞邑执政酆舒，宋朝道家酆去奢。

本姓名人故事

鄞去奢，宋朝龙丘人，年轻时为崇仙宫道士，后居茅山，传说他因得道而成仙。

鲍 属地 上党郡，今山西省长治县。

本姓起源

夏禹的后裔在春秋时期的齐国做官，后被封于鲍地，其后代便以鲍为姓。

本姓名人

春秋时期齐国名人鲍叔牙，东汉水利专家鲍昱，南朝宋文学家鲍照、鲍令晖，清朝诗人鲍皋。

本姓名人名句

对案不能食，拔剑击柱长叹息。丈夫生世会几时，安能蹀躞垂羽翼？弃置罢官去，还家自休息。朝出与亲辞，暮还在亲侧。弄儿床前戏，看妇机中织。自古圣贤尽贫贱，何况我辈孤且直！（鲍照《拟行路难》）

史 属地 京兆郡，今陕西省长安县。

本姓起源

传说仓颉是黄帝的史官，其后人以他的官名为姓。

本姓名人

西晋画家史道硕，宋朝词人史达祖，教育家史次泰，元朝大将史天泽，明朝抗清名将史可法，清朝文学家史震林。

本姓名人名句

柳锁莺魂，花翻蝶梦，自知愁染潘郎。轻衫未揽，犹将泪点偷藏。

念前事，怯流光，早春窥、酥雨池塘。向消凝里，梅开半面，情满徐妆。

风丝一寸柔肠，曾在歌边惹恨，烛底萦香。芳机瑞锦，如何未识鸳鸯。人扶醉，月依墙，是当初、谁敢疏狂！把闲言语，花房夜久，各自思量。(史达祖《夜合花》)

唐　属地　晋昌郡，今陕西省石泉县。

本姓起源

传说舜帝将尧的儿子丹朱封于唐地，其子孙以封地为姓。

本姓名人

战国时魏国名臣唐睢，西汉通夜郎中郎将唐蒙，唐朝诗人唐彦谦，宋朝医学家唐慎微，明朝文学家、画家唐寅，清朝思想家唐甄，维新人士唐才常。

本姓名人名句

绊惹春风别有情，世间谁敢斗轻盈？楚王江畔无端种，饿损纤腰学不成。(唐彦谦《垂柳》)

镜里形骸春共老，灯前夫妇月同圆。但愿老死花酒间，不愿鞠躬车马前。(唐寅《桃花庵歌》)

费　属地　江夏郡，今湖北省云梦县。

本姓起源

传说伯益帮助大禹治水有功，受封于费地，后裔以封地为姓。

本姓名人

东汉学者费值，三国时蜀大臣费祎，宋朝医学家费孝先，元朝散曲作家费唐臣，清朝学者费密，名医费伯雄，当代社会学家、人类学家、原全国人大常委会副委员长费孝通，作家费雪。

本姓名人名句 ◉

诗吟的神嚎鬼哭，文惊的地老天荒。（费唐臣《贬黄州》）

做学问要在细小处求甚解，永远不人云亦云，决不沽名钓誉。……总之，安于贫贱而不妄，勤于解难而不惑。（费雪）

廉

属地　河东郡，今山西省夏县。

本姓起源 ◉

传说颛顼有一个孙子名叫大廉，他的后人以祖先名为姓。

本姓名人 ◉

战国时期赵国名将廉颇，后汉名臣廉范，唐朝乐工廉郊，宋朝画家廉布，元初大臣廉希宪，明朝都督佥事廉广。

本姓名人故事 ◉

战国时期赵国大将廉颇以勇力和军功闻名。赵国宦官长缪贤门客蔺相如智斗强秦，完璧归赵后，被拜为上卿，官位在廉颇之上。廉颇很不服气，欲寻找机会让蔺相如难堪。蔺相如为国家计，不记个人荣辱，多次避让廉颇。廉颇得知实情后，深受感动，就袒露着上身，背上绑缚着荆条，来蔺相如家中请罪。从此以后，廉、蔺二人结为生死之交。这就是历史上有名的"负荆请罪"的故事。

岑

属地　南阳郡，今河南省南阳县。

本姓起源 ◉

周武王封其同父异母的弟弟姬渠于岑地，姬渠后人以封地为姓。

本姓名人 ◉

东汉名将岑彭，唐朝诗人岑参，宰相岑文本，清末将领岑毓英。

本姓名人名句

故园东望路漫漫，双袖龙钟泪不干。马上相逢无纸笔，凭君传语报平安。（岑参《逢入京使》）

薛
属地　河东郡，今山西省夏县。

本姓起源

黄帝的裔孙奚仲受封于薛，后人曾建立薛国。战国时期，薛国为齐国所灭，其子孙以国名为姓。

本姓名人

隋朝诗人薛道衡，唐朝名将薛仁贵，女诗人薛涛，北宋书法家薛绍彭，史学家薛居正，南宋文字学家薛尚功，明朝诗人薛蕙，散曲家薛沧道，清朝医学家薛雪，思想家薛福成。

本姓名人名句

水国兼葭夜有霜，月寒山色共苍苍。谁言千里自今夕，离梦杳如关塞长。（薛涛《送友人》）

燕昭无故国，蓟野有空台。寂寞黄金气，凄凉沧海隈。儒生终报主，乱世始怜才。回首征途上，年年此地来。（薛蕙《昭王台》）

雷
属地　冯翊郡，今陕西省大荔县。

本姓起源

传说黄帝时代有一位名医，名叫雷公，其后人以其名为姓。

本姓名人

唐朝在安史之乱中与睢阳城共存亡的雷万春，制琴能手雷威，南宋抗元将领雷三益，明末清初建筑师雷发达，清朝学者雷淇，当代妇女活动家雷洁琼，共产主义战士雷锋。

本姓名人名句

青春啊，永远是美好的，可是真正的青春，只属于这些永远力争上游的人，永远忘我劳动的人，永远谦虚的人！（雷锋）

贺

属地　广平郡，今河北省鸡泽县。

本姓起源

齐桓公后裔庆封传至东汉安帝时，为避安帝父亲刘庆名讳，便将庆姓改为贺姓。

本姓名人

隋朝名将贺若弼，唐朝诗人、书法家贺知章，北宋词人贺铸，清朝文学家贺贻孙，当代无产阶级革命家、军事家贺龙。

本姓名人名句

少小离家老大回，乡音无改鬓毛衰。儿童相见不相识，笑问客从何处来？（贺知章《回乡偶书》）

凌波不过横塘路，但目送、芳尘去。锦瑟年华谁与度？月桥花院，琐窗朱户，只有春知处。　飞云冉冉蘅皋暮，彩笔新题断肠句。若问闲情都几许？一川烟草，满城风絮，梅子黄时雨。（贺铸《青玉案》）

倪

属地　千乘郡，今山东省高苑县。

本姓起源

周朝时期有郳国，郳文公的儿子被封于郳。后来，楚灭郳，郳的后人为纪念故国并避祸，便将原国名"郳"去掉邑旁，以倪为姓。

本姓名人

汉朝名臣倪萌，唐朝户部侍郎倪若水，元朝诗人、画家倪瓒，清朝诗人倪继宗，女诗人倪瑞璿。

本姓名人名句

揾啼红，杏花消息雨声中。十年一觉扬州梦，春水如空。雁波寒写去踪，离愁重，南浦行云送。冰弦玉柱，弹怨东风。（倪瓒《听琴》）

草绿清池水面宽，终朝阁阁叫平安。无人能脱征徭累，只有青蛙不属官。（倪瑞璿《闻蛙》）

汤 属地 中山郡，今河南省登封县。

本姓起源

商朝开国君主成汤的后嗣以祖先的名为姓。

本姓名人

宋朝学者汤千，画家汤正仲，元朝学者汤式，明朝开国功臣汤和，文学家、戏曲家汤显祖，清朝画家汤贻汾，学者汤球，近代立宪派人物汤化龙，当代学者汤用彤。

本姓名人名句

文情不厌新，交情不厌陈。（汤显祖）

使聪明休使小聪明，学老成休学假老成。（汤式）

滕 属地 南阳郡，今河南省南阳县。

本姓起源

周武王封自己的弟弟叔绣于滕地，后建滕国。滕国两次遭受灭国命运，先亡于越，后灭于宋，后人以先祖封国名为姓。

本姓名人

唐朝画家滕昌佑，北宋末以对金人抗节不屈闻名的工部侍郎滕茂实，元朝诗人、江西儒学提举滕斌，清代著名孝子滕网。

本姓名人名句

淡烟迷，遥山翠，秋风雁唳，夜月猿啼。小径幽，茅檐僻，秋色南山独相对。傲西风菊绽东篱。疏林鸟栖，残霞散绮，归去来兮。（滕斌《归去来兮四时辞》）

殷 属地 汝南郡，今河南省汝南县。

本姓起源

商朝盘庚迁都于殷，史称殷商。商灭亡后，商纣王的后嗣以故国名为姓。

本姓名人

东汉名臣殷丹，东晋文学家殷仲文，唐朝名臣殷开山，画家殷仲容，明朝学者殷奎，清朝书画家殷云楼，现代作家、革命烈士殷夫。

本姓名人名句

但他决心要踏上前去，真理的伟光在地平线下闪照，死的恐怖都辟易远退，热的心火会把冰雪溶消。（殷夫《别了，哥哥》）

罗 属地 豫章郡，今江西省南昌县。

本姓起源

祝融的后代于春秋时期封于罗，并建立罗国，后罗国灭于楚国，后人以故国名为姓。

本姓名人

唐朝文学家罗隐，元朝医学家罗天益，元末明初小说家罗贯中，明朝哲学家罗钦顺，清朝画家罗聘，近代语言学家罗常陪，考古学家罗振玉，现代革命烈士罗世文，当代无产阶级革命家、军事家罗荣桓，国际共产主义战士罗盛教。

本姓名人名句

尽道丰年瑞，丰年事若何？长安有贫者，为瑞不宜多！（罗隐《雪》）

故国山河壮，群情尽望春。"英雄"夸统一，后笑是何人？（罗世文）

许多人，表面看来，都是在无成绩的状况中，所不同的是，有人在耕耘，有人在无所事事地等待。当过了若干时间之后，耕耘的人有了成绩，等待的还在等待。（罗兰）

毕

属地　河南郡，今河南省洛阳县。

本姓起源

周武王封其弟姬高于毕，其后人以先祖封国名为姓。

本姓名人

三国时期魏学者毕轨，晋朝吏部郎毕卓，唐朝画家毕宏，宋朝发明家毕昇，明朝书画家毕懋康，户部尚书毕自严，清朝学者、大臣毕沅。

本姓名人故事

毕卓，字茂世，晋朝铜阳人。年轻时恃才放达，曾说，得酒满几百斛，装入船中，右手拿酒杯，左手持蟹螯，拍浮在酒船中，便足了一生。毕卓任吏部郎，放浪性情不改，曾因醉酒后潜入酿酒房偷酒喝，结果被掌管酒的人抓住，及至天明，才发现是他。

郝 （hǎo，好）

属地　太原郡，今山西省太原县。

本姓起源

殷商第二十七代帝王乙封他的儿子子期于郝地，其后代以封地为姓。

本姓名人

　　汉朝名士郝子廉，唐朝名臣郝处俊，宋朝名医郝允，画家郝澄，元朝学者郝经，明朝学者、监察御史郝锦，清朝经学家郝懿行。

本姓名人故事

　　郝子廉，汉朝太原人，为人廉洁，一介不取于人。曾经去其姐家中吃饭，临走时留下十五钱在姐姐家中的席子下面。在井边取水喝时，常常往井中投一枚钱。

邬

属地　太原郡，今山西省太原县。

本姓起源

　　颛顼后裔曾封于邬，其后人以封邑名为姓。

本姓名人

　　唐朝书法家邬彤，宋朝学者邬克诚，明朝学者邬良佐，诗人邬佐卿，名臣邬璘，清朝画家邬希文。

本姓名人故事

　　邬璘，字汝璘，明朝江西新昌人。明宣宗宣德年间，邬璘任溧阳县丞，锄强扶弱，赋役均平，极有政声，深孚众望。任期满后，溧阳县数千人联名上书请留任，后升知县。

安

属地　武陵郡，今湖南省溆浦、常德一带。

本姓起源

　　传说黄帝儿子昌意子安居于西戎，建安息国，其后代以安为姓。

本姓名人

　　唐朝名臣安金藏，宋朝名将安守忠，著名石匠安民，明朝名臣安文璧，清朝收藏家安歧，当代有革命烈士安业民，香港著名爱国人士安子介。

本姓名人故事

安守忠，字信臣，曾任后周卫州刺史。宋太宗淳化年间任雄州防御使。一次，他与同僚部属一道饮酒，军中士兵叛乱，已经闯到门口。安守忠谈笑自若，对同僚们说，这些人喝醉酒了，抓起来就行了。大家都很佩服他的器量。

常　属地　平原郡，今山东省平原县。

本姓起源

传说黄帝时期有司空，名叫常先，其后代以祖先名为姓。

本姓名人

唐朝诗人常建，名臣常衮，明朝名将常遇春，散曲作家常伦，当代有著名文物研究家、敦煌学者常书鸿，豫剧表演艺术家常香玉。

本姓名人名句

清晨入古寺，初日照高林。竹径通幽处，禅房花木深。山光悦鸟性，潭影空人心。万籁此俱寂，但余钟磬音。（常建《题破山寺后禅院》）

乐　属地　南阳郡，今河南省南阳县。

本姓起源

宋戴公子衍字乐父，其子孙以祖先字为姓。

本姓名人

战国时期魏国名将乐毅，宋朝学者乐史，诗人乐雷发，明朝学者乐良。

本姓名人名句

儿童篱落带斜阳，豆荚姜芽社肉香。一路稻花谁是主，红蜻蛉伴绿螳螂。（乐雷发《秋日行村路》）

于

属地　东海郡，今山东省郯城县。

本姓起源

周武王将第三个儿子叔封于邘，并建邘国，其后代以国名为姓，因"邘""于"同音，后世子孙去掉邑旁，改用"于"姓。

本姓名人

西汉丞相于定国，唐朝诗人于鹄、于钦，明朝名臣于谦，清朝名臣于成龙。

本姓名人名句

偶向江边采白蘋，还随女伴赛江神。众中不敢分明语，暗掷金钱卜远人。(于鹄《江南曲》)

千锤万凿出深山，烈火焚烧若等闲。粉骨碎身全不惜，要留清白在人间。(于谦《石灰吟》)

时

属地　陇西郡，今甘肃省临洮县。

本姓起源

殷商后人被封于时地，其子孙以封邑名为姓。

本姓名人

宋朝学者时少章，吏部尚书、诗人时彦，明朝制壶名家时大彬，近代医学家时逸人，当代劳动模范时传祥。

本姓名人名句

胡马嘶风，汉旗翻雪，彤云又吐，一竿残照。古木连空，乱山无数，行尽暮沙衰草。星斗横幽馆，夜无眠灯花空老。雾浓香鸭，冰凝泪烛，霜天难晓。长记小妆才老，一杯未尽，离怀多少。　醉里秋波，梦中朝雨，都是醒时烦恼，料有牵情处，忍思量耳边曾道。甚时跃马归来，认得迎门轻笑。(时彦《青门饮》)

傅

属地 清河郡，今河北省清河县。

本姓起源

殷商武丁时期有一位宰相名说，因他早年居住于傅岩，封相后便叫傅说，其后世以"傅"为姓。

本姓名人

汉朝丞相傅宽，诗论家傅毅，西晋哲学家傅玄，唐朝学者傅奕，清朝学者傅山，现代作家、翻译家傅雷。

本姓名人名句

听言必审其本，观事必校其实，观行必考其迹。（傅玄《傅子》）

论其诗不如听其声，听其声不如察其形。（傅毅《舞赋》）

人人都有缺点，谈恋爱的男女双方也如此。问题不在于找一个全无缺点的对象，而要找一个双方缺点都能各自认识，各自承认，愿意逐渐改，同时能彼此容忍的伴侣。（傅雷）

皮

属地 天水郡，今甘肃省通渭县。

本姓起源

周宣王时，鲁献公儿子仲山甫辅佐周朝中兴有功，被封于樊，后代以樊为姓，樊氏后裔樊仲皮的有些子孙以祖先名字中的"皮"字为姓。

本姓名人

后汉学者皮仲固、皮容，唐末诗人皮日休，清朝经史学家皮锡瑞。

本姓名人名句

绮阁飘香下太湖，乱兵侵晓上姑苏。越王大有堪羞处，只把西施赚得吴。（皮日休《馆娃宫怀古》）

卞

属地　济阳郡，今山东省定陶县。

本姓起源

传说黄帝裔孙封于卞国，其后代以封国名为姓。

本姓名人

春秋时期楚国玉工卞和，南朝诗人卞华，元朝诗人卞思义，清朝书画鉴赏家卞永誉，现代诗人卞之琳。

本姓名人名句

如今正像是老话的沧海桑田／满怀的花草换得了一片荒烟／就是此刻／我也得像一只迷羊／带着一身灰沙／幸亏还有蔚蓝／还有仿佛的云峰浮在缥缈间／倒可以抬头望望这一个仙乡。（卞之琳《望》）

齐

属地　汝南郡，今河南省汝南县。

本姓起源

商末姜尚辅佐周武王推翻商纣王，建立周朝，被封于齐国，其后人以封国名为姓。

本姓名人

唐朝诗僧齐己，元朝医学家齐德之，明朝兵部尚书齐泰，清朝学者齐召南，当代国画大师齐白石。

本姓名人名句

古之有君子，行藏以时，进退求己。荣必为天下荣，耻必为天下耻。苟进不如此，退不如此，亦何必用虚伪之文章，取荣名而自美？（齐己《君子行》）

康

属地　京兆郡，今陕西省长安县。

本姓起源

周武王封其弟姬封于康，称为康叔，其子孙以其先祖谥号"康"为姓。

本姓名人

三国时期旅行家康泰，南宋学者康与之，元朝戏曲家康进之，明朝文学家康海，清末改良派领袖康有为。

本姓名人名句

空馆西邻女，鸣筝傍玉台。秋风孤鹤唳，落日白泉洄。坐客皆惊引，行云欲下来。不知弦上曲，清切为谁哀？（康海《闻筝》）

秋风立马越王台，混混蛇龙最可哀。十七史从何说起，三千劫几历轮回。腐儒心事呼天问，大地山河跨海来。临睨飞云横八表，岂无倚剑叹雄才！（康有为《秋登越王台》）

伍

属地　安定郡，今甘肃省固原县。

本姓起源

传说黄帝时期有一位大臣，名叫伍胥，是伍姓的始祖。

本姓名人

春秋时吴国大臣伍子胥，南朝文学家伍缉之，南北朝学者伍安宾，南唐诗人伍乔，民国时期外交家伍廷芳。

本姓名人名句

人皆喜食肉饮酒，不知酒肉只能提神，提神之后，即化为毒物。（伍廷芳）

余 <small>属地</small> 下邳郡，今江苏省邳县。

本姓起源

春秋时期，西戎有一位叫由余的官员投奔秦穆公，辅佐秦穆公成就了一番事业，后人以他的名字为姓，有些姓由，有些姓余。

本姓名人

南宋名臣余玠，明朝名臣余子俊，清朝文学家余怀，经学家余萧客。

本姓名人名句

最伤情、落花飞絮，牵惹春光不住。佳人缥缈朱楼下，一曲清歌何许？莺无语。谁传道、桃花人面黄金缕。霍王小女。恨芳草王孙，书生薄幸，空写断肠句。　　江南好，花苑繁华如故。画船多少箫鼓。吴宫花草随风雨，更有千门万户。苏台暮。君不见，夷光少伯皆尘土。斜阳无主。看鸥鸟忘机，飞来飞去，只在烟深处。(余怀《摸鱼儿·和辛幼安》)

元 <small>属地</small> 河南郡，今河南省洛阳县。

本姓起源

相传商朝太史元铣，是元姓的祖先。

本姓名人

唐朝进士、孝子元德秀，经学家元澹，诗人元稹、元结，金代文学家元好问。

本姓名人名句

残灯无焰影幢幢，此夕闻君谪九江。垂死病中惊坐起，暗风吹雨入寒窗。(元稹《闻乐天授江州司马》)

恨人间、情是何物，直教生死相许？天南地北双飞客，老翅几回寒暑！欢乐趣，离别苦，是中更有痴儿女。君应有语：渺万里层云，千山暮景，只影为谁去？　　横汾路，寂寞当年箫鼓，荒烟依旧平楚。招魂楚些何嗟及，山鬼自啼风雨。天也妒，未信与、莺儿燕子俱黄土。千秋万古，为留待骚人，狂歌痛饮，来访雁丘处。（元好问《摸鱼儿》）

卜

属地 西河郡，今山西省离石县。

本姓起源

周朝有太卜，掌管占卜吉凶，其后人以官名为姓。

本姓名人

春秋末孔子著名弟子卜商（子夏），汉朝名臣卜式，南朝宋弋阳太守卜天生，明朝福建巡海副使卜大同，著名孝子卜怀，清朝画家卜舜年。

本姓名人故事

卜怀，明朝宁海人。幼年丧父，母亲教他读书，每逢卜怀顽皮懈怠时，母亲即以杖敲打他。母亲去世后，卜怀祭祀时将杖放在母亲坟边，并在坟边建房居住，以追念母亲教导之功。

顾

属地 武陵郡，今湖南省溆浦、常德一带。

本姓起源

夏朝曾有一个顾国，后商汤灭夏，顾国亦随之覆亡，顾国后代遂以故国名为姓。

本姓名人

东晋名臣顾悦之，画家顾恺之，唐朝诗人顾况，明朝吏部郎中、东林党人顾宪成，明末思想家顾炎武，清朝诗人顾贞观，当代历史学家顾颉刚。

本姓名人名句

松柏之姿，经霜犹茂；蒲柳常质，望秋先零。（顾悦之）

板桥人渡泉声，茅檐日午鸡鸣。莫嗔焙茶烟暗，却喜晒谷天晴。（顾况《过山农家》）

风声、雨声、读书声，声声入耳；家事、国事、天下事，事事关心。（顾宪成）

十载江南事已非，与君辛苦各生归。愁看京口三军溃，痛说扬州七日围。碧血未消今战垒，白头相见旧征衣。东京朱祐年犹少，莫向尊前叹式微。（顾炎武《赠朱监纪四辅》）

孟

属地　平陆郡，今山东省历城县。

本姓起源

春秋时期，鲁桓公的儿子庆父作乱，举国愤怒，庆父逃亡至莒国，改自己的姓仲孙氏为孟孙氏，其子孙再改为孟姓。

本姓名人

战国时期思想家孟轲，东汉才女孟光，唐朝诗人孟浩然、孟云卿、孟郊，元朝经学家孟梦恂，近代史学家孟森。

本姓名人名句

生，亦我所欲也；义，亦我所欲也。二者不可得兼，舍生而取义者也。（孟轲）

故人具鸡黍，邀我至田家。绿树村边合，青山郭外斜。开轩面长圃，把酒话桑麻。待到重阳日，还来就菊花。（孟浩然《过故人庄》）

二月江南花满枝，他乡寒食远堪悲。贫居往往无烟火，不独明朝问子推。（孟云卿《寒食》）

慈母手中线，游子身上衣。临行密密缝，意恐迟迟归。谁言寸草心，报得三春晖。（孟郊《游子吟》）

平

属地　河内郡，今河南省武陟县。

本姓起源

韩哀侯儿子婼封于平，后代以封邑名为姓。

本姓名人

西汉名臣平当、平晏，宋朝学者平居海，清朝书法家平翰。

本姓名人名句

一丝一丝的怀念 / 像彩霞飞向天边 / 一片一片的忧郁 / 像落叶飘向地面 / 一寸一寸的柔情 / 像白帆航向彼岸（平沙《金门岛的海》）

黄

属地　江夏郡，今湖北省云梦县。

本姓起源

颛顼曾孙陆终之后于周初被封于黄，后建立黄国。春秋时，黄国为楚所灭，其子孙以故国名为姓。

本姓名人

唐末农民起义领袖黄巢，宋朝诗人黄庭坚，元朝女纺织家黄道婆，明朝学者黄绾，清朝思想家黄宗羲，经学家黄以周，近代民主革命家黄兴。

本姓名人名句

痴儿了却公家事，快阁东西倚晚晴。落木千山天远大，澄江一道月分明。朱弦已为佳人绝，青眼聊因美酒横。万里归船弄长笛，此心吾与白鸥盟！（黄庭坚《登快阁》）

不以一己之利为利，而使天下受其利；不以一己之害为害，而使天下释其害。（黄宗羲）

天下无难事，唯坚忍二字，为成功之要诀。（黄兴）

和 属地 汝南郡，今河南省汝南县。

本姓起源

传说尧帝时期，有一位执掌天文历算的官员，名叫羲和，其后人以祖先的名为姓。

本姓名人

三国时魏国著名廉吏和洽，唐朝名臣和逢尧，五代词人和凝，宋朝词人和岘，清朝学者和素。

本姓名人名句

蘋叶秋，杏花明，画船轻。双浴鸳鸯出绿汀，棹歌声。春水无风无浪，春天半雨半晴。红粉相随南浦晚，几含情。(和凝《春光好》)

穆 属地 河南郡，今河南省洛阳县。

本姓起源

春秋时期宋殇公治国有方，为人谦让，逝世后获谥号"穆"，其后人为纪念祖先，以其谥号为姓。

本姓名人

唐朝画家穆修己，宋朝散文家穆修，明朝理学家穆子晖，现代诗人穆木天。

本姓名人名句

我愿化一只鸟／长飞向密林／栖在翠柳的梢上／静听牧歌声(穆木天《心欲》)

萧 属地 兰陵郡，今山东省峄县。

本姓起源

春秋时期宋国微子启的后裔大心，因平息国内叛乱有功而被封于萧，并建萧国。楚灭萧后，其后人以故国名为姓。

本姓名人

　　汉朝名臣萧何，南朝梁武帝萧衍，文学家萧统、萧铎，唐朝诗人萧颖士，元朝画家萧月潭，清朝画家萧从云，太平天国名将萧朝贵。

本姓名人名句

　　东飞伯劳西飞燕，黄姑织女时相见。谁家女儿对门居？开颜发艳照里闾。南窗北牖挂明光，罗帷绮箔脂粉香。女儿年几十五六，窈窕无双颜如玉。三春已暮化从风，空留可怜与谁同？（萧衍《东飞伯劳歌》）

　　居家之方，惟俭与约；立身之道，惟谦与学。（萧铎《金楼子·立言》）

尹

属地　天水郡，今甘肃省通渭县。

本姓起源

　　传说少昊帝儿子殷担任掌管百工的工正一职。后受封于尹，其后人以先祖封地名为姓。

本姓名人

　　周朝大臣尹吉甫，战国学者尹文，汉朝名臣尹翁归，经学家尹敏，唐朝诗人尹鹗，画家尹琳，宋朝文学家尹洙，明朝大臣尹继伦，清朝学者尹会一。

本姓名人名句

　　月沉沉，人悄悄，一炷后庭香袅。风流帝子不归来，满地禁花慵扫。离恨多，相见少，何处醉迷三岛？漏清宫树子规啼，愁锁碧窗春晓。（尹鹗《满宫花》）

姚

属地　吴兴郡，今浙江省吴兴县。

本姓起源

　　传说舜帝出生于姚墟，舜的后裔以其祖先的出生地为姓。

本姓名人

汉朝经学家姚平，南齐画家姚昙度，唐朝历史学家姚思廉，名臣姚崇，诗人姚合，元朝文学家姚燧，清朝散文家姚鼐、文学家姚莹。

本姓名人名句

将军作镇古汧州，水腻山春节气柔。清夜满城丝管散，行人不信是边头。（姚合《穷边词》）

高接云霄下石矶，城头终日敞清晖。孤筇落照同千里，白水青天各四围。山自衡阳皆北向，雁过江外更南飞。人间好景湘波上，却照新生白发归。（姚鼐《岳州城上》）

邵 属地　博陵郡，今河北省定县。

本姓起源

周武王封周文王庶子奭于燕，后又封于召，史称召公，其后人以先祖封地名为姓，后来又有子孙在召字旁加邑旁，成为邵姓。

本姓名人

北宋哲学家邵雍，书画家邵谊，南宋抗金义军首领邵兴，明朝画家邵弥，清朝诗人邵长蘅，当代政治家邵力子，诗人邵洵美，作家邵荃麟。

本姓名人名句

知行知止唯贤者，能屈能伸是丈夫。（邵雍《代书寄前洛阳簿陆刚叔秘校》）

初见你时你给我你的心 / 里面是一个春天的早晨 / 再见你时你给你的话 / 说不出的是炽烈的火夏 / 三次见你你给我你的手 / 里面藏着个叶落的深秋 / 最后见你是我做的短梦 / 梦里有你还有一群冬风。（邵洵美《季候》）

湛 <small>属地</small> 豫章郡，今江西省南昌县。

本姓起源

传说大禹时期曾有斟灌国，其后人将国名去掉偏旁，形成湛姓。

本姓名人

南朝梁画家湛然，唐朝州吏湛贲，宋朝屯田郎中湛俞，明朝清廉知府湛礼，学者湛若水，清朝诗僧湛性。

本姓名人故事

湛贲，唐朝宜春人。湛贲的妻子与彭伉的妻子是姐妹。彭伉进士及第，亲族聚集在一起为之庆贺，满座都是当地的名士。因湛贲只是一个小官吏，所以让他在后面的房子单独用饭。湛妻数落他说，男子汉不振作，就只能受这种羞辱。从此，湛贲发愤读书，中进士举。彭伉听说此事时，正骑驴过桥，惊奇得从驴上掉下地来。当地人笑称：湛贲登第，彭伉落地。

汪 <small>属地</small> 平阳郡，今山西省临汾县。

本姓起源

传说上古时期曾有汪芒国，姓漆，其后人迁居越国，改称汪芒氏。楚灭越后，汪芒氏再迁往别处，并将姓氏改成汪姓。

本姓名人

宋朝诗人汪藻、汪元量，元朝散曲家汪元亨，明朝文学家汪廷讷，抗倭名将汪道昆，清朝哲学家汪中，画家汪士祯，医学家汪昂。

本姓名人名句

新月娟娟，夜寒江静山衔斗。起来搔首，梅影横窗瘦。好个霜天，闲却传杯手。君知否？乱鸦啼后，归兴浓如酒。（汪藻《点绛唇》）

西塞山边日落处，北关门外雨来天。南人堕泪北人笑，臣甫低头拜杜鹃。（汪元量《钱塘歌》）

祁

属地　太原郡，今山西省太原县。

本姓起源

传说尧帝复姓伊祁，后人中有的以祁为姓。

本姓名人

春秋时晋国名臣祁奚，宋朝画家祁序，明朝右佥都御史祁彪佳，清朝学者祁韵士。

本姓名人名句

清风朗月，可以引远思；流水行云，可以涤烦想。（祁彪佳《李止甫画大士引》）

毛

属地　西河郡，今山西省阳城县。

本姓起源

周文王儿子伯聘被封于毛，后人以封邑为姓。

本姓名人

战国时赵国名士毛遂，西汉经学家毛亨、毛苌，南齐画家毛惠远，南朝书法家毛喜，五代后蜀词人毛文锡、毛熙震，宋朝词人毛滂，清朝翰林院检讨、诗人毛奇龄，文学批评家毛宗岗，当代中国共产党、中国人民解放军、中华人民共和国主要缔造者和领导者毛泽东。

本姓名人名句

诗者，志之所之也。在心为志，发言为诗。情动于中，而形于言；言之不足，故嗟叹之；嗟叹之不足，故永歌之；永歌之不足，不知手之舞之，足之蹈之也。（毛苌《毛诗序》）

春光欲暮，寂寞闲庭户。粉蝶双双穿槛舞，帘卷晚天疏雨。含愁独倚闺帏，玉炉烟断香微。正是销魂时节，东风满树花飞。（毛熙震《清平乐》）

驿馆吹芦叶，都亭舞柘枝。相逢风雪满淮西。记得去年残烛照征衣。

曲水东流浅，盘山北望迷。长安书远寄来稀，又是一年秋色到天涯。（毛奇龄《南柯子》）

禹 属地 陇西郡，今甘肃省临洮县。

本姓起源◎

传说古代曾有小国，名鄅。后来，该国灭亡，国人为纪念故国，去掉"鄅"的偏旁而姓禹。

本姓名人◎

金朝名将禹显，明朝名吏禹祥，清朝画家禹之鼎，近代民主革命志士禹之谟。

本姓名人故事◎

禹祥，明朝临洮人。任仁寿知县，为人正直诚信，清廉俭朴，做官多年有如寒士。

狄 属地 天水郡，今甘肃省通渭县。

本姓起源◎

周康王将其弟封于狄，后建狄国。后人以国名为姓。

本姓名人◎

唐朝名臣狄仁杰，宋朝名将狄青，抚州知府狄明远，明朝名臣狄文宗。

本姓名人故事◎

狄仁杰，唐朝太原人，字怀英。唐高宗初年升大理丞，断积案万余。后先后出任江南巡抚使、豫州刺史，所到之处均有政声。武则天执政期间，以其卓越的政治远见，刚直的政治品格，为武后所倚重，授鸾台侍郎同平章事（宰相）。仁杰能举贤授能，知人善任，曾先后举荐了张柬之、姚崇、桓彦范、敬晖等人，均为一时之贤相名臣，因有"天下桃李尽出公门"之说。

米　属地　京兆郡，今陕西省长安县。

本姓起源

隋唐时，西域有米国。米国人进入中原定居后，以国名为姓。

本姓名人

北宋书画家米芾，南宋书画家米友仁，明朝画家米万钟，清朝书画家米汉雯。

本姓名人名句

稳不俗，险不怪，老不枯，润不肥。（米芾《海岳名言》）

贝　属地　清河郡，今河北省清河县。

本姓起源

召康公儿子封于"邺"国，后人去邑旁以贝为姓氏。

本姓名人

南朝书法家贝义渊，宋朝以治理运河著称的知县贝钦世，明朝文学家贝琼，天文学家贝琳，清朝诗人贝青乔，当代建筑学家贝聿铭。

本姓名人名句

山中玉殿尽苍苔，天子蒙尘岂复回？地脉不从沧海断，潮声犹上浙东来。百年禁树知谁惜，三月宫花尚自开。此日登临解题赋，白头庾信不胜哀。（贝琼《经故内》）

唱彻临江节士歌，歌声流愤满关河。如何为国捐躯者，只是耸臣醉尉多？（贝青乔《军中杂诔诗》）

明

属地 吴兴郡，今浙江省吴兴县。

本姓起源

传说燧人氏有一位大臣，名叫明由，这是明姓的始祖。

本姓名人

晋朝以清廉著称的主簿明汲，南朝学者明山宾，隋朝学者明克让，宋朝参知政事明镐，元朝高僧明本，元末农民起义将领明玉珍，清朝画家明辰。

本姓名人故事

明汲，晋朝人，廉正爱民，在主簿任上逢灾年，粮食歉收，他主持赈给，如有亲人死亡的人家，不能参加赈给的，便赠送财物。后升为县令。

臧

属地 东海郡，今山东省兖州县。

本姓起源

鲁孝公的儿子彄受封于臧地，其后人以封地名为姓。

本姓名人

南朝齐代史学家臧荣绪，明朝文学家臧懋循，清朝学者臧礼堂，当代诗人臧克家。

本姓名人名句

总得叫大车装个够／它横竖不说一句话／背上的压力往肉里扣／它把头沉重地垂下！　这刻不知道下刻的命／它有泪只往心里咽／眼里飘来一道鞭影／它抬起头来望望前面。（臧克家《老马》）

计

属地 京兆郡，今陕西省长安县。

本姓起源

大禹后裔被封于计，后人以封地为姓。

本姓名人

春秋时期越国学者计然，宋朝文学家计有功，明朝画家计礼，清朝诗人计默。

本姓名人名句

未识龙官莫说珠。（计有功《唐诗纪事》）

伏 属地 太原郡，今山西省太原县。

本姓起源

远古传说中有伏羲氏，其后裔以伏为姓。

本姓名人

西汉经学家伏胜，东汉学者伏理，大司徒伏湛，学者伏无忌，南朝梁易学家伏曼容，唐朝医学家伏适。

本姓名人故事

伏湛，东汉人，字惠公，其父为东汉学者伏理。伏湛子承父业，年轻时教授数百人。更始年间，伏湛为平原太守。其时，天下大乱，群雄蜂起，伏湛守土有方，平原郡得以保全。东汉光武帝刘秀即位后，拜伏湛为大司徒。

成 属地 上谷郡，今河北省保定一带。

本姓起源

周武王封其弟叔武于郕，建立郕国。叔武的后人去掉邑旁，以"成"为姓。

本姓名人

西晋文学家成公绥，金朝医学家成无己，当代作家成仿吾。

本姓名人名句

人类的生活，我以为是一部反抗的历史，不仅从古以来经过了无数反抗的激战，即每一个人生下地来便不能不与气候斗，与疾病斗，与他人斗，与习俗斗。人类是反抗着存在。（成仿吾《江南的春讯》）

戴 属地 谯郡，今安徽省亳县。

本姓起源

西周时期曾有戴国，后被宋灭，其国人便以故国名为姓。

本姓名人

西汉经学家戴德、戴圣，东晋文学家戴逵，唐朝画家戴嵩，诗人戴叔伦，南宋诗人戴复古，明朝画家戴进，清朝思想家、考据学家戴震，史学家戴名世。

本姓名人名句

凉月如眉挂柳湾，越中山色镜中看。兰溪三日桃花雨，半夜鲤鱼来上滩。（戴叔伦《兰溪棹歌》）

山在谁家绿树中，短墙半露石榴红。萧然门巷无人到，三两孙随白发翁。（戴复古《山村》）

谈 属地 广平郡，今河北省鸡泽县。

本姓起源

传说少昊后裔被封于郯，建立郯国。后郯国为越所灭，国人遂以谈为姓（古时"郯"、"谈"通用）。

本姓名人

唐朝诗人谈戭，元朝诗人谈文理，清朝史学家谈迁，天文历算家谈泰，画家谈友仁。

本姓名人名句

斜阳古道接轮蹄，明月扶疏属柳西。桥上行人桥下水，落花尚自怨春泥。(谈迁《二十四桥》)

宋 属地 京兆郡，今陕西省长安县。

本姓起源

周武王封商纣王庶兄微子启于宋，建宋国。宋国后来为齐所灭，其国人以故国名为姓。

本姓名人

春秋时期辞赋家宋玉，唐朝诗人宋之问，名臣宋璟，宋朝诗人宋祁，明朝学者宋濂，科学家宋应星，清朝诗人宋湘，近代民主志士宋教仁，当代中华人民共和国名誉主席宋庆龄。

本姓名人名句

岭外音书断，经冬复历春。近乡情更怯，不敢问来人。(宋之问《渡汉江》)

有善有恶是知，审善辨恶是格，去善去恶是致。(宋教仁《我之历史》)

不管你预备走哪一条路，顶顶要紧的是先要为自己做好准备。你不能赤手空拳地开始你的行程，你必须用知识把自己武装起来，你必须锻炼出健壮的身体和足够的勇气。(宋庆龄)

茅 属地 东海郡，今山东省郯城县。

本姓起源

周公的儿子受封于茅，建茅国，后茅国为邹所灭，其国人以故国名为姓。

本姓名人

汉朝道士茅盈，明朝散文家茅坤，现代桥梁专家茅以升。

本姓名人名句

予尝按次春秋以来，屈原之骚疑于怨，伍胥之谏疑于胁，贾谊之疏疑于激，叔夜之诗疑于愤，刘蕡之对疑于亢，然推孔子删《诗》之旨而哀次之，当亦未必无录之者。（茅坤《〈青霞先生文集〉序》）

人生一征途耳，其长百年，我已走过十之七八。回首前尘，历历在目。崎岖多于平坦，忽深谷，忽波涛，幸赖桥梁以渡。桥何名欤？曰奋斗。（茅以升）

庞　属地　始平郡，今陕西省兴平县。

本姓起源

周文王儿子毕公高的一支后代曾封于庞，其后人以先祖封地名为姓。

本姓名人

南朝宋梁州刺史庞秀之，唐初名将庞玉，宋朝学者庞元英，医学家庞安时，元朝名臣庞森，明朝名臣庞时雍，著名孝子庞景华。

本姓名人故事

庞景华，明朝上元人，九岁时父亲去世，哀痛之余，仿佛一下子变成了大人。他根据母亲的训导勤勉读书，母亲生病，他昼夜不离。邻家失火，即将危及庞家，景华抱着老母号哭，大火遂灭。母亲去世后，景华结庐于母亲墓前。有前来盗墓者，听到他的哭声，赶忙逃走了。

熊　属地　江陵郡，今湖北省江陵县。

本姓起源

传说黄帝建都于有熊，所以黄帝又称有熊氏，其部分后人以"熊"为姓。

本姓名人

北朝经学家熊安生，元朝音乐家熊朋来，明朝名将熊廷弼，清朝思想家熊伯龙，名臣熊赐履，民国内阁总理熊希龄，现代革命烈士熊亨瀚，当代数学家熊庆来。

本姓名人名句

忧国耻为睁眼瞎，挺身甘上断头台。一舟风雨寻常事，曾自枪林阅阵来。（熊亨瀚《亡命彭泽》）

纪 属地 天水郡，今甘肃省通渭县。

本姓起源

周武王封炎帝的后裔于纪，后建纪国。纪国为齐国所灭后，国人以故国名为姓。

本姓名人

汉初大将纪信，唐朝名医纪明，金朝医学家纪天锡，元朝戏曲家纪君祥，清朝文学家纪昀，当代台湾诗人纪弦。

本姓名人名句

名标青史，万古流芳。（纪君祥《赵氏孤儿》）

天下之事，但知其一，不知其二者多矣，可据理臆断欤？（纪昀《阅微草堂笔记》）

好比一盏金黄的向日葵／我是一个光明的追求者／又如一羽扑灯的小青虫／对于暗夜永不说出妥协。（纪弦《光明的追求者》）

舒 属地 京兆郡，今陕西省长安县。

本姓起源

传说颛顼的后代封于舒，舒国后人以国名为姓。

本姓名人

宋朝学者舒璘，冶陶专家舒翁，抗金将领舒卞，明朝学者舒芬，清朝诗人舒位，当代书法家舒同。

本姓名人名句

云浮鸟倦早怀田，乡里儿来巧作缘。仕宦中朝如酒醉，英雄末路以诗传。五株柳树羲皇上，一水桃花魏晋前。只有东坡闲不住，家餐遍和义熙年。（舒位《读〈文选〉》）

屈　属地　临海郡，今浙江省临海县。

本姓起源

楚武王封其儿子瑕于屈，瑕的后人以封地名为姓。

本姓名人

战国时期楚国诗人屈原，北魏大臣屈恒，唐代学者屈隐之，明末清初文学家屈大均。

本姓名人名句

路漫漫其修远兮，吾将上下而求索。（屈原）

一笑无秦帝，飘然归海东。谁能排大难，不屑计奇功？古庙千秋月，荒台万木风。从来天下士，只在布衣中。（屈大均《鲁连台》）

项　属地　辽西郡，今河北省永平县。

本姓起源

楚国有一位公子，名燕，曾受封于项，其后代以封地名为姓。

本姓名人

战国时楚国大将项燕，秦末农民起义领袖项羽，唐朝诗人项斯，明朝书法家项元淇，画家项圣谟，清朝词人项鸿祚。

本姓名人名句

力拔山兮气盖世，时不利兮骓不逝。骓不逝兮可奈何！虞兮虞兮奈若何！（项羽《垓下歌》，语见《史记·项羽本纪》）

青栃林中亦有人，一渠流水数家分。山当日午回峰影，草带泥痕过鹿群。蒸茗气中茅舍出，缫丝声隔竹篱闻。行逢卖药归来客，不惜相随入岛云。（项斯《山行》）

祝

属地　太原郡，今山西省太原县。

本姓起源

周武王封黄帝后裔于祝，建祝国，其后人以封国名为姓。

本姓名人

元朝学者祝蕃，明朝诗人祝泰，书法家祝允明，清朝画家祝昌。

本姓名人名句

身在云房梦亦闲，松头鹤影枕屏间。一声隔谷鸣华雉，信手推窗满眼山。（祝允明《山窗昼睡》）

董

属地　陇西郡，今甘肃省临洮县。

本姓起源

传说舜帝时期，有一个人叫作董父，他专门为舜帝饲养龙，舜帝赐他姓董，其后人便沿袭下来。

本姓名人

春秋时期晋国史家董狐，西汉哲学家董仲舒，隋朝画家董伯仁，五代南唐画家董源，宋朝诗人董颖，金朝戏曲家董解元，明朝书画家董其昌，才女董小宛，当代革命烈士董存瑞，无产阶级革命家董必武，香港作家董桥。

本姓名人名句

人之超然万物之上，而最为天下贵也。（董仲舒《汉书·董仲舒传》）

万顷沧江万顷秋，镜天飞雪一只鸥。摩挲数尺沙边柳，待汝成阴系钓舟。（董颖《江上》）

中年是杂念越来越长，文章越写越短的年龄。（董桥）

梁　属地　安定郡，今甘肃省固原县。

本姓起源

周平王将大夫秦仲的儿子康封于梁，建梁国。梁国后来为秦所灭，其后人以故国名为姓。

本姓名人

东汉名士梁鸿，书法家梁鹄，唐朝文学家梁肃，天文学家梁令瓒，宋朝画家梁楷，明朝戏曲家梁辰鱼，清朝文学家梁廷枏，近代学者、改良派领袖梁启超。

本姓名人名句

陟彼北芒兮，噫！顾览帝京兮，噫！宫室崔嵬兮，噫！人之劬劳兮，噫！辽辽未央兮，噫！（梁鸿《五噫歌》）

造成今日之老大中国者，则中国老朽之愚业也；制出将来之少年中国者，则中国少年之责任也。（梁启超）

杜　属地　京兆郡，今陕西省长安县。

本姓起源

尧帝的后裔，曾被封于唐，建唐国。后来，唐国被周公所灭，后人被改封于杜，杜国灭亡后，国人以故国名为姓。

本姓名人

东汉书法家杜度，三国时期魏国音乐家杜夔，西晋大臣、学者杜预，唐朝名臣杜如晦，诗人杜审言、杜甫、杜牧、杜荀鹤，明朝书法家杜环。

本姓名人名句

迟日园林悲昔游，今春花鸟作边愁。独怜京国人南窜，不似湘江水北流。（杜审言《渡湘江》）

国破山河在，城春草木深。感时花溅泪，恨别鸟惊心。烽火连三月，家书抵万金。白头搔更短，浑欲不胜簪。（杜甫《春望》）

远上寒山石径斜，白云深处有人家。停车坐爱枫林晚，霜叶红于二月花。（杜牧《山行》）

自小刺头深草里，而今渐觉出蓬蒿。时人不识凌云木，直待凌云始道高。（杜荀鹤《小松》）

阮   属地 陈留郡，今河南省陈留县。

本姓起源

商朝时曾有阮国，周武王灭商，阮国覆亡，其后人以故国名为姓。

本姓名人

东汉文学家阮瑀，三国时期魏国文学家阮籍，西晋音乐家阮咸，南朝梁目录学家阮孝绪，宋朝律学家阮逸，清朝学者阮元，当代诗人阮章竞。

本姓名人名句

夜中不能寐，起坐弹鸣琴。薄帷鉴明月，清风吹我襟。孤鸿号外野，翔鸟鸣北林。徘徊将何见？忧思独伤心。（阮籍《咏怀》）

漳河水，九十九道湾／层层树，重重山／层层绿树重重雾／重重高山云断路。（阮章竞《漳河小曲》）

蓝

属地　汝南郡，今河南省汝南县。

本姓起源

春秋时期，楚国公子亹被封于蓝，其子孙以封邑名为姓。

本姓名人

宋朝诗人蓝元威，明朝大将蓝玉，诗人蓝仁、蓝智，画家蓝瑛，清朝画家蓝涟，现代革命烈士蓝蒂裕。

本姓名人名句

落叶堕微风，秋山正肃爽。天寒独鸟归，日夕百蛩响。偶从桂树招，遂有桃源想。石磴阒无人，山猿自来往。（蓝仁《西山暮归》）

高阁流莺外，荒城驻马前。江寒三月雨，春老百蛮天。折柳悲横笛，飞花落钓船。乾坤总羁旅，把酒意茫然。（蓝智《雨中同孟原金宪登嘉鱼亭》）

闵

属地　陇西郡，今甘肃省临洮县。

本姓起源

春秋时期，鲁庄公的儿子继承王位不久，即遭杀害，被谥为鲁闵公，其后人以先祖谥号名"闵"为姓。

本姓名人

春秋时期孔子学生闵损，东汉名士闵贡，唐朝检校尚书右仆射闵顼，元代清官闵本，明朝刑部尚书闵珪，清朝画家闵贞。

本姓名人故事

闵贞，清朝广济人。十二岁时父母双亡，成人后，哀痛自己未能赡养双亲，于是学绘画，追摹其父母像而奉祀。闵贞山水花鸟皆精，尤其长于篆刻，当时的大书画家如朱筠、翁方纲都很器重他。

席

属地 安定郡，今甘肃省固原县。

本姓起源

秦末时，晋国大夫籍谈的后代为避项籍名讳，一部分改姓席，另一部分改姓谈。

本姓名人

唐朝诗人、清官席豫，清朝画家席煜，藏书家席鉴，女诗人席佩兰，民初政治家席绶，当代台湾女诗人、散文家席慕容。

本姓名人名句

生活是一种不断的竞争和自我的超越。不管你是什么身份、做什么工作，都需要全部的投入，千万不要存在着一直"客串"的心理，得过且过地混日子，那是最划不来的事了。（席慕容）

季

属地 渤海郡，今河北省沧县。

本姓起源

春秋时期，鲁桓公弟弟季友之后因有政绩，颇受国君赏识和百姓拥戴，他死后被谥为季文子，其后人以其谥号为姓。

本姓名人

汉初游侠季布，唐朝诗人季厚礼，明朝经学家季本，清朝藏书家季振宣，当代学者季羡林。

本姓名人名句

有时，一条为真知灼见的忠告，会对一个人的未来产生极为重要的有利影响，不要因为忠告不是看得见的物质，便看轻了它的价值。（季羡林）

麻

属地 上谷郡，今河北省保定县。

本姓起源

楚国公族熊婴迁往齐国，改为麻姓，后代便沿袭下来。

本姓名人

汉朝学者麻达，宋朝学者麻九筹，高士麻仲英，明朝以清廉著称的湖广按察使麻永吉，画家麻居礼。

本姓名人故事

麻仲英，宋朝广阳人。七岁时便能作诗，被时人视为神童。他本来有做官的机会，以双亲年老而放弃，博学多才，品行高尚，乡邻们都十分敬佩他。灾荒之年，盗贼们都不入他家偷窃。

强

属地 天水郡，今甘肃省通渭县。

本姓起源

春秋时期，齐国有一个大夫，名叫公孙彊，其后人以先祖名为姓（古代"彊"与"强"相通）。

本姓名人

唐朝大理少卿强循，宋朝学者强至，元朝隐士强瑕，明朝画家强存仁，御史强珍，清朝篆刻家强行健。

本姓名人故事

强珍，明朝沧州人，成化年间进士。强珍任泾县知县时，因该县贫瘠，曾奏请减免赋额，当地百姓深为拥戴，为他建生祠。后升为御史，刚直不阿，在巡按辽东时，弹劾辽东巡抚陈钺，结果得罪了朝中权贵汪直，谪戍辽东。汪直倒台后，强珍才官复原职。

贾

属地　武威郡，今甘肃省武威县。

本姓起源

周康王封叔父唐叔虞的儿子于贾，建贾国。后贾国为晋所灭，后人以故国名为姓。

本姓名人

西汉政论家贾谊，东汉经学家贾逵，北魏农学家贾思勰，唐朝诗人贾至、贾岛。

本姓名人名句

智如禹汤，不如常耕。（贾思勰《齐民要术》）

草色青青柳色黄，桃花历乱李花香。东风不为吹愁去，春日偏能惹恨长。（贾至《春思》）

松下问童子，言师采药去。只在此山中，云深不知处。（贾岛《寻隐者不遇》）

路

属地　内黄郡，今河南省内黄县。

本姓起源

帝喾的后人玄元，因功被尧帝封为路中侯，其后代以先祖封号为姓。

本姓名人

西汉学者、循吏路温舒，唐朝学者路敬德，宋代太常博士路振，明代御史路振飞。

本姓名人名句

乌鸢之卵不毁，而后凤凰集；诽谤之罪不诛，而后良言进。（路温舒《尚德缓刑书》）

娄 属地 谯郡，今安徽省亳县。

本姓起源

周武王封夏少康的后人东楼公于杞。春秋时期，杞国为楚所灭，东楼公后裔去掉楼字的木旁，以娄为姓。

本姓名人

西汉名臣娄敬，后魏广陵王娄伏连，唐朝宰相娄师德，宋朝吉州法曹娄南良，明朝书法家娄家，理学家娄谅，奇女娄妃。

本姓名人故事

娄妃，明朝理学家娄谅的女儿，宁王朱宸濠的妃子，素贤德。正德年间，朱宸濠叛乱，娄妃屡次劝说，朱宸濠一意孤行，结果叛乱仅仅维持了四十三天，即为朝廷军队平定。朱宸濠哀叹说，以前商纣王听信女人的话导致亡国，我现在不信女人的话导致灭亡，后悔都来不及了呀！

危 属地 汝南郡，今河南省汝南县。

本姓起源

传说尧帝将帝位让给舜之后，其儿子联合三苗族起兵攻舜，企图夺回帝位，舜帝在攸平叛乱后，将三苗族迁至危山，三苗族的后裔便以危为姓。

本姓名人

五代吴越丞相危德昭，宋朝学者危稹，金紫光禄大夫危建侯，元朝名医危亦林，明朝史学家危素，清朝名士危龙光。

本姓名人故事

危建侯，字利用，宋朝邵武人，元丰年间进士。曾任宁化知县，推行德政，爱民如子。百姓怀念他的仁德，生孩子多以"危"字为名。

江 属地 济阳郡，今山东省定陶县。

本姓起源

大禹时期大臣伯益，受封于江。春秋时期，江国被楚所灭，其国人便以故国名为姓。

本姓名人

南朝宋画家江僧宝，梁文学家江淹，陈诗人江总，宋朝画家江参，诗人江体，清朝经学家江永、江藩。当代曾任中共中央总书记、中华人民共和国主席江泽民。

本姓名人名句

屏风有意障明月，灯火无情照独眠。（江总《闺怨篇》）

童 属地 雁门郡，今山西省代县。

本姓起源

传说颛顼有一个儿子，名叫老童，其后代以他的名字中的"童"为姓。

本姓名人

东汉循吏童恢、童翊，前凉主簿功曹童巽，唐朝诗人童翰卿，宋朝学者童伯羽、童成大，明朝诗人童佩，清朝诗人童钰、童朝仪，当代生物学家童第周。

本姓名人故事

童巽，前凉人，字子举。相传，有一次，童巽身着丧服送葬，半道上遇见盗贼。盗贼欲破开棺材攫取财物，众人吓得都逃走了。童巽临危不惧，以身子遮住灵柩，恸哭不已，直至呕血。盗贼见此情景，为之感动，最后放过了他。

颜

属地　鲁郡，今山东省曲阜县。

本姓起源

春秋时期，鲁国公族伯禽的后人曾受封于颜，其子孙以封邑名为姓。

本姓名人

战国时期孔子学生颜回，西汉经学家颜安乐，南朝宋文学家颜延之，北朝北齐文学家颜之推，唐朝书法家颜真卿，训诂学家颜师古，宋朝画家颜辉，清朝思想家颜元。

本姓名人名句

与善人居，如入芝兰之室，久而自芳也；与恶人居，如入鲍鱼之肆，久而自臭也。（颜之推）

三更灯火五更鸡，正是男儿发愤时。黑发不知勤学早，白首方悔读书迟。（颜真卿）

读得书来，口会说，笔会做，都不济事，须是身上行出，才算学问。（颜元）

郭

属地　太原郡，今山西省太原县。

本姓起源

周武王封其叔父姬仲于虢，建虢国。后来虢国为晋所灭，其国人便以郭为姓（古代"郭""虢"通用）。

本姓名人

东晋文学家郭璞，哲学家郭象，唐朝名将郭子仪，北宋画家郭熙，元朝科学家郭守敬，明朝画家郭诩，清朝外交家郭嵩焘，当代社会活动家、文学家、史学家郭沫若，诗人郭小川。

本姓名人名句

战士自有战士的爱情：忠贞不渝，新美如画；一切额外的贪欲，只能让人感到厌烦，感到肉麻。（郭小川）

梅

属地　汝南郡，今河南省汝南县。

本姓起源

周武王封商纣王忠臣梅伯的孙子为忠侯，为纪念祖先，忠侯的后裔以梅为姓。

本姓名人

东汉儒学家梅颐，北宋文学家梅尧臣，明朝经史学家梅鷟，戏曲家梅鼎祚，清朝天文学家梅文鼎，当代京剧表演艺术家梅兰芳。

本姓名人名句

度水红蜻蜓，傍人飞款款。但知随船轻，不知船已远。（梅尧臣《杂诗绝句》）

我是个笨拙的学艺者，没有充分的天才，全凭苦学。我的学艺过程，与一般艺人没什么两样，我不知道取巧，我也不会抄近路。（梅兰芳）

盛

属地　汝南郡，今河南省汝南县。

本姓起源

召公奭的子孙中有人被封于盛，盛国是燕国的附庸，后为秦灭，国人以故国名为姓。

本姓名人

宋朝名士盛明远，诗人盛次仲，元朝诗人盛彧，明朝学者盛度，名医盛寅，画家盛安，清朝诗画家盛大士，围棋国手盛大有。

本姓名人名句

看来天地不知夜，飞入园林总是春。（盛次仲《论雪》）

林

属地 西河郡，今山西省离石县。

本姓起源

商纣王忠臣比干遇害后，其有孕在身的妻子连夜逃出朝歌，在牧野树林中生下一个儿子。周武王灭纣后，将比干的这个遗腹子赐姓为林。

本姓名人

五代书法家林鼎，宋朝诗人林逋，画家林椿，明朝诗人林鸿，清朝民族英雄林则徐，抗日殉国海军将领林永升，现代文学家林语堂。

本姓名人名句

不临财不见志士之节。（林逋）

苟利国家生死以，岂因祸福避趋之。（林则徐）

人生读来几乎像一首诗。它有自己的韵律和节奏，也有生长和腐坏的内在周期。（林语堂）

刁

属地 弘农郡，今河南省灵宝县。

本姓起源

春秋时期，齐国大夫竖刁的后人以其名为姓。

本姓名人

东晋尚书令刁协，南北朝学者刁冲，唐朝画家刁光，宋朝诗人刁涛，元朝本路总管刁代，清朝书法家刁戴高。

本姓名人故事

刁代，元朝元江人。因军功屡获提拔。刁代勇力过人，部属无不敬畏。他驻防的地方附近有一山洞，洞中有一条大蛇不时出没，危害百姓。刁代携利剑进入洞中，与大蛇展开搏斗，顷刻洞中流水一片血红，刁代与大蛇同归于尽。

钟

属地 颍川郡，今河南省长葛县。

本姓起源

春秋时期，楚国公族钟建封于钟吾，其后人以钟吾为姓，后有子孙省去"吾"字，以钟为姓。

本姓名人

三国时期书法家钟繇，南朝文学批评家钟嵘，唐朝词人钟辐，元朝戏曲家钟嗣成，明朝文学家钟惺。

本姓名人名句

酒饭囊，或醉或梦，块然泥土者，则其人虽生，与已死之鬼何异？（钟嗣成《录鬼簿序》）

商山海上半秦民，何独桃源是避秦？满洞仙人一渔子，翻疑渔子是仙人。（钟惺《桃源词》）

徐

属地 东海郡，今山东省兖州县。

本姓起源

大禹封伯益的儿子于徐，建徐国。春秋时期，徐国被吴国所灭，国人以故国名为姓。

本姓名人

三国魏学者徐干，南北朝陈诗人徐陵，唐朝诗人徐凝，五代画家徐熙，文字学家徐锴，明朝文学家徐渭，旅行家徐霞客，科学家徐光启，清朝科学家徐建寅，诗人徐兰，现代诗人徐志摩，当代油画大师徐悲鸿。

本姓名人名句

路不险，则无以知马之良；任不重，则无以知人之材。（徐干《中论》）

关山三五月，客子忆秦川。思妇高楼上，当窗应未眠。星旗映疏勒，云阵上祁连。战气今如此，从军复几年？（徐陵《关山月》）

萧娘脸薄难胜泪，桃叶眉长易觉愁。天下三分明月夜，二分无赖是扬州。(徐凝《忆扬州》)

将军此去必封侯，士卒何心肯逗留。马后桃花马前雪，出关争得不回头。(徐兰《出居庸关》)

轻轻的我走了／正如我轻轻的来／我轻轻的招手／作别西天的云彩。(徐志摩《再别康桥》)

懒惰是索价极高的奢侈品，一旦到期清付，必定偿还不起。(徐悲鸿)

邱 　属地　河南郡，今河南省洛阳县。

本姓起源

姜太公被封于齐，都城营邱，其后人有的以国都名为姓氏。

本姓名人

宋朝学者邱义，元朝道教领袖邱处机，诗人邱一中，明朝大臣邱浚，清朝诗人邱逢甲，当代战斗英雄邱少云。

本姓名人名句

春愁难遣强看山，往事惊心泪欲潸。四百万人同一哭，去年今日割台湾。(邱逢甲《春愁》)

骆 　属地　内黄郡，今河南省内黄县。

本姓起源

姜太公的子孙中有一个名叫骆，其后人以祖先名为姓。

本姓名人

三国时吴国将军骆统，唐朝文学家骆宾王，明代翰林院编修骆文盛，清代大臣骆秉章。

本姓名人名句

此地别燕丹，壮士发冲冠。昔时人已没，今日水犹寒。（骆宾王《于易水送人》）

高

属地　渤海郡，今河北省沧县。

本姓起源

齐文公的儿子受封于高，其后人以封地名为姓。

本姓名人

东汉学者高诱，唐朝诗人高适，宋朝名将高怀德，元朝戏曲家高则诚，明朝学者高攀龙，清朝文学家高鹗，画家高其佩。

本姓名人名句

千里黄云白日曛，北风吹雁雪纷纷。莫愁前路无知己，天下谁人不识君。（高适《别董大》）

夏

属地　会稽郡，今江苏省吴县。

本姓起源

夏朝灭亡后，夏的后人有一部分以国名为姓。

本姓名人

汉朝学者夏恭，南宋画家夏珪，元朝画家夏昶，明末爱国诗人夏完淳，清朝学者夏曾佑，现代革命烈士夏明翰。

本姓名人名句

复楚情何极，亡秦意未平。雄风清角劲，落日大旗明。缟素酬家国，戈船决死生！胡笳千古恨，一片月临城。（夏完淳《即事》）

砍头不要紧，只要主义真。杀了夏明翰，还有后来人。（夏明翰《就义诗》）

蔡 属地 济阳郡，今山东省定陶县。

本姓起源

周武王封其弟叔度于蔡，叔度后人建蔡国。蔡灭于楚后，其国人以故国名为姓。

本姓名人

东汉发明家蔡伦，文学家蔡邕，女诗人蔡琰，宋朝书法家蔡襄，理学家蔡元定，金朝文学家蔡松年，清朝画家蔡元友，近代军事家蔡锷，教育家蔡元培，现代革命烈士蔡和森、蔡济黄。

本姓名人名句

心犹首面也，是以甚致饰焉，面一旦不修，则尘垢秽之，心一朝不思善，则邪恶入之。（蔡邕）

各存愚公之愿，即可移山；共怀精卫之心，不难填海。（蔡锷）

凭舟衡国变，意志鼓黎元。潭州蔚人望，洞庭证沅泉。（蔡和森《少年行》）

明月照秋霜，今朝还故乡。留得头颅在，雄心誓不降。（蔡济黄）

田 属地 雁门郡，今山西省代县。

本姓起源

春秋时期，陈国公子完逃往齐国，齐国国君将他封于田，其后人以先祖封邑名为姓。

本姓名人

战国时期齐国军事家田忌，思想家田骈，战国燕国处士田光，西汉名士田横，经学家田何，宋朝画家田松，明朝著作家田汝成，清朝著作家田茂遇，诗人田松岩。

本姓名人名句

路当坦处亦防倾。（田松岩《题劳山杖》）

樊

属地 上党郡，今山西省长治县。

本姓起源

周宣王封大臣仲山甫于樊，其后裔以封地名为姓。

本姓名人

战国勇士樊於期，西汉初年大将樊哙，北齐哲学家樊逊，唐朝散文家樊宗师，清朝画家樊圻，近代两江总督、诗人樊增祥，民国时期学者樊弘。

本姓名人名句

残柳黄于陌上尘，秋来长是翠眉颦。一弯月更黄于柳，愁煞桥南系马人。（樊增祥《八月六日过灞桥口占》）

胡

属地 安定郡，今甘肃省固原县。

本姓起源

周武王封舜帝后裔妫满于陈，谥号陈胡公，其子孙有一部分以其谥号中的"胡"为姓。

本姓名人

汉朝教育家胡安，唐朝诗人胡元范，五代后唐画家胡瓌，宋朝哲学家胡安国、胡宏，力斥秦桧的主战派胡铨，明朝文学家胡应麟，清朝地理学家胡渭，学者胡祗通，湘军将领胡林翼，现代学者胡适，小说家胡也频，当代无产阶级革命家胡耀邦。

本姓名人名句

国家之败，必有坏乱，不起之处，深知其处。大变革之者，其功大；小变革之者，其功小；不变革者，必沦胥以亡。（胡宏）

民知畏吏而不知畏法，故法不立，则权移于下吏。（胡祗通《论治法》）

以做百姓之心做官，以治私事之心治官事。（胡林翼）

今日不能成功的，明日明年可以成功；前人失败的，后人可以继续成功。尽一份力便有一份的满意；无穷的进境上，步步都可以给努力的人充分的愉快。(胡适)

凌 属地　河间郡，今河北省献县。

本姓起源

周武王的弟弟负责执掌宫廷所需冰块，官职为凌人，其后代以祖先官名为姓。

本姓名人

三国时吴国大将凌统、凌操，明末文学家凌濛初，清朝经学家凌曙，画家凌瑚。

本姓名人名句

苍蝇集矟，蝼蚁集膻。(凌濛初)

霍 属地　太原郡，今山西省太原县。

本姓起源

周武王封其弟于霍，称霍叔。霍叔曾与管叔、蔡叔一起作乱，后被周公弹压，霍叔儿子继承其父封邑，建霍国。春秋时期，霍国灭于晋，国人遂以故国名为姓。

本姓名人

西汉名将霍去病，名臣霍光，唐朝名妓霍小玉，宋朝画家霍适，明朝袁州知府霍子衡，礼部尚书霍韬，清朝工部尚书霍达。

本姓名人故事

汉武帝刘彻为霍去病治第，令视之，对曰："匈奴不灭、无以家为也。"

虞 属地 陈留郡，今河南省陈留县。

本姓起源

传说舜帝曾受封于虞，称有虞氏。后夏禹封舜帝后裔于虞，建虞国，虞国人后来以国名为姓。

本姓名人

西汉小说家虞初，三国时期经学家虞翻，唐朝大臣、书法家虞世南，元朝学者虞集，清朝女画家虞朗。

本姓名人名句

兵无常阵，水无常形。（虞世南《笔髓论·释草》）

銮舆三顾茅庐，汉祚难扶，日暮桑榆。深渡南泸，长驱西蜀，力拒东吴。美乎周瑜妙术，悲夫关羽云殂。天数盈虚，造物乘除。问汝何知，早赋归欤。（虞集《席上偶谈蜀汉事因赋短柱体》）

万 属地 扶风郡，今陕西省咸阳县。

本姓起源

春秋时期晋国大夫毕万，其后人中有的以"万"为姓。

本姓名人

战国时期学者万章，隋朝音乐家万宝常，唐朝诗人万楚，宋朝画家万齐，明朝医学家万全，清朝经学家万斯大，史学家万斯同，现代剧作家万家宝（曹禺）。

本姓名人名句

西施漫道浣春纱，碧玉今时斗丽华。眉黛夺将萱草色，红裙妒杀石榴花。新歌一曲令人艳，醉舞双眸敛鬓斜。谁道五丝能续命，却知今日死君家。（万楚《五日观妓》）

支

属地 邰阳郡，今陕西省武功县。

本姓起源 ◎

传说尧舜时代有一个名叫支父的高士，其后人以"支"为姓。

本姓名人 ◎

汉朝佛经翻译家支谶，东晋佛教学者支遁，五代画家支仲元，宋朝画家支选，明朝画家支鉴，湖广巡抚支可大。

本姓名人故事 ◎

支可大，明朝昆山人，万历年间进士。曾任礼部主事，为人清廉耿介，主张贵戚宦官不得干以私，为当时贤相张居正所器重。宦官陈奉欲兴大狱，陷害忠良，可大挺身而出，揭露其阴谋，使其未能得逞。

柯

属地 济阳郡，今山东省定陶县。

本姓起源 ◎

春秋时期，吴国有公子柯卢，其后人以其名字中的"柯"为姓。

本姓名人 ◎

宋朝名臣柯述，诗人柯梦得，明朝文学家柯潜，史学家柯维骐，清朝诗人柯维桢，清末抗日义士柯铁，近代史学家柯劭忞，当代作家柯灵。

本姓名人名句 ◎

文品总是人品的表现，因为文艺是心灵工厂的产品，不可避免地压迫漏泄灵魂的秘密——不管是袒露的或潜藏的，甚至带着各种藻饰的。（柯灵《文品与人品》）

昝（zǎn 攒） 属地 太原郡，今山西省太原县。

本姓起源

商朝曾有一位宰相，名叫咎单，其后人在"咎"字中增一横，姓"昝"，以避灾咎之意。

本姓名人

东晋大将昝坚，唐朝学者昝商，宋朝检校太尉昝居润，明朝名士昝如心，著名孝子昝学易。

本姓名人故事

昝学易，明朝怀宁人，万历年间举人。学易担心年事已高的父亲独处不暖和，于是每夜与父亲同床共枕，凡八年之久，直至父亲去世。

管 属地 晋昌郡，今陕西省石泉县。

本姓起源

周武王封其弟于管，人称管叔。管叔曾与霍叔、蔡叔一起发动叛乱，被周公弹压。管叔子孙出逃至山东，以先祖封地名为姓。

本姓名人

春秋时期齐国政治家管仲，三国时期魏国学者管宁，宋朝词人管鉴，元朝女画家管道升，清朝散文家管同。

本姓名人名句

宁过于君子，勿失于小人。过于君子，其为怨浅，失于小人，其为祸深。（管仲）

卢 属地 范阳郡，今河北省涿县。

本姓起源

春秋时期齐文公之孙傒因功被封于卢，其后人以封地名为姓。

本姓名人

东汉名臣卢植，隋朝诗人卢思道，唐朝诗人卢照邻、卢纶、卢仝，元朝散曲作家卢挚，当代科学家卢嘉锡。

本姓名人名句

节物风光不相待，桑田碧海须臾改。昔时金阶白玉堂，即今惟见青松在。（卢照邻《长安古意》）

月黑雁飞高，单于夜遁逃。欲将轻骑逐，大雪满弓刀。（卢纶《塞下曲》）

莫

属地 巨鹿郡，今河北省平乡县。

本姓起源

传说颛顼曾建鄭城，后来颛顼后人去掉邑旁，以莫为姓。

本姓名人

北魏名士莫含，唐朝文人莫修符，宋朝诗人莫蒙，明朝书画家莫是龙，清朝书法家莫友芝，现代诗人莫洛。

本姓名人名句

信念和理想是不死的生命／无声的歌含有崇高的爱情／宁愿让自己满身生锈／决不肯对白纸说半句谎话。（莫洛《笔》）

经

属地 荥阳郡，今河南省荥阳县。

本姓起源

春秋时期郑国公子京叔段之后曾以京为姓。汉朝太守京房，遭奸臣迫害，冤死牢狱，其子孙为避祸，将京姓改为"经"。

本姓名人

明朝名士经承辅，清朝名士经元善，云南固原提督经文岱。

本姓名人故事

经元善，清朝上虞人，为人乐善好施。光绪年间，河北、河南、陕西、山西等地发生旱灾，元善集资数万赈灾，并在民间募捐达数百万。自此，上海有了协赈公所。

房 属地 清河郡，今河北省清河县。

本姓起源

传说舜帝封尧帝的儿子丹朱于房陵，丹朱后人建立房国，其子孙以国名为姓。

本姓名人

西汉学者房凤，隋朝经学家房晖远，唐朝名臣房玄龄，宰相房琯，佛经翻译家房融，五代后蜀画家房认真，清朝清官邹县令房岩。

本姓名人名句

学之染人，甚于丹青。（房玄龄）

裘 属地 渤海郡，今河北省沧县。

本姓起源

春秋时期，卫国一位大夫被封于裘，其后人以封邑名为姓。

本姓名人

宋朝诗人裘万顷，清朝学者兼名臣裘日修，戏曲作家裘涟。

本姓名人名句

露湿芳桃午未干，花时全似麦秋寒。征衫不敌东风力，试上邮亭曝背看。（裘万顷《入京道中曝背》）

缪（miào 妙） 属地 兰陵郡，今山东省峄县。

本姓起源◎

春秋时期秦穆公的后人以其谥号为姓（古代"穆""缪"通用）。

本姓名人◎

西汉经学博士缪生，三国时期魏国文学家缪袭，元朝经学家缪主一，明朝医学家缪希雍，清朝诗人缪彤，女画家缪嘉惠，现代历史学家缪钺。

本姓名人名句◎

凉月漾中流，金山隐隐浮。尚余残醉在，和梦到扬州。（缪彤《渡江》）

干 属地 颍川郡，今河南省长葛县。

本姓起源◎

春秋时期，宋国有一位大夫名叫干犫，其后人以其名字中的"干"为姓。

本姓名人◎

春秋时期铸剑家干将，晋朝文史学家干宝，元朝礼部尚书干文传，明朝官都御史干桂，清朝学者干特。

本姓名人故事◎

干桂，明朝顺天人，字德芳，正德年间进士。干桂为政廉洁严明，所在之处，豪强敛迹。

解（xiè 嬲） 属地 平阳郡，今山西省临汾县。

本姓起源◎

周成王弟弟唐叔虞受封于解，其后人以封邑名为姓。

本姓名人

春秋时晋国名士解狐，南朝梁画家解倩，宋朝名臣解潜，明朝学者解缙。

本姓名人名句

虬髯白皙绣衣郎，骢马南巡古越裳。城郭新开秦郡县，山河原是汉金汤。天连铜柱蛮烟黑，地接珠崖海气黄。莫说炎荒冰雪少，须令六月见飞霜。（解缙《送刘绣衣按交阯》）

应 属地 汝南郡，今河南省汝南县。

本姓起源

周武王第四个儿子受封于应，建应国，后人以先祖封国名为姓。

本姓名人

东汉学者应劭，三国时期魏文学家应场、应璩，唐朝靖州刺史应智顼，宋朝诗人应子和，元朝学者应象翁，清朝诗人、江苏按察使应宝时。

本姓名人名句

下流不可处，君子慎厥初。（应璩《百一诗》）

宗 属地 京兆郡，今陕西省长安县。

本姓起源

周朝官制设六官，其中春官宗伯执掌祭祀典礼等事宜，宗伯的后代便以祖先的官职名为姓。

本姓名人

南朝宋名将宗悫，画家宗炳，宋朝名将宗泽，明朝文学家宗臣，清朝书画家宗无鼎，当代美学家宗白华。

本姓名人名句 @

愿乘长风破万里浪。（宗悫）

前所谓权门者，自岁时伏腊一刺之外，即经年不往也。间道经其门，则亦掩耳闭目，跃马疾走过之，若有所追逐者。（宗臣《报刘一丈书》）

人到中年才能深切地体会到人生的意义、责任和问题，反省到人生的价值，所以哀乐之感很是深沉。（宗白华）

丁 属地 济阳郡，今山东省定陶县。

本姓起源 @

姜太公的儿子伋辅佐周成王有功，死后追谥为"齐丁公"，其后代中有人以其谥号中的"丁"字为姓。

本姓名人 @

东汉经学家丁恭，三国时期吴国大将丁奉，魏国名士丁仪，明代画家丁玉川，清朝地理学家丁谦，名将丁汝昌，藏书家丁丙，篆刻家丁敬，现代钱币学家丁福保。

本姓名人名句 @

胸怀欢畅，则长寿可期，若忧虑过多，则使人易老。常人之情，苦则悲，乐则笑，悲哀最足伤人，而欢笑最能益人，欢笑能补脑髓，活筋络，舒血气，消食滞，胜于服食药饵。每日须得片刻闲暇，逢场作戏，以资笑乐，而益身体也。（丁福保）

宣 属地 始平郡，今陕西省兴平县。

本姓起源 @

春秋时期鲁国大夫宣伯的后人以先祖的谥号"宣"为姓。

本姓名人

后汉名臣宣秉，宋朝名士宣明，明朝学者宣温，循吏宣仲庸，现代革命烈士宣侠父。

本姓名人名句

人民渐自梦中回，革命呼声惊似雷。同志如今须记取，自由要用血争来。（宣侠父）

贲（bēn 奔） 属地 宣城郡，今安徽省宣城县。

本姓起源

春秋时期鲁国贵族贲父的后裔以其先祖名字中的"贲"字为姓。

本姓名人

汉初将军贲赫，星历学家贲丽，晋朝名士贲嵩，元代将军贲亨。

本姓名人故事

贲赫，原为西汉初年淮南王英布幕僚。英布怀疑其宠妃与贲赫有染。贲赫得知此事后很害怕，便称病不出。英布欲拘捕他。其时，英布正在策划谋反，贲赫便赶往长安向朝廷举报。刘邦将贲赫拘禁起来，然后派人暗中查验英布。结果，英布杀了贲赫全家，并举兵叛乱。汉高祖封贲赫为将军、期思侯。

邓 属地 南阳郡，今河南省南阳县。

本姓起源

商朝君主武丁封叔父曼季于邓，建邓国。邓国后来为楚所灭，其人以故国名为姓。

本姓名人

春秋时期郑国政治家邓析，东汉大臣邓禹，三国时期魏国名将邓艾，宋朝思想家邓牧，元朝书法家邓文源，清朝书法家邓石如，名将邓世昌，诗人邓辅纶，当代无产阶级革命家邓小平、邓子恢、邓颖超，革命烈士邓中夏，爱国民主人士邓宝珊，政治学家邓初民，历史学家邓广铭，理论物理学家邓稼先。

本姓名人名句

人生只有一生一死，要生得有意义，死得有价值。（邓中夏）

我是中国人民的儿子。我深情地爱着我的祖国和人民。（邓小平）

郁 属地 黎阳郡，今河南省浚县。

本姓起源

春秋时期鲁国宰相郁黄的后人以其先祖中的"郁"字为姓。

本姓名人

宋朝名医郁继善，明朝校勘学家郁文博，清朝诗人、画家郁文名，现代作家郁达夫。

本姓名人名句

人的情感，人的理智，这两重灵性的发达与天赋，不一定是平均的。有些人是理智胜于情感，有些人是情感溢于理智。（郁达夫）

单（shàn 禅） 属地 南安郡，今甘肃省西和县。

本姓起源

周成王将自己的儿子臻封于单，臻的后人以先祖封地名为姓。

本姓名人

晋朝高士单道开，唐初名将单雄信，宋朝水利专家单锷，参政知事单公选，明朝学者单仲友，农业家单俊良，诗人单恂，清朝户部右侍郎单酬书。

本姓名人故事

单道开，晋朝敦煌人，常着粗布衣服，昼夜不眠，后入罗浮山，活了一百多岁。

杭

属地　余杭郡，今浙江省余杭县。

本姓起源

传说大禹治水后，尚剩下很多船只，他派自己的儿子将这些船只集中到一起进行管理，并将集中地封为余航国。后余航国人去掉舟旁加木旁，以杭为姓。

本姓名人

东汉长沙太守杭徐，明朝名臣杭淮，清朝学者杭世骏。

本姓名人故事

杭徐，东汉时期丹阳人，字伯徐。曾驻守宣城，将聚居在森林中的流民移居到县中妥善安置，境内遂无盗贼。受封东乡侯，曾任长沙太守。

洪

属地　豫章郡，今江西省南昌县。

本姓起源

传说上古英雄共工的后人原以共为姓，为避仇而加水旁改姓洪。

本姓名人

宋朝文学家洪皓、洪迈，钱币学家洪遵，名医洪适，明朝学者洪应明，诗人兼画家洪孝先，清朝戏曲家洪升，学者洪亮吉，近代农民起义领袖洪秀全。

本姓名人名句

为恶而畏人知，恶中犹有善路；为善而急人知，善处即是恶根。（洪应明《菜根谭》）

玉皇官殿高无极，东西龙虎更番值。天上事偏多，仙人鬓亦皤。麻姑空一笑，偶自舒长爪。掐破碧桃花，花光照万家。(洪亮吉《菩萨蛮》)

手握乾坤杀伐权，斩邪留正解民悬。(洪秀全《述志诗》)

包

属地 上党郡，今山西省长治县。

本姓起源 @

春秋时期楚国大夫申包胥的后代以先祖名字中的"包"为姓。

本姓名人 @

东汉经学家包咸，唐朝诗人包融，宋朝名臣包拯，资政殿学士包恢，明朝书画家、篆刻家包容，漳州同知包梧，清朝书法家包世臣，当代企业家包玉刚。

本姓名人名句 @

四海之广，不患无贤，患在信用之不至尔。(包拯《请录用杨纮等》)

凡取友，必须趋向正当，切磋琢磨，有益于己者；若乃邪僻卑污，与夫柔佞不情相诱为非者，慎勿近之。(包恢《论立身师法》)

读古人书，友天下士。(包世臣)

诸

属地 琅玡郡，今山东省诸城县。

本姓起源 @

春秋时期越王勾践后裔有闽粤王元诸，其后人以先祖名字中的"诸"字为姓。

本姓名人 @

明朝学者诸茂卿，画家诸祖潜，循吏诸弘道，奇女子诸娥，清朝学者诸九鼎。

本姓名人故事

诸娥,明朝山阴人。明太祖洪武年间,诸娥父亲遭人诬陷,被定为死罪,诸娥的两个哥哥也同时罹罪。诸娥时年仅八岁,遇此凶信,昼夜号哭。她与其舅到京城诉冤,被责令躺在钉满钉子的木板上。诸娥在钉板上辗转,几乎死去。最后判决结果仅其一个哥哥戍边。因为伤势过重,诸娥不久即死去。乡人同情她的遭遇,为她的死去而哀痛,将其肖像悬挂在曹娥庙,供人祭祀。

左 属地 济阳郡,今山东省定陶县。

本姓起源

周朝的史官分为左史、右史。左史的后人以先祖的官职名为姓。

本姓名人

三国时期魏国音乐家左延年,晋朝文学家左思,明朝名臣左光斗,清朝名臣左宗棠,词人左辅,现代革命烈士、八路军高级将领左权。

本姓名人名句

荆轲饮燕市,酒酣气益震。哀歌和渐离,谓若傍无人。虽无壮士节,与世亦殊伦。高眄邈四海,豪右何足陈!贵者虽自贵,视之若埃尘;贱者虽自贱,重之若千钧。(左思《咏史》)

时时存一倾覆之想或可保全,时时存一败裂之想或可免颠越。(左宗棠)

水软橹声柔,草绿芳洲。碧桃几树隐红楼。者是春山魂一片,招入孤舟。 乡梦不曾休,惹甚闲愁?忠州过了又涪州。掷与巴江流到海,切莫回头。(左辅《浪淘沙》)

石

属地　武威郡，今甘肃省武威县。

本姓起源

春秋时期卫国有一位大夫，名叫石碏，其后人以先祖名字为姓。

本姓名人

战国时期天文学家石申，宋朝名将石守信，文学家石延年，元朝戏曲家石君宝，清朝学者石成金，太平天国名将石达开。

本姓名人名句

身安不如心安，心宽强如屋宽。（石成金《传家宝》）

千颗明珠一瓮收，君王到此也低头。五岳抱住擎天柱，吸尽黄河水倒流。（石达开《驻军大定与苗胞欢聚即席赋诗》）

崔

属地　博陵郡，今河北省安平县。

本姓起源

姜太公的孙子季子受封于崔，其子孙以先祖封地名为姓。

本姓名人

东汉学者崔寔，文学家崔骃，南北朝史学家崔鸿，隋朝学者崔颐，唐朝诗人崔护、崔颢，宋朝经学家崔子方，学者崔敦礼，清朝学者崔述，诗人崔华。

本姓名人名句

去年今日此门中，人面桃花相映红。人面不知何处去，桃花依旧笑春风。（崔护《题都城南庄》）

昔人已乘黄鹤去，此地空余黄鹤楼。黄鹤一去不复返，白云千载空悠悠。晴川历历汉阳树，芳草萋萋鹦鹉洲。日暮乡关何处是？烟波江上使人愁。（崔颢《黄鹤楼》）

才而无德谓之奸，勇而无德谓之暴，辩而无德谓之诞，智而无德谓之谲。（崔敦礼《刍言》）

吉

属地 冯翊郡，今陕西省大荔县。

本姓起源

周宣王大臣尹吉甫的子孙以其先祖名字中的"吉"字为姓。

本姓名人

东汉末名医吉本，唐朝诗人吉中孚，宋朝抗金将领吉青，现代爱国将领吉鸿昌。

本姓名人名句

路是脚踏出来的，历史是人写出来的。人的每一步行动都在书写自己的历史。（吉鸿昌）

钮

属地 吴兴郡，今浙江省吴兴县。

本姓起源

据传，东晋时期有一位名叫钮滔的人是钮姓的祖先。

本姓名人

隋朝知名孝子钮士雄，元朝循吏钮克让，明朝名臣钮衍，清朝文字学家钮树玉，画家钮枢。

本姓名人故事

钮士雄，隋朝人。父亲去世后，背土筑成坟墓，结庐于墓旁。隋文帝为褒扬其孝行，将其居住的地方赐名为累德里。

龚

属地 武陵郡，今湖南省溆浦、常德一带。

本姓起源

传说黄帝时期，大臣共工司水土，后其子句龙继承父职。他们的后裔将先祖名字中各取一半，成为"龚"姓。

本姓名人

汉朝名臣龚遂，画家龚宽，明朝医学家龚廷贤，史学家龚之伊，清朝礼部尚书、诗人龚鼎孳，思想家、文学家龚自珍。

本姓名人名句

倚槛春愁玉树飘，空江铁锁野烟消。兴怀何限兰亭感，流水青山送六朝。（龚鼎孳《上巳将过金陵》）

九州生气恃风雷，万马齐喑究可哀！我劝天公重抖擞，不拘一格降人才。（龚自珍《己亥杂诗》）

程

属地　安定郡，今甘肃省固原县。

本姓起源

远古传说中有祝融氏，其后裔在商朝时，曾受封于程，其子孙以先祖封国名为姓。

本姓名人

西汉将军程不识，宋朝理学家程颐、程颢，明朝数学家程大位，明朝文献学家、史学家程敏政，清朝文学家程伟元，经学家程瑶田，女作家程蕙英，篆刻家程邃。

本姓名人名句

外物之味，久则可厌；读书之味，愈久愈深。（程颐）

江日辉辉下广陵，客边吟兴偶然增。宋军水砦多编户，隋帝离宫半属僧。鹅鸭似便春雨数，楼台争出暮云层。往来总戴承平福，莫问从前几废兴。（程敏政《扬州》）

嵇（jī 基） 属地 谯郡，今安徽省亳县。

本姓起源

夏朝君主少康将儿子封于会稽，便有了稽姓。汉初，稽姓迁往谯郡嵇山（今安徽亳县一带），改稽姓为嵇姓。

本姓名人

三国时期魏国文学家嵇康，清朝学者嵇宗孟，水利专家嵇曾筠。

本姓名人名句

谗言似信，不可谓有诚；激盗似忠，不可谓无私。（嵇康《释弘论》）

邢（xíng 行） 属地 河间郡，今河北省献县。

本姓起源

周公第四个儿子封于邢地，建邢国，其后人以国名为姓。

本姓名人

北朝思想家、文学家邢劭，宋朝经学家邢昺，明朝书法家邢侗，清朝诗人邢昉。

本姓名人名句

天高日色浅，林劲鸟声哀。（邢劭《冬日伤志篇》）

滑 属地 下邳郡，今江苏省邳县。

本姓起源

滑国是周朝的诸侯国，春秋时期为晋国所灭，国人以故国名为姓。

本姓名人

明朝医学家滑寿。

本姓名人故事

滑寿，明朝余姚人，字伯仁。幼时即聪明过人，诗文俱佳。滑寿先是从王居中学医，后自学张仲景等三位医家理论，融会于心，遂自成一家。有多种医学著作问世。

裴（péi 培） 属地 河东郡，今山西省夏县。

本姓起源

伯益的后裔曾封为裴乡侯，其后代以先祖封号为姓。

本姓名人

晋朝地图学家裴秀，南朝宋史学家裴松之，唐朝名臣裴寂、裴度，诗人裴迪、裴潾，书法家裴行俭。

本姓名人名句

日落松风起，还家草露晞。云光侵履迹，山翠拂人衣。（裴迪《华子岗》）

长安豪贵惜春残，争赏街西紫牡丹。别有玉盘承露冷，无人起就月中看。（裴潾《裴给事宅白牡丹》）

陆 属地 河南郡，今河南省洛阳县。

本姓起源

齐宣王封其子季达于陆乡，季达后代以先祖封地名为姓。

本姓名人

汉朝政论家陆贾，晋朝文学家陆机，南朝画家陆梁，唐朝诗人陆龟蒙，宋朝哲学家陆九渊，诗人陆游，明朝戏曲家陆采，清朝医学家陆懋修。

本姓名人名句

立片言以居要，乃一篇之警策。(陆机《文赋》)

几年无事傍江湖，醉倒黄公旧酒垆。觉后不知明月上，满身花影倩人扶。(陆龟蒙《和袭美春夕酒醒》)

死去元知万事空，但悲不见九州同。王师北定中原日，家祭无忘告乃翁。(陆游《示儿》)

荣

属地　上谷郡，今河北省保定县。

本姓起源

周文王的臣子夷公受封于荣，其后人以先祖封地名为姓。

本姓名人

春秋时期高士荣启期，汉朝经学家荣广，隋朝史学家、刺史荣建绪，清朝诗人荣涟，书法家荣林，当代原中华人民共和国副主席荣毅仁。

本姓名人名句

贫者士之常，死者人之终。居常以待终，何不乐也。(荣启期)

翁

属地　钱塘郡，今浙江省杭县。

本姓起源

周昭王的庶子受封于翁山，其后人以先祖封地名为姓。

本姓名人

唐朝诗人翁逃，宋朝学者翁梦得，诗人翁卷，清朝内阁学士、诗人翁方纲，户部尚书协办大学士翁同龢。

本姓名人名句

只有濛濛意，人家与钓矶。寺门钟乍起，樵客径犹非。四百层泉落，三千丈翠飞。与谁参画理？半面尽斜晖。(翁方纲《望罗浮》)

六十年中事，凄凉到盖棺。不将两行泪，轻为汝曹弹。（翁同龢《甲辰五月二十日绝笔》）

荀 属地 河内郡，今河南省武陟县。

本姓起源

周文王的儿子封于郇，建立郇国。春秋时期，郇国为晋国所灭。其后人以故国名为姓，去掉邑旁加草头改为荀。

本姓名人

春秋时期晋国名臣荀林父，战国时期思想家荀况，东汉经学家荀爽、史学家荀悦，晋朝音律学家荀勖，明朝学者荀廷诏。

本姓名人名句

天行有常，不为尧存，不为桀亡。应之以治则吉，应之以乱则凶。强本而节用，则天不能贫；养备而动时，则天不能病；修道而不贰，则天不能祸。（荀况《天论》）

违上顺道，谓之忠臣；违道顺上，谓之谀臣。（荀悦《申鉴》）

羊 属地 京兆郡，今陕西省长安县。

本姓起源

春秋时期晋国大夫祁盈受封于羊舌，其后人去舌以羊为姓。

本姓名人

西晋名臣羊祜，南朝宋书法家羊欣，明朝循吏羊可立，当代台湾诗人羊令野。

本姓名人名句

把长长的颈项伸出／投影于一面云水的镜子／右手捧着一轮旭日／左手捧着一弯新月／就这样不舍昼夜地盼望。（羊令野《慈恩塔》）

於

属地　京兆郡，今陕西省长安县。

本姓起源

传说黄帝的孙子受封于於，其后人以先祖封地名为姓。

本姓名人

南宋画家於清言，明朝画家於竹屋、良吏於仲完。

本姓名人故事

於仲完，明朝黄岩人，洪武年间任永新知县。当时该县南乡有人作乱，前来弹压的军官为邀功请赏，欲尽屠南乡。於仲完极力劝阻，从而避免了一场悲剧的发生。南乡人深为感动，生小孩多以仲完姓为名。

惠

属地　扶风郡，今陕西省咸阳县。

本姓起源

周惠王的后人以先祖的谥号为姓。

本姓名人

春秋时期梁国名臣惠施，唐朝高僧惠宽，清朝经学家惠士奇，学者惠栋。

本姓名人故事

惠施是宋国人，在梁国为相，学问渊博，与庄周有交情。

甄（zhēn 针）

属地　中山郡，今河南省登封县。

本姓起源

传说皋陶的孙子仲甄在夏朝做官，被封于甄，其后人以封邑名为姓。

本姓名人

三国时魏文帝曹丕皇后甄宓，南朝宋良吏甄法崇，北周数学家甄鸾，唐朝医学家甄立言，宋朝诗人甄龙友，画家甄慧。

本姓名人故事

甄法崇，南朝宋中山人，宋武帝永初年间任江陵县令，为政清明严整，县境肃然。

麹（qū 曲） 属地　汝南郡，今河南省汝南县。

本姓起源

西周时期，负责酿酒的官员为麹人，其子孙以先祖的官职名为姓。

本姓名人

战国时期燕国名臣麹武，西晋左仆射麹允，唐朝诗人麹瞻。

本姓名人故事

麹允，西晋金城人，与游氏同为当地望族。有民谚云：麹与游，牛羊不数头；南开朱门，北望青楼。麹允屡建军功，曾多次击败匈奴军队，斩杀大将。后匈奴攻入长安，晋愍帝投降，麹允亦被俘，因不堪羞辱而自尽。

家 属地　京兆郡，今陕西省长安县。

本姓起源

周孝王有一个儿子，名家父，其子孙以祖上名为姓。

本姓名人

唐朝著名孝子家师谅，宋朝文人家安国、家定国、家勤国三兄弟，学者家铉翁。

本姓名人故事

家定国，曾任永康司法参军。韩绛治蜀时，曾欲兴劳役，开辟西山道。定国谏曰：蜀地近夷，依仗天险比较安全，如果高山成了坦途，必有后忧。韩绛认为他讲得有道理，遂打消了念头。

封 <small>属地 渤海郡，今河北省沧县。</small>

本姓起源

传说炎帝之孙巨，任过黄帝的老师。夏朝时，巨的后裔受封于封，其后人以封地名为姓。

本姓名人

三国时期魏国道学家封衡，后魏名士封玄之，唐朝名臣封德彝，学者封演。

本姓名人故事

封玄之，后魏人。因受一案牵连，将被杀。刑前，杀人者对他说，我不让你家绝种，将放过你的一个儿子。玄之请求说，我的弟子磨奴，从小就是孤儿，请保全他的性命。于是，玄之及四个儿子被杀，磨奴得以赦免。实际上磨奴是他的侄子。

芮 <small>（ruì 瑞）</small> <small>属地 平原郡，今山东省平原县。</small>

本姓起源

周武王封司徒于芮，建芮国。春秋时期，芮国亡于晋，其国人以故国名为姓。

本姓名人

唐朝学者芮挺章，宋朝学者芮煜，良吏芮及言，清朝学者芮城。

本姓名人名句

少饮酒，饱餐饭。勤出厅，公事办。（芮及言）

羿 <small>（yì 益）</small> <small>属地 齐郡，今山东省淄博县。</small>

本姓起源

传说上古时期有一位名叫后羿的英雄，其后人以先祖的名为姓。

本姓名人

明初名臣羿忠。

储

属地　河东郡，今山西省夏县。

本姓起源

传说上古时期，曾有储国，其后人以国名为姓。

本姓名人

唐朝诗人储光羲，清朝学者储欣、储大文。

本姓名人名句

日暮长江里，相邀归渡头。落花如有意，来去逐轻舟。（储光羲《江南曲》）

靳

（jìn禁）　属地　西河郡，今山西省离石县。

本姓起源

战国时期楚国大夫尚，受封于靳，即进谗言迫害屈原的靳尚。靳尚的后人以封地名为姓。

本姓名人

唐朝画家靳智翼，宋朝画家靳东发，明朝良吏靳义，清朝水利专家靳辅，现代诗人靳以。

本姓名人名句

希望使种子发芽，希望使枯树抽条，希望使生命带来了新的生命，希望给人家装点了无数美丽的花朵。（靳以）

汲 属地 清河郡，今河北省清河县。

本姓起源

春秋时期卫宣公的太子居住在汲，人称太子汲，其后人便以先祖居住地为姓。

本姓名人

西汉名臣汲黯，后魏兖州从事汲固。

本姓名人故事

汲黯，西汉濮阳人，字长孺。为人刚直，倨傲少礼，常直言犯上，处事果断灵活，又好打抱不平，常常帮助弱小，济危扶倾。主张"无为而治"，但又有政治才能。雄才大略的汉武帝虽不喜汲黯的性格，但对他十分敬重，曾对人说，古人曾论过国家必有保国安民的大臣，像汲黯就近乎这样的人了。

郑 属地 平阳郡，今山西省临汾县。

本姓起源

春秋时期，晋国有一位大夫被封于郑地，其后人以先祖封地名为姓。

本姓名人

西汉末名臣郑汉，东汉名士郑原。

本姓名人故事

郑汉，东汉琅玡人，因为政清廉而由地方官调任京兆尹，后再升为太中大夫。王莽执政时，辞官回归乡里。

糜 属地 汝南郡，今河南省汝南县。

本姓起源

夏朝诸侯有糜的后代以"糜"为姓。

本姓名人

三国魏学者糜信，蜀安汉将军糜竺。

本姓名人故事

糜信，三国时期魏乐平太守，于《春秋》素有研究，著有《春秋说要》、《春秋穀梁传注》等。

松 属地 东莞郡，今山东省沂县。

本姓起源

相传秦始皇南巡途中遇雨，避雨于一棵松树下。后秦始皇封该树为"五大夫松"。同时避雨的人有的便以"松"为姓。

本姓名人

隋朝勇士松赟，明朝良吏松冕。

本姓名人故事

松冕，明朝六合人，任长芦盐官职，其兄去世较早，他事寡嫂如母。居官严明廉洁，颇有政声。

井 属地 扶风郡，今陕西省咸阳县。

本姓起源

周朝时诸侯国虞国有一位大夫，被封于井，其后人以先祖封地名为姓。

本姓名人

东汉经学家、高士井丹，明朝给事中井田，循吏井源。

本姓名人故事

井丹，东汉郿人，字大春。自幼熟读经书，博学多才，京城有谚语云：五经纷纶井大春。

段 属地 京兆郡，今陕西省长安县。

本姓起源

春秋时期老子的孙子在晋国，后封于段，其后人以先祖封地名为姓。

本姓名人

唐朝宰相段文昌，名臣段秀实，文学家段成式，宋朝工部郎中段少连，清朝文字、考据学家段玉裁。

本姓名人故事

段少连，宋朝开封人，字希逸。为官后，治理过许多州县，均有政声。性通达敏锐，不论大事小事，均决断如流。为人刚直，不肯趋附权贵，范仲淹称赞他有将帅之才。

富 属地 齐郡，今山东省临淄县。

本姓起源

周朝有大夫富辰，其后人以先祖名为姓。

本姓名人

唐朝监察御史、文学家富嘉谟，宋朝名相富弼，元朝文学家富恕。

本姓名人故事

富弼，北宋河南人，字彦国。因其卓越才干，在朝中屡任要职，先后为枢密副使、枢密使、同中书门下平章事，先后与文彦博、王安石同为宰相，封郑国公、韩国公。富弼事三朝，在本朝和邻国享有较高声望。

巫 属地 平阳郡，今山西省临汾县。

本姓起源

相传高辛氏的一个孙子受封于巫，其后人以先祖封地名为姓。

本姓名人

春秋时期孔子弟子巫马施，明朝名士巫子秀、巫子肖。

本姓名人故事

巫子秀，明朝兴宁人。子秀智勇双全。他家住的地方，离一股土匪巢穴很近。明孝宗弘治年间，他设计将匪首擒住斩首，土匪对其又恨又怕，一天晚上，包围了子秀家，将其全家杀害。

乌
属地　颍川郡，今河南省长葛县。

本姓起源

传说上古时期少昊曾以乌来命名官名，曾有一位官员名乌鸟氏，掌管山陵，其子孙以先祖官职名为姓。

本姓名人

战国时期秦国猛士乌获，唐朝冀州刺史乌承恩，宰相乌重胤，元朝学者、名士乌冲，明朝学者乌本良，良吏乌浚。

本姓名人故事

乌本良，明朝慈溪人，字性善。自幼好学，与其弟互为师友。博学多才，精经史，通诗词书法。读杨简《易解》，自谓如坐春风中，并以"春风"二字命名自己的书斋。人称"春风先生"。

焦
属地　中山郡，今河南省登封县。

本姓起源

周武王封神农氏的后人子焦，后建立焦国。春秋时期，焦国灭于晋，国人以故国名为姓。

本姓名人

西汉经学家焦延寿，东汉名士焦先，南朝梁画家焦宝愿，明朝学者焦竑，清朝经学家、戏曲理论家焦循，辛亥革命烈士焦达峰。

本姓名人名句

器大难为用。（焦竑《焦氏类林·赏誉》）

人性所以有仁义者，正以其能变通，异乎物之性也。以己之心通乎人之心，则仁也。知其不宜，变而之乎宜，则义也。仁义由乎能变通。人能变通，故性善；物不能变通，故性不善。（焦循《孟子正义·告子上》）

巴　**属地**　高平郡，今山东省金乡县。

本姓起源

周朝时，今四川地方有巴国。战国时期，巴国为秦国所灭，国人以故国名为姓。

本姓名人

西汉有太常卿巴茂，东汉有扬州刺史巴祇，清朝书画家巴慰祖。

弓　**属地**　太原郡，今山西省太原县。

本姓起源

春秋时期鲁国有一位大夫，名叫叔弓，其子孙以先祖名为姓。

本姓名人

汉朝大臣弓林，前秦将领弓蚝。

牧

属地 弘农郡，今河南省灵宝县。

本姓起源

传说黄帝时期有一位名叫力牧的大臣，其后人以祖先名为姓。

本姓名人

孔子学生牧皮，明朝广西参议牧相，现代台湾诗人牧尹。

本姓名人名句

我们的翅膀 / 或被粘死 / 或被撕去 / 制成美丽的谎言 / 兜售给观光客
（牧尹《蝴蝶标本》）

隗（wěi 委）

属地 余杭郡，今浙江省杭县。

本姓起源

商汤灭夏后，封夏桀后人于隗，曾建隗国。其后人以国名为姓。

本姓名人

东汉初上将军隗嚣，三国时期魏国学者隗禧，孝子隗相。

本姓名人故事

隗相，三国时期魏犍为人。隗相的母亲嫌江边的水不干净，一定要
江中央的水方饮用。隗相遂划上小船去江中央打水。因水流太急，小船
摇摆不定，难以取水。忽然，江中冒出一块大石头，隗相得以系住小船
取水。乡人都夸隗相是个孝子。

山

属地 河南郡，今河南省洛阳县。

本姓起源

周朝时期掌管山林的官员，名山师，其后人以祖先官职名为姓。

本姓名人

汉朝高士山图，晋朝文学家山涛，大臣山简，唐朝高僧山康。

本姓名人故事

山图，汉朝陇西人。山图小时候喜欢骑马，一天，马将其踏伤，折断了脚。一山中道人给他服药，痊愈后觉得身子骨轻了许多。后随道人遍游名山采药达六十年之久。回到家中，为母亲守丧几年后又走了，没有人知道他的去向。

谷 属地 上谷郡，今河北省保定县。

本姓起源

周朝时，曾封颛顼的后裔于秦谷，并建谷国。后谷国为楚所灭，其国人以故国名为姓。

本姓名人

汉朝孝子谷朗，大司农谷永，晋朝经学家谷俭，唐朝文学家谷倚，清朝画家谷士恒，史学家谷应泰。

本姓名人故事

谷应泰，清朝丰润人，字赓虞。顺治年间进士，曾任浙江提学佥事，选拔人才多为才俊之士。博览群书，工文章，后专攻经史，有多种著作问世。

车 属地 京兆郡，今陕西省长安县。

本姓起源

春秋时期秦国公族中，有一位名叫子车仲行的，其后人以其名字中的"车"为姓。

本姓名人

晋朝名臣车胤，唐朝画家车政道，宋朝学者车若水，明朝理学家车瑾，清朝诗人车鼎晋，学者车万育。

本姓名人故事

车胤，晋朝人，字武子。少年时期即勤奋好学。因家境贫寒，夜读时没有点灯的油，车胤便捉来萤火虫放进一只薄纱袋中以照明。进入仕途后，先后任征西长史、吏部尚书等职。车胤以寒素博学，知名于世，又善于交际，因此，每有聚会，如他不在场，都说无车公不乐。

侯　属地　上谷郡，今河北省保定县。

本姓起源

春秋时期晋国两位侯爵先后为晋武公所杀害，他们的后人逃亡至他国，遂以先祖的爵位为姓。

本姓名人

东汉大臣侯霸，学者侯谨，宋朝词人侯寘，清朝文学家侯方域，当代表演艺术家侯宝林，化学家侯德榜。

本姓名人名句

明日江郊芳草路，春逐行人去。不似荼蘼开独步，能着意留春住。（侯寘《四犯令》）

宓（mì 密）　属地　平昌郡，今山东省安丘县。

本姓起源

传说中的伏羲，又名宓牺。古代"宓""伏"二字通用。宓姓即为伏羲氏的后裔。

本姓名人

春秋时期孔子学生宓不齐。

本姓名人故事

宓不齐，字子贱。曾经主持单父县治，一边弹琴，一边处理政务，虽不下堂，而无疏漏。孔子称他为君子。

蓬　属地　长乐郡，今河北省冀县。

本姓起源

周朝初年曾封子孙于蓬，后人以封地名为姓。

本姓名人

晋朝传奇人物蓬球。

本姓名人故事

蓬球，晋朝北海人，字伯坚。晋武帝泰始年间，蓬球进山伐木，忽闻异香扑鼻。他顺着风寻到一处地方，看见一座曲折盘旋的宫殿。进入门中，见四位美丽绝伦的妇人正在堂上下棋弹琴。蓬球害怕，急忙退出门来。再一回头，却什么都没有了。等到他回到家中，已是建平年间，其旧居早已成了废墟。

全　属地　京兆郡，今陕西省长安县。

本姓起源

西周时期曾经设立掌管钱财的机构，名泉府（古代"钱""泉"同义），泉府官员的后人以先祖官职名为姓。因古代"泉""全"通用，泉姓演变成全姓。

本姓名人

三国时吴国大司马全琮，隋朝医学家全元起，元朝学者全谦孙、全晋孙兄弟，清朝学者全祖望，民国学者全伯玉。

本姓名人名句

省言，省笑，省笔札，省交游，省妄想，所不可一刻省者，居敬读书耳。（全伯玉）

郗 （xī 希） 属地 山阳郡，今山东省金乡县。

本姓起源

少昊的后人在周武王时受封于郗，子孙以封地名为姓。

本姓名人

东汉御史大夫郗虑，东晋大臣郗鉴、郗愔，唐朝尚书郗士美。

本姓名人故事

郗士美，唐朝兖州人，字和夫。年十二岁即精通《五经》、《史记》和《汉书》，并都能背诵。其父亲的朋友萧颖士、颜真卿等当时名人都为之惊叹。

班 属地 扶风郡，今陕西省咸阳县。

本姓起源

传说春秋时期楚国公族若敖之孙出生后被遗弃在野地，吃老虎奶长大，成人后身上布满虎斑纹，于是以班为姓（古代"班""斑"通用）。

本姓名人

西汉学者班伯，女诗人班婕妤，东汉史学家班彪、班固、班昭，名将班超。

本姓名人名句

贫贱之交不可忘，糟糠之妻不下堂。（班固）

不入虎穴，焉得虎子。（班超）

仰 属地 汝南郡,今河南省汝南县。

本姓起源

秦惠文王有一个儿子,名叫公子印,公子印的后人以祖先名加人旁,以仰为姓。

本姓名人

汉朝御史仰祗,宋朝孝子仰忻,明朝大理丞仰瞻。

本姓名人故事

仰瞻,明朝长州人。为人刚直不阿,在大理丞任上因得罪太监王振而谪戍大同。明代宗景泰初年召为右寺丞,执法更加坚定,在位的很多官员都不喜欢他。仰瞻也懒得搭理那些人,称病归乡了。

秋 属地 天水郡,今甘肃省通渭县。

本姓起源

春秋时期,鲁国大夫仲孙湫的孙子胡在陈国为官,以祖先名去掉水旁,以秋为姓。

本姓名人

清朝女革命家秋瑾。

本姓名人名句

河山触目尽生哀,太息神州几霸才!牧马久惊侵禹域,蛰龙无术起风雷。头颅肯使闲中老?祖国宁甘劫后灰?无限伤心家国恨,长歌慷慨莫徘徊。(秋瑾《柬某君》)

仲 属地 中山郡,今河南省登封县。

本姓起源

商汤时期,有一位左相,名叫仲虺,其后人以先祖名为姓。

本姓名人

孔子学生仲由，东汉哲学家仲长统，唐代太常博士仲子陵，清代良吏、监察御史仲永檀。

本姓名人名句

六合之内，恣心所欲；人事可遗，何为局促？（仲长统《见志诗》）

伊 属地 陈留郡，今河南省陈留县。

本姓起源

传说尧帝出生于伊水，其后裔中有的以祖先出生地为姓。

本姓名人

商朝名相伊尹，西汉经学家伊推，明朝良吏伊乘，清朝书画家伊秉绶。

本姓名人故事

伊乘，明朝江宁人，字德载，明宪宗成化年间进士。曾任四川按察佥事，每次巡视郡县完毕后，便审理冤案、积案，一方称神。

宫 属地 太原郡，今山西省太原县。

本姓起源

春秋时期，鲁国孟僖子的儿子韬受封于南宫，其后人以封地名为姓，并演变为"南""宫"二姓。

本姓名人

春秋时期虞国大夫宫之奇，东汉道家宫崇，元朝名臣宫钦，清朝画家宫国苞，诗人宫鸿历。

本姓名人名句

虢，虞之表也；虢亡，虞必从之。晋不可启，寇不可玩。一之谓甚，其可再乎？（宫之奇，语见《左传·僖公五年》）

宁

属地 齐郡，今山东省临淄县。

本姓起源

春秋时期，卫武公的儿子食采于宁，其后人以采邑名为姓。

本姓名人

春秋时期卫国名臣宁俞，齐国上卿宁戚，宋朝画家宁涛，近代政治家宁调元。

本姓名人故事

宁戚，本春秋时期卫国人。颇具才学。因家境贫寒，替人赶车。一天，他赶着牛车进入齐国境内，一边喂牛，一边敲打着牛角唱歌。齐桓公听说后，非常惊异，命管仲将宁戚迎入宫中，拜为上卿。后来宁戚还当上了齐国的国相。

仇

属地 平阳郡，今山西省临汾县。

本姓起源

夏朝诸侯九吾氏，曾兼九国，后为商纣王所灭。九国后人为避祸，便以故国名加人旁，为仇姓。

本姓名人

春秋时期宋国名臣仇牧，汉朝游侠仇景，东汉循吏仇览，元朝诗人仇远，明朝画家仇英（仇十洲），清朝学者仇兆鳌。

本姓名人故事

仇牧，春秋时期宋国大夫。宋万欲杀害君王，仇牧得知消息后，匆忙赶往宫廷，在宫门与宋万相遇。仇牧持剑怒斥宋万的不轨行为，结果为宋万所害。

栾

属地 西河郡，今山西省汾阳县。

本姓起源 ◎

春秋时期，晋国靖侯的孙子被封于栾，其后人以封地名为姓。

本姓名人 ◎

春秋时期晋国大夫栾成，汉初名臣栾布，宋度支员外郎栾崇吉，明朝通政使栾恽。

本姓名人故事 ◎

栾成，春秋时期晋国人，辅佐翼侯。武公攻打翼，杀死哀侯。武公对栾成说，你如归顺我，便拜你为上卿。栾成拒绝，说，报生以死，报赐以力，人之道也。待侯君主有贰心，你还要用吗？于是，栾成挺剑上前，终被杀害。

暴

属地 魏郡，今河南省临漳县。

本姓起源 ◎

商朝有诸侯国暴国。暴国一直沿袭到春秋时期，被郑国所吞并，其国人以故国名为姓。

本姓名人 ◎

汉朝御史大夫暴胜之，北齐骠骑大将军暴显，明朝名臣暴昭。

本姓名人故事 ◎

暴胜之，汉朝河东人，字公子。暴胜之在汉武帝末年任直指使者，时郡国内盗贼蜂起，胜之着绣衣，持斧头，追逐捕获盗贼。后主持郡国军务，军纪严明，威震州郡。

甘 属地 渤海郡，今河北省沧县。

本姓起源

夏朝曾有甘国，其国人以国名为姓。

本姓名人

战国时期秦国神童甘罗，西汉名臣甘延寿，三国时期吴国大将甘宁，宋朝诗人甘咏，明朝诗人甘瑾。

本姓名人名句

百战孤城血未干，古人书札报平安。秋风代马思燕草，夜月湘歌怨澧兰。万里江湖仍旅食，百年天地自儒冠。山阴更有诛茅地，仗剑休辞行路难。（甘瑾《寄马彦会》）

钭（tǒu） 属地 辽西郡，今河北省永平县。

本姓起源

战国时期，齐国田和篡国，将齐康公流放于海上，康公及其随从住山洞，吃野食，以钭（一种酒器）当锅。后来，随从中有人便以钭为姓。

本姓名人

五代后汉处州刺史钭滔。

厉 属地 南阳郡，今河南省南阳县。

本姓起源

周朝有诸侯齐厉公，其后人以先祖封号为姓。

本姓名人

唐朝诗人厉玄，五代后梁画家厉归真，清朝学者、文学家厉鹗。

本姓名人名句

冲风苦爱帽檐斜，历尾无多感岁华。却向东蒙看霁雪，青天乱插玉莲花。(厉鹗《蒙阴》)

戎 属地 江陵郡，今湖北省江陵县。

本姓起源

周朝时有戎国，其国人以国名为姓。

本姓名人

西汉初将领戎赐，唐朝诗人戎昱。

本姓名人名句

坐到三更尽，归仍万里赊。雪声偏傍竹，寒梦不离家。晓角分残露，孤灯落碎花。二年随骠骑，辛苦向天涯。(戎昱《桂州腊夜》)

祖 属地 范阳郡，今河北省定兴县。

本姓起源

商汤的君主有祖甲、祖乙、祖丁，他们的后人以祖先名为姓。

本姓名人

东晋名臣祖逖，南朝科学家祖冲之，唐朝诗人祖咏。

本姓名人名句

燕台一去客心惊，笳鼓喧喧汉将营。万里寒光生积雪，三边曙色动危旌。沙场烽火连胡月，海畔云山拥蓟城。少小虽非投笔吏，论功还欲请长缨。(祖咏《望蓟门》)

武
属地　太原郡，今山西省太原县。

本姓起源

传说周朝周平王的小儿子出生时，手掌上有"武"字纹，周平王便赐其为武姓。

本姓名人

唐朝女皇武则天，名臣武元衡，北宋画家武宗元，元朝戏曲家武汉臣，清末以乞讨兴学闻名的教育家武训。

本姓名人名句

以诚信为本者，谓之君子；以诈伪为本者，谓之小人。（武则天《臣轨》）

杨柳阴阴细雨晴，残花落尽见流莺。春风一夜吹乡梦，又逐春风到洛城。（武元衡《春兴》）

符
属地　琅玡郡，今山东省诸城县。

本姓起源

春秋时期，鲁倾公的孙子在秦国任掌管符玺的官员，其后人以符为姓。

本姓名人

东汉名士符融，唐朝诗人符载，南唐赵州刺史符令谦，宋朝江西转运使符行中。

本姓名人故事

符融，东汉浚仪人，字伟明。博学多才，极擅言谈。曾师事李膺，深受器重。李膺每次见到符融，总是撇开其他客人而听他说，而每当此时，符融也是"幅巾奋袖，谈辞如云"，李膺每每捧手感叹。符融亦因此成名。

刘

属地 彭城郡，今江苏省铜山县。

本姓起源

尧帝后裔中，曾有人受封于刘地，其后人以封邑名为姓。

本姓名人

汉高祖刘邦，西汉学者刘安、刘向，东汉光武帝刘秀，南朝梁文学理论家刘勰，唐朝史学家刘知幾，诗人刘希夷、刘禹锡、刘长卿、刘方平、刘采春、刘商、刘皂、刘叉、刘驾、刘沧，宋朝诗人刘过，清朝名臣刘墉，小说家刘鹗，现代文学家刘半农，历史学家刘大年，革命烈士刘胡兰，当代无产阶级革命家刘少奇。

本姓名人名句

朱雀桥边野草花，乌衣巷口夕阳斜。旧时王谢堂前燕，飞入寻常百姓家。（刘禹锡《乌衣巷》）

三年谪宦此栖迟，万古惟留楚客悲。秋草独寻人去后，寒林空见日斜时。汉文有道恩犹薄，湘水无情吊岂知？寂寂江山摇落处，怜君何事到天涯！（刘长卿《长沙过贾谊宅》）

更深月色半人家，北斗阑干南斗斜。今夜偏知春气暖，虫声新透绿窗纱。（刘方平《月夜》）

景

属地 晋阳郡，今山西省太原县。

本姓起源

春秋时期齐景公的后人以先祖的谥号为姓。

本姓名人

战国时期楚国大夫景差，东汉功臣景丹，经学家景鸾，唐朝诗僧景云，五代后晋名士景延广，清朝书法家景星杓。

本姓名人故事

东汉初，贼兵攻破弘农郡，生获郡守，时景丹患疟疾，光武帝强令景丹邻郡事，丹不敢辞，从营到郡，十余日去世。

詹 属地 河间郡，今河北省献县。

本姓起源

周宣王之子受封于詹，建立詹国，其后人以封地名为姓。

本姓名人

宋朝学者詹体仁，抗金将领詹世勋，明代书画家詹景风，清朝铁路工程师詹天佑，当代台湾诗人詹澈。

本姓名人名句

勿屈己以徇人，勿沽名以钓誉。（詹天佑）

我是花下的泥土了／请将我坚实而长久的养料／升华为你的血液（詹澈《菊花颂》）

束 属地 南阳郡，今河南省南阳县。

本姓起源

战国时期，齐国有疎族，其后人去掉足旁，以束为姓。

本姓名人

晋朝史学家束皙，元朝画家束宗赓，明朝良吏束清。

本姓名人故事

束清，明朝丹徒人。明太祖洪武年间任万载知县，廉洁耿介，节俭简约，爱民如子。百姓如有交不起租税的，束清常常卖掉自己的衣物来为其代偿。

龙

属地 武陵郡，今湖南省常德、溆浦一带。

本姓起源

传说，黄帝的一个裔孙董父，喜欢养龙，被封为豢龙氏，其后人便以龙为姓。

本姓名人

东汉良吏龙述，宋朝画家龙章、龙显，元朝学者龙仁夫，清朝经学家龙启瑞。

本姓名人名句

万物生于神，养于神，故神聚则强，神王则昌，神衰则病，神散则亡。（龙启瑞）

叶

属地 南阳郡，今河南省南阳县。

本姓起源

春秋时期，楚庄王的裔孙沈诸梁受封于叶，并建立叶国，其后人以封国名为姓。

本姓名人

唐朝道家叶法善，南宋文学家叶梦得，哲学家叶适，元朝名医叶李，明朝戏曲作家叶宪祖，清朝文学家叶燮，医学家叶天士，现代无产阶级革命家、军事家叶剑英，新四军军长、革命烈士叶挺，语言学家叶圣陶。

本姓名人名句

落花已作风前舞，又送黄昏雨。晓来庭院半残红，惟有游丝，千丈袅晴空。殷勤花下同携手，更尽杯中酒。美人不用敛蛾眉，我亦多情，无奈酒阑时。（叶梦得《虞美人》）

为人进出的门紧锁着，为狗爬出的洞敞开着，一个声音高叫着：——爬出来吧，给你自由！我渴望着自由，但我常常的知道——人的身躯，

怎能从狗洞子里爬出！我希望有一天，地下的烈火，将我连这活棺材一齐烧掉，我应该在烈火与热血中得到永生！（叶挺《囚歌》）

幸
属地　雁门郡，今山西省代县。

本姓起源

古代君王身边幸臣的后人以祖先受到宠幸为荣，遂以幸为姓。

本姓名人

唐代良吏幸轼，宋代名儒幸思顺。

司
属地　顿丘郡，今河北省清丰县。

本姓起源

春秋时期郑国有一位大夫，名叫司臣，其后人以先祖名为姓。

本姓名人

宋朝名将司超，元朝名士司居敬，学者司良辅，明朝节士司玠，名医司轲。

本姓名人故事

司玠，明朝寿张人，幼时即怀节操。二十岁左右，司玠被强盗抓获，强盗见他有文化，拟让他作书记。司玠宁死不从，最后被杀害。

韶
属地　太原郡，今山西省太原县。

本姓起源

传说舜帝时期，有专司音乐的官员，制作《韶乐》。乐官后人以乐曲名为姓。

本姓名人

明朝按察佥事韶护。

本姓名人故事

韶护，明朝岐山人。明太祖洪武年间在户部主事任上贬谪至昆山，任典史。任上勤政廉洁，恪尽职守，处理公务，毫无凝滞。

郜（gào 告） 属地 京兆郡，今陕西省长安县。

本姓起源

周文王儿子封于郜，其子孙以封地名为姓。

本姓名人

元朝诗人郜知章，清朝学者郜坦，画家、旅行家郜琏。

本姓名人故事

郜琏，清朝如皋人，字方壶。曾任台州参军。郜琏喜好游山玩水，五岳中游览了其中三座。又工画，尤长于画芭蕉，其芭蕉画传到日本，被视为珍品。

黎 属地 京兆郡，今陕西省长安县。

本姓起源

上古传说中的人物颛顼之孙受封于黎阳，建立黎国，后人以国名为姓。

本姓名人

北周学者黎景熙，宋朝学者黎靖德，明朝诗人黎贞，清朝诗人、书画家黎简，学者黎庶昌，现代语言学家黎锦熙，音乐家黎锦晖。

本姓名人名句

为学虽有聪明之资，必须做迟钝工夫，始得。（黎靖德《朱子语类》）

村饮家家酿酒钱，竹枝篱外野塘边。谷丝久倍寻常价，父老休谈少壮年。细雨人归芳草晚，东风牛藉落花眠。秋苗已长桑芽短，忙甚春分寒食天。（黎简《村饮》）

蓟

属地　内黄郡，今河南省内黄县。

本姓起源

周武王封黄帝的后裔于蓟，建蓟国，国人以封国名为姓。

本姓名人

东汉传奇人物蓟子训。

薄

属地　雁门郡，今山西省代县。

本姓起源

春秋时期，宋国一位大夫曾受封于薄，其后人以封地名为姓。

本姓名人

西汉中大夫薄昭，南朝宋书法家薄绍之，明朝兵器专家薄珏。

本姓名人故事

薄绍之，南朝宋丹阳人，字敬叔。曾任给事中。薄绍之善书法，行草尤其潇洒。

印

属地　冯翊郡，今陕西省大荔县。

本姓起源

春秋时期郑穆公有儿子名印段，其子孙以先祖名为姓。

本姓名人

春秋时期郑国大夫印段，宋朝温州知府印应雷，户部侍郎印应飞，明朝良吏印宝。

本姓名人故事

印应雷，宋朝通州人。去温州上任时，恰逢州中部分士兵作乱，上司准备调婺州军队前来弹压。印应雷婉谢了，仅带着一名仆人赴任。到温州后，他用计设宴，有作乱者来窥视，立即抓住斩首。余党悉数散去。大家都很佩服印应雷的大智大勇。

宿 属地 东平郡，今山东省东平县。

本姓起源

周武王封伏羲的后人于宿，建宿国，后人以国名为姓。

本姓名人

战国时期齐国闵王后宿瘤女，汉朝上党太守宿仓舒，北魏吏部尚书宿石，明朝名臣宿进。

本姓名人故事

宿瘤女，战国时期齐国东郭地方采桑女，脖子上长有一个瘤子。一次，齐闵王出游到东郭，百姓全拥上前去瞻仰，宿瘤女不为所动，仍然采桑如故。齐闵王感觉奇异，便召见了她。因感其贤德，立为王后。

白 属地 南阳郡，今河南省南阳县。

本姓起源

春秋时期，秦文公的儿子名公白，其子孙以祖先名为姓。

本姓名人 ◎

战国时期秦国名将白起，唐朝诗人白居易、白行简，宋朝学者白玉蟾，元朝戏曲作家白朴，明朝水利专家白英。

本姓名人名句 ◎

离离原上草，一岁一枯荣。野火烧不尽，春风吹又生。远芳侵古道，晴翠接荒城。又送王孙去，萋萋满别情。（白居易《赋得古原草送别》）

春山暖日和风，阑干楼阁帘栊，杨柳秋千院中；啼莺舞燕，小桥流水飞红。（白朴《天净沙·春》）

怀 属地 河内郡，今河南省怀县。

本姓起源 ◎

周武王封自己的一个弟弟叔虞先封于怀，后封于晋，叔虞的一些后人便以怀为姓。

本姓名人 ◎

唐朝高僧怀让、怀海，书法家怀素，清朝学者怀应聘。

本姓名人故事 ◎

怀素，唐朝长沙人，字藏真。好喝酒，善草书，自称得草圣三昧。因贫穷没有纸张用来书写，所以曾在住地种植万余棵芭蕉树，以芭蕉叶当纸挥洒，将其庵命名为绿天。又将丢弃的废笔埋于山下，取名为笔冢。

蒲 属地 河东郡，今山西省夏县。

本姓起源 ◎

夏朝曾封舜帝后裔于蒲州，后人以蒲为姓。

本姓名人

五代后蜀画家蒲思训，宋朝学者蒲道源，元初巨商蒲寿庚，清朝文学家蒲松龄。

本姓名人名句

天下之事，成于有志，而败于自馁。（蒲道源《送罗寿甫北上序》）

文贵工，不贵速。（蒲松龄《聊斋志异·织成》）

邰 属地 平卢郡，今河北省阳县。

本姓起源

传说尧帝曾封后稷于邰，后稷的一些子孙便以邰为姓。

本姓名人

二十四孝子之一、明朝邰茂质。

本姓名人故事

邰茂质，明朝慈利人。以孝闻名。其母惧怕打雷，每次打雷，茂质必以身遮护。母亲去世后，每逢雷雨天，茂质必张盖于母亲坟上，直到雷声停息方才离开。

从 属地 东莞郡，今山东省沂县。

本姓起源

周平王将小儿子精英封于枞，后建枞国，其后人以国名为姓，后去掉"木"旁，以从为姓。

本姓名人

明朝怀庆知府从龙，安陆卫指挥使良吏从贞。

从贞，明朝繁昌人，字云峰。贞为官清廉节俭，寂寞冷落，如同寒士，主管漕运工作，非常爱惜士卒。为百姓所称道。

鄂

属地　武昌郡，今湖北省鄂城县。

本姓起源 ◎

春秋时期，晋侯光居于鄂，为鄂侯，其后人以先祖爵位名为姓。

本姓名人 ◎

西汉安平侯鄂千秋。

索

属地　武威郡，今甘肃省武威县。

本姓起源 ◎

殷商时期有七族，索氏为其中一支。周武王灭商后，将索氏一族迁往鲁定居，其后人以索为姓。

本姓名人 ◎

晋朝书法家索靖，后唐右龙武将军索自通。

本姓名人故事 ◎

索靖，晋朝敦煌人，举贤良方正，对策高第。晋武帝时任尚书郎，与尚书卫瓘同以草书闻名。晋惠帝时，封索靖为关内侯。索靖有先见之明，他预测天下将大乱，曾指着洛阳东门铜骆驼说：我将在荆棘中见到你。不久，即发生"八王之乱"。

咸

属地 汝南郡，今河南省汝南县。

本姓起源

传说黄帝时期有掌管卜筮的官员，名巫咸，其后人以先祖官职名为姓。

本姓名人

战国时期孟子学生咸丘蒙，唐朝开元年间十八学士之一咸冀，明初学者咸惟一。

本姓名人故事

咸惟一，明朝莱阳人。精通《五经》。元末天下大乱，惟一隐居不仕。明太祖洪武初年以明经授惟一为本县训导。其时，战乱刚刚结束。惟一讲明伦理，剖析经义，大家方才开始学习知识。

籍

属地 广平郡，今河北省鸡泽县。

本姓起源

春秋时期，晋国大夫荀林父的孙子掌管文献典籍，其后人遂以籍为姓。

本姓名人

春秋时期晋国大夫籍谈，明朝著名孝子籍馨芳。

本姓名人故事

籍馨芳，明朝内黄人。他哀痛父亲早逝，便坐在陵墓中守陵，并诵经三年。后来乡邻将他迎回家中。

赖

属地 颍川郡，今河南省许昌县。

本姓起源

周武王封其弟叔颖于赖，建赖国。后来，赖国为楚灵王所灭，逃亡在外的部分贵族以故国名为姓。

本姓名人

唐朝学者赖棐，宋朝地理学家赖文俊，元朝著名孝子赖禄孙，清朝画家赖珍，太平天国将领赖文光。

本姓名人故事

赖禄孙，明朝宁化人。元仁宗延祐年间，江西强盗盛行。禄孙背着母亲携着妻儿躲进山中。强盗追进山里，禄孙守着母亲不愿逃走。强盗要杀其母，禄孙以身体挡住母亲说，宁杀我，勿伤我母。当时，其母口渴，禄孙用自己的唾液注入其母口中。强盗见状，不忍加害。有强盗欲抢掠禄孙妻子，众强盗谴责说，为何要侮辱孝子的妻子呢？于是，强盗便放过了禄孙一家。

卓

属地　西河郡，今山西省汾阳县。

本姓起源

春秋时期，楚威王儿子名公子卓，其后人以祖先名为姓。

本姓名人

东汉才女卓文君，名臣卓茂，明朝画家卓迪，学者卓明卿，清朝名臣卓秉恬。

本姓名人名句

皑如山上雪，皎若云间月。闻君有两意，故来相决绝。今日斗酒会，明旦沟水头。躞蹀御沟上，沟水东西流。凄凄复凄凄，嫁女不须啼。愿得一心人，白头不相离！竹竿何嫋嫋，鱼尾何簁簁。男儿重意气，何用钱刀为。（卓文君《白头吟》）

蔺 属地 中山郡，今河北省定县。

本姓起源

春秋时期，晋国大夫韩厥的支系孙子康，封于蔺地，其后人以封地名为姓。

本姓名人

战国时期赵国名相蔺相如，南北朝名将蔺子云，明朝翰林院编修蔺从善。

本姓名人名句

先国家之急而后私仇。（蔺相如，语见《史记·廉颇蔺相如列传》）

屠 属地 陈留郡，今河南省陈留县。

本姓起源

传说黄帝与蚩尤作战，蚩尤败北被杀。为绝后患，黄帝把蚩尤的族人分散到各地居住，其中，居于屠的人便以屠为姓。

本姓名人

春秋时期晋国太史屠余，明朝文学家屠隆，清朝文学家屠倬。

本姓名人名句

彭城临广岸，俯仰霸图空。白日照残雪，黄河多烈风。所嗟人向北，不似水流东。回首沧溟曲，山山云雾中。（屠隆《彭城渡黄河》）

蒙 属地 安定郡，今甘肃省固原县。

本姓起源

夏朝时，颛顼后裔受封于蒙双，其后人以封地名为姓。

本姓名人

战国时期秦国名将蒙恬，唐朝南诏王蒙归义，明朝右佥都御史蒙诏。

本姓名人故事

蒙恬，秦朝人。秦始皇统一天下后，命蒙恬率军三十余万，先是平定北方，后修筑长城，西起辽东，东至临洮。蒙恬还是毛笔的发明者。

池 属地 西河郡，今山西省汾阳县。

本姓起源

战国时期，秦国司马公子池的后人以池为姓。

本姓名人

明朝学者池显方，良吏太常寺少卿池浴德，清朝国子监司业池生春。

本姓名人故事

池浴德，明朝同安人，嘉靖进士。曾任遂昌知县，处理公务听断明决，颇有政声。

乔 属地 梁郡，今河南省商丘县。

本姓起源

黄帝死后，葬在陕西桥山，其守灵者以桥为姓，后去掉木旁，成为乔姓。

本姓名人

东汉太尉乔玄，五代十六国前赵将领乔智明，唐朝左司郎中乔知之，元朝散曲家乔吉，明代大臣乔宇，清朝学者乔莱，当代原外交部长乔冠华。

本姓名人名句

朝三暮四，昨非今是，痴儿不识荣枯事。攒家私，宠花枝，黄金壮起荒淫志。千百锭买张招状纸。身，已至此；心，犹未死。（乔吉《山坡羊》）

阴 属地　始兴郡，今广东省曲江县。

本姓起源

春秋时期齐国政治家管仲之孙名修，在楚国做官，封为阴大夫，其后人以先祖封号为姓。

本姓名人

东汉光武帝皇后阴丽华，南北朝陈诗人阴铿，清朝学者阴承方。

本姓名人名句

依然临江渚，长望倚河津。鼓声随听绝，帆势与云邻。泊处空归鸟，离亭已散人。林寒正下叶，钓晚欲收纶。如何相背违，江汉与城闉。（阴铿《江津送刘光禄不及》）

鬱 属地　太原郡，今山西省太原县。

本姓起源

上古曾有鬱国，春秋时期吴国一大夫受封于此地，其后人以封地名为姓。

本姓名人

春秋时鲁国大夫鬱贡，宋朝名医鬱继善，清朝诗人鬱植。

胥

属地 琅玡郡，今山东省诸城县。

本姓起源 @

春秋时期晋国有大夫名胥臣，其后人以先祖名为姓。

本姓名人 @

北宋良吏胥偃，南宋初年名士胥作霖，明朝名臣胥必彰。

本姓名人故事 @

胥作霖，宋朝宜黄人，字泽民。身材魁伟，智勇双全，为乡邻所敬重。时有盗贼窥视临川，乡中子弟蠢蠢欲动。作霖详细分析祸福利弊，众人无不听命，跟随着他一起抵御强盗，全境得以安宁。

能

属地 太原郡，今山西省太原县。

本姓起源 @

楚国先祖熊挚受封于夔，建夔国，国人以熊为姓。后来，夔国灭于楚，其国人为避祸，将熊去掉四点，成为能姓。

本姓名人 @

春秋时期齐国大臣能意，唐朝大将能元皓，清代学者能图。

苍

属地 武陵郡，今湖南省常德、溆浦一带。

本姓起源 @

传说颛顼帝时代有才子八人，其中一位名苍舒，其后人以先祖名为姓。

本姓名人 @

传说中汉字发明者苍颉。

本姓名人故事

苍颉，传说中的帝王黄帝的左史。传说苍颉相貌奇异，长着四只眼睛，能观鸟兽足迹和体形而造字。

双 属地 天水郡，今甘肃省通渭县。

本姓起源

颛顼的后代曾受封于双蒙城，其后人以封地名为姓。

本姓名人

南朝宋名士双泰贞，宋朝良吏双渐，清朝江南提督双林。

本姓名人故事

双泰贞，南朝宋随郡人。有勇力。沈攸之镇守荆州时，招集四方才俊之士，泰贞因侍奉母亲，不愿前往。不久，泰贞出外做生意，到了江陵，被沈攸之留补副队长。不几日，泰贞逃走，沈攸之派二十名全副武装的士兵追赶，泰贞连杀数人，其他人不敢靠近了，便转而去拘捕泰贞的母亲。泰贞听说母亲被抓，便自己回到沈攸之部。沈攸之没有处罚他，说，这是孝子啊！于是赏钱一万，并越级将泰贞补成正队长。

闻 属地 吴兴郡，今浙江省吴兴县。

本姓起源

上古闻人氏的后代以闻为姓。

本姓名人

宋朝画家闻秀才，明朝吏部尚书闻渊，清代学者闻斑，现代学者、诗人闻一多。

本姓名人名句

人家是说了再做，我是做了再说；人家说了也不一定做，我是做了也不一定说。（闻一多）

莘

属地　天水郡，今甘肃省通渭县。

本姓起源

夏朝君主启封帝喾的后裔挚于莘，其后人以封地名为姓。

本姓名人

明朝良吏莘野，清朝书画篆刻家莘开。

本姓名人故事

莘野，明朝归安人，字叔耕。博学强记，擅长文字。明太祖洪武初年由明经为本县儒学训导，后升为枣强知县，颇有政声，时称贤令。

党

属地　冯翊郡，今陕西省大荔县。

本姓起源

夏禹的后裔世居党项，曾于北宋时期建立西夏政权，有些后人以党为姓。

本姓名人

宋朝忠武军节度使党进，金朝翰林学士党怀英，清朝名士党湛。

本姓名人名句

人生须做天地间第一等事，为天地间第一等人。（党湛）

翟 <small>属地</small> 南阳郡，今河南省南阳县。

本姓起源

黄帝的部分后裔居于翟，以翟为姓。

本姓名人

西汉宰相翟方进，晋朝名士翟汤，唐朝画家翟琰，宋朝古董收藏家翟敦仁，清朝学者翟灏。

本姓名人名句

衣冠不正，朋友之过。（翟灏《通俗篇》）

谭 <small>属地</small> 齐郡，今山东省临淄县。

本姓起源

周朝初年，颛顼后裔受封于谭，建谭国，其后人以封国名为姓。

本姓名人

东汉隐士谭贤，明末诗人谭元春，近代"戊戌变法"先驱、政治家谭嗣同，民国时期国民政府主席谭延闿，现代无产阶级革命家谭震林。

本姓名人名句

蜀川兵定人静，老友天寒信来。莫怪草堂深闭，小桥边有门开。（谭元春《得蜀中故人书》）

望门投止思张俭，忍死须臾待杜根。我自横刀向天笑，去留肝胆两昆仑。（谭嗣同《狱中题壁》）

贡 <small>属地</small> 广平郡，今河北省鸡泽县。

本姓起源

孔子学生子贡的后人以先祖名为姓。

本姓名人

西汉名臣贡禹，南宋抗金将领贡祖文，元朝学者贡奎，史学家贡师道，明朝御史贡安甫，名士贡镛。

本姓名人故事

贡镛，明朝人，字元声。为人淳厚谨慎。一天夜里，一小偷潜入他家，被家人抓获。贡镛命家人不要点蜡烛，还送布匹粮食给小偷，让他走了。家人不解，贡镛解释说，一旦我们看清了这个人，他这一辈子就没脸见人了。乡里有人患病，很多人都回避，唯独贡镛独自带着药前往探望。贡镛平生不去城市，曾记录古代有迹无名的隐士以自况。

劳　属地　武阳郡，今河北省大名县。

本姓起源

东海崂山的原住民，汉朝初年开始与中国相通，汉王朝赐姓劳。

本姓名人

晋朝尚书劳彦远，明朝良吏劳钺、劳樟，清朝文学家劳孝舆，清末学者劳乃宣。

本姓名人故事

劳樟，明朝崇德人。明世宗嘉靖年间任罗田知县，任期内除弊兴利，保境安民，深受百姓拥戴。离任之日，百姓"号泣载道"。

逄（páng 旁）　属地　谯郡，今安徽省亳县。

本姓起源

商朝曾封炎帝后裔陵于逄，后建逄国，后人以封国名为姓。

本姓名人

春秋时期越国大夫逄同，陈国大夫逄滑，东汉名士逄萌，宋朝文天祥部将逄龙。

本姓名人故事

逄萌，东汉北海人，字子庆。家贫，任亭长。逄萌去长安，正值王莽杀了自己的儿子。他对朋友说，三纲没有了，不走就会大祸临头。于是携家属渡海去了辽东。汉光武帝即位后，逄萌又迁到崂山养志修道。官府屡次召他，均被他婉拒。

姬 <small>属地</small> 南阳郡，今河南省南阳县。

本姓起源

传说黄帝生于寿丘，长于姬水，其部分后人以姬为姓。

本姓名人

周文王姬昌，周武王姬发，西周政治家姬旦，金国同知汝州防御使姬汝作，明朝良吏姬珪。

本姓名人故事

姬珪，明朝博野人。明成祖永乐年间任知府，政治清明，诉讼少见，百姓安居乐业。任期满后，百姓赴京城极力挽留。

申 <small>属地</small> 琅玡郡，今山东省诸城县。

本姓起源

炎帝后裔曾受封于申，后建申国，其后人以封国名为姓。

本姓名人

春秋时期楚国名臣申包胥，战国时期韩国政治家申不害，西汉大臣申屠嘉，明朝医学家申相，清朝诗人申涵光。

本姓名人名句

贫贱时眼中不着富贵，富贵时意中不忘贫贱。（申涵光）

扶
属地　京兆郡，今陕西省长安县。

本姓起源

传说夏禹时期有一位大臣，名扶登氏，其后人以先祖名为姓。

本姓名人

汉朝学者扶少明，北周刺史扶猛，明朝巡抚扶克俭。

本姓名人故事

扶猛，北周人，在梁作官。在罗州刺史任上，随大军南征，所部逢山开路，遇水搭桥，历尽艰辛，进入白帝城，抚慰边民，大家都高兴地依附于他。

堵
属地　河东郡，今山西省夏县。

本姓起源

春秋时期郑国大夫泄寇被封于堵，其后人以封邑名为姓。

本姓名人

元朝诗人堵简，明朝兵部尚书堵允锡，清朝女画家堵霞。

本姓名人故事

堵允锡，明朝无锡人，字仲缄，明思宗崇祯年间进士。以户部郎中知长沙府，期间，率领乡兵击败山贼，很多人由此知道他善于用兵。后授湖北巡抚，驻常德，招抚三十万降兵，军威大振。

冉
属地　武陵郡，今湖南省常德、溆浦一带。

本姓起源

周武王封其弟季载于冉，建冉国，其后人以国名为姓。

本姓名人

孔子学生冉求，明朝兵科都给事中冉通，清朝经学家冉永光。

本姓名人故事

冉通，明朝万县人，明太祖洪武年间进士。为人正直耿介，面折廷诤，直声动天下。

宰

属地　西河郡，今山西省汾阳县。

本姓起源

周朝大夫宰孔的后人以先祖名为姓。

本姓名人

孔子学生宰予，明朝著名孝子宰应文。

本姓名人故事

宰应文，明朝江宁人。早年父母双亡，及至成年，便用木头雕出父母肖像，像他们生前一样侍奉，出入都向雕像报告。

郦

属地　新蔡郡，今河南省新蔡县。

本姓起源

夏禹封黄帝后人于郦，后建郦国，其后人以封国名为姓。

本姓名人

西汉谋士郦食其，右丞相郦商，东汉诗人郦炎，北魏地理学家郦道元，明朝学者郦光祖。

本姓名人名句

夏水襄陵，沿溯阻绝，或王命急宣，有时朝发白帝，暮到江陵，其间千二百里，虽乘奔御风不以疾也。（郦道元《水经注》）

雍

属地　京兆郡，今陕西省长安县。

本姓起源

周武王封其弟于雍，世称雍伯，其后人以封地名为姓。

本姓名人

唐朝诗人、简州刺史雍陶，宋朝隐士雍存，明朝监察御史雍焯，围棋国手雍熙日。

本姓名人名句

烟波不动影沉沉，碧色全无翠色深。疑是水仙梳洗处，一螺青黛镜中心。（雍陶《题君山》）

郤（xì 隙）

属地　济阴郡，今山东省定陶县。

本姓起源

春秋时期，晋国公族子弟叔虎因战功，被封于郤，其后人以先祖封地名为姓。

本姓名人

三国时期蜀国巴西太守郤正，晋朝雍州刺史郤诜，明朝临漳知县郤忠。

本姓名人名句

臣举贤良，对策为天下第一，犹桂林之一枝，昆山之片玉。（郤诜，语见《晋书·郤诜传》）

璩（qú 渠）

属地　豫章郡，今江西省南昌县。

本姓起源

璩是一种玉制成的耳环，一般认为最先制作这种耳环的人为璩姓的祖先。

本姓名人

明朝书法家璩光岳，广东道御史璩伯昆。

本姓名人故事

璩伯昆，明朝桐城人，字山甫，年轻时即以才学闻名。明思宗崇祯年间任江西武宁县令，任期内政治清明，诉讼少见，尤注重文化教育，颇有政声。

桑 <small>属地 黎阳郡，今河南省浚县。</small>

本姓起源

春秋时期秦国大夫公孙枝，字子桑，其后人以先祖字为姓。

本姓名人

西汉名臣桑弘羊，晋朝学者桑钦，清朝工部主事桑调元。

本姓名人名句

吴下无斯墓，要离冢亦孤。义声嘘侠列，悲吊有屠沽。闵冗朝廷党，峥嵘里巷夫。田横岛中士，足敌五人无？（桑调元《五人墓》）

桂 <small>属地 天水郡，今甘肃省通渭县。</small>

本姓起源

秦始皇焚书坑儒时，博士姬季桢遇难，其弟姬季珪为避祸，以自己名字中珪的同音字桂作为自己的姓氏。

本姓名人

明朝学者桂彦良，大臣桂萼，户部郎中桂山，良吏桂伯谅，清朝书法家、湖南按察使桂中行。

本姓名人故事

桂伯谅，明朝慈谿人，字守诚。明武宗正德年间举人，任龙泉知县，颇有政绩，后升为铜仁知府。退休时，老百姓拥在道旁，哭泣挽留。

濮 属地　鲁郡，今山东省曲阜县。

本姓起源

舜帝的后裔受封于濮，其后人以封邑名为姓。

本姓名人

宋朝画家濮万年、濮万通，明朝名将濮英，清朝名士濮仲谦。

本姓名人故事

濮仲谦，清朝江宁人。善于刻竹，往往勾勒数刀，便不同凡物。

牛 属地　陇西郡，今甘肃省临洮县。

本姓起源

商汤后裔宋微子的裔孙名牛父，其后人以先祖名为姓。

本姓名人

唐朝大臣牛僧孺，诗人牛峤，五代词人牛希济，宋朝名臣牛大年，抗金名将牛皋，明朝末年李自成谋士牛金星。

本姓名人名句

鵁鶄飞起郡城东，碧江空，半滩风。越王宫殿，蘋叶藕花中。帘卷水楼鱼浪起，千片雪，雨濛濛。（牛峤《江城子》）

春山烟欲收，天淡星稀小。残月脸边明，别泪临清晓。　语已多，情未了，回首犹重道："记得绿罗裙，处处怜芳草。"（牛希济《生查子》）

寿

属地　京兆郡，今陕西省长安县。

本姓起源 ◎

春秋时期有吴王寿梦，其子孙以先祖名为姓。

本姓名人 ◎

西晋学者寿良，元朝诗僧寿宁，清朝黑龙江将军寿山。

本姓名人故事 ◎

寿山，清朝黑龙江人，清德宗光绪年间，奉命抵御俄国入侵军。俄军下书，要求借道赴沈阳，为寿山所拒绝。俄军兵临城下，欲用大炮轰城，寿山派人前去议和，而自己服毒而死。遗书中称："不战无以卫陪京，不和无以全民命，谨以一死自明。"

通

属地　西河郡，今山西省汾阳县。

本姓起源 ◎

春秋时期，巴国后裔受封于通，其后人以封邑名为姓。

本姓名人 ◎

元代高僧通辨，明朝诗僧通润，清朝高僧通琇。

本姓名人名句 ◎

饭后罢锄春，寒山信短筇。偶随孤犊去，适与老人逢。见面不知姓，自言能种松。横冈千万树，大半已成龙。（通润《种松老人》）

边

属地　陇西郡，今甘肃省临洮县。

本姓起源 ◎

商朝时有边国，其后人以国名为姓。

本姓名人

东汉学者边诏，唐朝画家边鸾，明朝诗人边贡，画家边景昭。

本姓名人名句

丞相英灵迥未消，绛帷灯火飒寒飚。黄冠日月胡云断，碧血山河龙驭遥。花外子规燕市月，水边精卫浙江潮。祠堂亦有西湖树，不遣南枝向北朝。(边贡《谒文山祠》)

扈 属地 京兆郡，今陕西省长安县。

本姓起源

夏朝时有扈国，其后人以国名为姓。

本姓名人

宋朝史学家、文学家扈蒙，抗金名将扈再兴，明朝凤翔知府扈暹。

本姓名人故事

扈再兴，宋朝淮人，字叔起。极有勇力，又善于随机应变。每次作战时，都披散着头发，光着上身，赤着脚，挥舞双刀，冲锋陷阵，金兵见状，人马均避让不迭。金兵几次来犯，再兴无日不战，金兵为之胆寒。

燕 属地 范阳郡，今河北省定兴县。

本姓起源

西周初年，周武王封召公奭于燕，其后人以封地名为姓。

本姓名人

隋朝大将军燕荣，宋朝计量发明家燕肃，武信军节度使燕达，画家燕文贵，元朝湖广行省右丞燕公楠。

本姓名人故事

　　燕达，宋朝开封人，字逢辰。燕达虽行伍出身，但喜好读书。宋神宗曾经向他询问，用兵首要的是什么。燕达回答说，没有什么比爱更重要的了。神宗问，有爱，没有威可以吗？燕达回答，威不是不可以，但爱应放在前面。

冀　属地　渤海郡，今河北省沧县。

本姓起源

　　春秋时期晋国大夫郤芮之子受封于冀，其后人以封邑名为姓。

本姓名人

　　北周名臣、书法家冀俊，金代诗人冀禹锡，清朝学者冀如锡，现代政治家冀朝鼎，外交家冀朝铸，诗人冀汸。

本姓名人名句

　　杜鹃花／你红得好寂寞／不，我等待你们／我怕你们／走过这里的时候／太寂寞（冀汸《杜鹃花》）

郏　属地　武陵郡，今湖南省常德、溆浦一带。

本姓起源

　　周文王曾定都于郏鄏，其后裔有的以国都名为姓。

本姓名人

　　宋朝水利专家郏亶，名士郏元鼎，清朝画家郏抡逵。

本姓名人故事

　　郏元鼎，宋朝宜春人，字宝之。郏元鼎受业于当时的大学者郑铨，博学广闻，对经传尤有研究。

浦

属地 京兆郡，今陕西省长安县。

本姓起源

春秋时期晋国大夫浦跞之后以先祖名为姓。

本姓名人

明朝学者浦南金，诗人浦源，藏书家浦杲，监察御史浦镛，清朝学者浦起龙。

本姓名人名句

长江风飐布帆轻，西入荆门感客情。三国已亡余旧垒，几家犹在住荒城。云边路绕巴山色，树里河流汉水声。此去郢中应有赋，千秋白雪得君赓。（浦源《送人之荆门》）

尚

属地 上党郡，今山西省长治县。

本姓起源

姜尚辅佐周武王灭商，开国后受封于齐，其后人以先祖名为姓。

本姓名人

唐朝尚书右仆射尚可孤，宋朝副指挥使尚祚，元朝戏曲家尚仲贤，明朝名士尚志，清朝平南王尚可喜。

本姓名人故事

尚祚，宋真宗景德年间勇将，善于使锤。一次与契丹军队作战，尚祚杀入敌阵，斩首百余人，终因寡不敌众而阵亡。

农

属地 雁门郡，今山西省代县。

本姓起源

神农氏后裔在西周时被封为农正，掌管农业，其后人以先祖官职名为姓。

本姓名人 ◎

因姓氏罕见，史书中未见记载。

温 属地 平原郡，今山东省平原县。

本姓起源 ◎

周朝时，周武王之弟叔虞之后受封于温，建温国，其后人以封邑名为姓。

本姓名人 ◎

西晋名臣温峤，唐朝词人温庭筠，礼部尚书温大雅，北魏文学家温子升，明朝学者温良，东阁大学士温体仁。

本姓名人名句 ◎

梳洗罢，独倚望江楼。过尽千帆皆不是，斜晖脉脉水悠悠。肠断白萍洲。（温庭筠《望江南》）

别 属地 京兆郡，今陕西省长安县。

本姓起源 ◎

古代诸侯和卿大夫长子，世为宗子；宗子的次子，世为小宗。小宗的次子为别子。古代宗法制度规定别子不能姓祖父的姓。于是，有的人即以别为姓。

本姓名人 ◎

宋朝参知政事别之杰，元朝昭武大将军别的因。

本姓名人故事 ◎

别的因，元朝蛮部人，极有勇力，善用刀剑，精于骑射，手下都敬畏和佩服他。

庄

属地 天水郡，今甘肃省通渭县。

本姓起源

楚庄王的子孙以先祖谥号为姓。

本姓名人

战国时期思想家庄周，楚国将军庄蹻，西汉辞赋家庄忌，宋朝学者庄裕，元朝藏书家庄肃，清朝书法家庄有恭，经学家庄有可，诗人庄械。

本姓名人名句

城上斜阳依碧树。门外斑骓，见了还相顾。玉勒珠鞭何处住？回头不觉春将暮。　风里余花都散去。不省分开，何日能重遇？凝睇窥君君莫误，几多心事从君诉。（庄械《蝶恋花》）

晏

属地 齐郡，今山东省临淄县。

本姓起源

远古部落首领祝融氏的后裔陆终第五子名晏安，其后人以先祖名为姓。

本姓名人

春秋时期齐国名臣晏婴，宋朝词人晏殊、晏几道，明朝诗人晏铎，清朝湖北巡按晏斯盛。

本姓名人名句

下无直辞，上多隐恶。（晏婴）

一曲新词酒一杯，去年天气旧池台，夕阳西下几时回？　无可奈何花落去，似曾相识燕归来，小园香径独徘徊。（晏殊《浣溪沙》）

梦后楼台高锁，酒醒帘幕低垂。去年春恨却来时，落花人独立，微雨燕双飞。记得小苹初见，两重心字罗衣。琵琶弦上说相思，当时明月在，曾照彩云归。（晏几道《临江仙》）

柴

属地 平阳郡，今山西省临汾县。

本姓起源

春秋时期齐国公族的后裔中，有一人叫高柴，高柴的孙子以祖父名为姓，叫柴举，遂开柴姓先河。

本姓名人

唐朝霍国公柴绍，五代后周世宗柴荣，宋朝枢密副使柴禹锡，明朝开国功臣柴虎，名士柴杰。

本姓名人故事

柴杰，明朝靳人，字廷俊，明英宗天顺年间举人。一次，柴杰进京办事，夜里遇上一位船夫哭泣，欲投水寻死。柴杰上前询问，方知是为繁重的租税所迫。柴杰当即解囊相助。第二年，柴杰返乡途中，又遇上这位船夫。为答谢柴杰义举，船夫将自己的妻子精心打扮一番，于当夜进入柴杰房间。柴杰正色，令其退出。

瞿

属地 松阳郡，今浙江省松阳县。

本姓起源

商朝一位大夫受封于瞿，人称瞿父，其后人以先祖名为姓。

本姓名人

五代吴国黄州刺史瞿章，明朝诗人瞿佑，抗清将领瞿式耜，清朝金石学家瞿中溶，现代无产阶级革命家瞿秋白。

本姓名人名句

年逾六十复奚求？多难频经浑不愁。劫运千年弹指到，纲常万古一身留。欲坚道力凭魔力，何事俘囚学楚囚！了却人间生死业，黄冠莫拟故乡游。（瞿式耜《狱中》）

个性的生活在社会中，好比鱼在水里，时时要求相适应。（瞿秋白）

阎

属地 太原郡，今山西省太原县。

本姓起源

西周初年，周武王封太伯的曾孙于阎乡，其后人以封邑名为姓。

本姓名人

春秋时期楚国大夫阎敖，东汉车骑将军阎显，唐朝建筑、工程学家阎立德，画家阎立本，五代后蜀词人阎选，宋朝画家阎仲，清朝诗人阎尔梅，经学、考据家阎若璩，近代山西军阀、曾任国民政府行政院长阎锡山。

本姓名人名句

寂寞流苏冷绣茵，倚屏山枕惹香尘，小庭花露泣浓春。 刘阮信非仙洞客，嫦娥终是月中人，此生无路访东邻。（阎选《浣溪沙》）

充

属地 太原郡，今山西省太原县。

本姓起源

周朝设充人官职，负责饲养祭祀用的牲畜，其后人以先祖官职名为姓。

本姓名人

战国时期孟子学生充虞，秦朝方士充尚，汉朝名士充向。

慕

属地 敦煌郡，今甘肃省敦煌县。

本姓起源

帝喾的后裔中有一族名为慕容氏，其中有的后人以慕为姓。

本姓名人

元朝刑部侍郎慕完，清朝江苏巡抚慕天颜。

本姓名人故事

慕完，元朝新乡人。善于断狱，执法公正，元明宗至顺年间封魏郡公。

连 属地 上党郡，今山西省长治县。

本姓起源

春秋时期齐国公族大夫连称的后人以先祖名为姓。

本姓名人

宋朝贤人连庶、连庠兄弟，名士连久道，广东转运使连南夫，明朝江南布政使连均，副都御史连标，按察副史连镛。

本姓名人故事

连久道，宋朝人，字可久。自幼聪明，十二岁时即能作诗。一次，父亲带他去见学者熊曲肱，久道当场赋《渔父词》一首。熊曲肱也回赠了一首诗，并说，这个小孩富贵中留不住。后来，久道果然学道。

茹 属地 河内郡，今河南省武陟县。

本姓起源

如姓之后人加草头成为茹姓。

本姓名人

北魏兖州阳平太守茹让之，将军茹皓，唐朝水利专家茹汝升，宋朝都员外郎茹孝标，明朝画家茹洪，长沙知府茹连，清朝学者茹棻。

本姓名人故事

茹连，明朝新会人，明太祖洪武年间举人。在长沙知府任上，严于律己，不受私请，不受私托。茹连在京城任刑部员外郎期间，有一位县令来京城办事，这位县令与茹连是同乡，茹连因而去拜访他。该县令摆了一桌酒席，席上，金银器具毕备。茹连见状，拂然作色，说，你若不是搜刮老百姓，何以会是这个样子！说完，便拂袖而去。

习

属地　东阳郡，今浙江省金华县。

本姓起源

上古时曾有习国，亡国后，国人以故国名为姓。

本姓名人

东汉汶山太守习承业，三国时期吴国武昌太守习温、习珍，晋朝学者习凿齿，明朝詹事府詹事习经。

本姓名人名句

生于乱世，贵而能贫，始可以无患，怎能以奢靡竞赛？（习温）

宦

属地　东阳郡，今浙江省金华县。

本姓起源

古代有些仕宦（即做官）的人以宦为姓。

本姓名人

明朝永乐进士宦绩。

艾

属地　天水郡，今甘肃省通渭县。

本姓起源

夏朝君主少康臣子女艾的后人以先祖名为姓。

本姓名人

宋朝吴兴县令艾若纳，画家艾宣、艾淑，明朝四川巡抚艾穆，名将艾能奇，清朝刑部尚书艾元征，画家艾显，当代诗人艾青。

本姓名人名句 ◎

爱民若恤血，挞吏胜看经，捧折乡胥手，何劳通大乘。（艾若纳）

即使我们是一支蜡烛，也应该蜡炬成灰泪始干；即使我们只是一根火柴，也要在关键的时刻有一次闪耀；即使我们死后尸身都腐烂了，也要变成磷火在荒野中燃烧。（艾青《归来的歌》）

鱼
属地 雁门郡，今山西省代县。

本姓起源 ◎

春秋时期宋国公子子鱼的后代以先祖名为姓。

本姓名人 ◎

三国魏史学家鱼豢，隋朝大将鱼俱罗，唐朝女诗人鱼玄机，北宋初年兵部侍郎鱼崇谅。

本姓名人名句 ◎

枫叶千枝复万枝，江桥掩映暮帆迟。忆君心似西江水，日夜东流无歇时。（鱼玄机《江陵愁望有寄》）

容
属地 敦煌郡，今甘肃省敦煌县。

本姓起源 ◎

传说黄帝有两个大臣，一名容援，他制作了大钟；一名容成，他创作了乐曲。他们的后人以先祖名为姓。

本姓名人 ◎

明朝著名孝子容悌舆、容恭、容瑞，良吏容若玉，清朝留学生、社会活动家容闳，当代中国第一位乒乓球世界冠军容国团。

本姓名人名句 ◎

人生能有几回搏？（容国团）

向

属地 河南郡，今河南省洛阳县。

本姓起源

春秋时期宋桓公的后人曾食采于向，其子孙以先祖采邑名为姓。

本姓名人

三国时期蜀汉中领军向宠，西晋文学家、哲学家向秀，隋末农民起义军领袖向海明，宋朝宰相向敏中，诗人向子谚，明朝监察御史向侃，清朝画家向腾蛟，现代革命烈士向警予、向秀丽。

本姓名人名句

她们把自己恋爱作为终极目标，有了爱人便什么都不要了，对社会做不了贡献，人生价值最少。（向警予）

古

属地 新安郡，今河南省渑池县。

本姓起源

上古周族领袖名古公亶父，其后人以先祖名为姓。

本姓名人

战国时期隐士古桑，北魏吏部尚书古弼，唐朝名士古之奇，宋朝潮州太守古革，明朝画家古其品，现代革命烈士古公鲁、古承铄。

本姓名人名句

政不欲猛，刑不欲宽。宽则人慢，猛则人残。小恶无为，涓流成池。片言可用，毫末将拱。勿轻小道，大车可覆。不恕而明，不如不明。不通而清，不如不清。（古之奇《县令箴》）

漂泊频年太坎坷，风霜历尽志难磨。一肩任务千斤重，都为工农解放多。（古公鲁）

易　属地　太原郡，今山西省太原县。

本姓起源

易姓出自姜姓，以易为氏。

本姓名人

宋朝画家易元吉，法学家易延庆，教育家易充，状元易袚，明朝户部郎中易之贞，学者易翼之，清朝诗人易顺鼎、易宏，学者易贞言，陕甘总督易棠，经学家易宗捃。

本姓名人故事

易元吉，宋朝长沙人，字庆之。元吉善于写生，他于住宅后专门修了一座园圃，驯养了一些动物，观察动物动静，以助画思。

慎　属地　天水郡，今甘肃省通渭县。

本姓起源

春秋时期鲁国白公胜的后人曾受封于慎，其子孙以封地名为姓。

本姓名人

战国时期法家慎到，五代词人慎温其，宋朝名臣慎钺，画家慎东美，明朝监察御史慎蒙。

本姓名人名句

爱赤子不慢其保，绝险者不慢其御。（慎到《慎子》）

戈　属地　临海郡，今浙江省临海县。

本姓起源

传说夏朝寒浞杀害后羿后，自己当上国君，并封儿子于戈，后人以封地名为姓。

本姓名人

宋朝名士戈彦，元朝画家戈权义，明朝饶平知县戈尚友，清朝诗人戈涛，当代翻译家戈宝权。

本姓名人故事

戈尚友，明朝临淮人。饶平县有一种草名断肠草，有剧毒，一些人用来作奸犯科。戈尚友任知县时，时遇海盗作乱，尚友便采取有效措施，组织老百姓采集断肠草，同时下令将此草投入沿海水井中，大家不知其故。后来，海盗上岸到井边汲水，喝了水的人多半都死了。

廖 属地 汝南郡，今河南省汝南县。

本姓起源

商朝曾将黄帝后裔叔安封于廖，其后人以封地名为姓。

本姓名人

三国时期蜀汉车骑将军廖化，宋朝工部尚书廖刚，明朝郧国公廖永安，清朝文学家廖燕、经学家廖平，民国民主革命家、政治家廖仲恺，当代外交家、社会活动家、原全国人大常委会副委员长廖承志，中国人民解放军高级将领、原全国人大常委会副委员长廖汉生，作家廖沫沙。

本姓名人名句

后事凭君独任劳，莫教辜负女中豪；我身虽去灵明在，胜似屠门握杀刀。（廖仲恺《留诀内子》）

庚 属地 济阳郡，今山东省定陶县。

本姓起源

周朝设有管理仓库的官员，官名庚廪，其后人以先祖官职名为姓。

本姓名人

汉朝名士庾乘，东晋中书令庾亮，南朝文学家庾肩吾，北朝文学家庾信，元朝戏曲家庾天锡。

本姓名人名句

日晚荒城上，苍茫余落晖。都护楼兰返，将军疏勒归。马有风尘色，人多关塞衣。阵云平不动，秋蓬卷欲飞。闻道楼船战，今年不解围。（庾信《拟咏怀》）

终 属地 南阳郡，今河南省南阳县。

本姓起源

颛顼裔孙陆终之后以先祖名字中的"终"为姓。

本姓名人

汉朝谏大夫终军，宋朝书法家终慎思，明朝鸿胪寺主簿终其功。

本姓名人故事

终军，汉朝济南人。汉武帝时，十八岁的终军赴京城长安上书言事，受到汉武帝赏识，拜为谒者给事中。当初他入关时，关吏要他出示出入关卡的凭证，终军说，大丈夫西游，终不复转还。于是，他丢下凭证而去。后来，终军奉使出南越，临行前，请求皇帝授他长缨，声称必缚南越王而归，献于阙下。不久病逝，时年仅二十余岁。

暨 属地 渤海郡，今河北省沧县。

本姓起源

春秋时期，有越国大夫受封于诸暨，其后人以封地名为姓，有的姓诸，有的姓暨。

本姓名人 ◎

三国时期吴国尚书暨艳，晋朝关内侯孝子暨逊，宋朝奉议郎暨陶。

本姓名人故事 ◎

暨逊，晋朝余杭人，字茂言，以孝闻名。晋成帝咸康年间朝廷旌表其家。

居 属地 渤海郡，今河北省沧县。

本姓起源 ◎

春秋时期晋国有公族大夫先且居，其后人以先祖名为姓。

本姓名人 ◎

汉朝东城侯居股，湘城侯居翁，元朝平定州同知居理贞，明朝名儒居仁，书画家居节，清朝画家居廉。

本姓名人故事 ◎

居理贞，元朝人。早年任同知时，即以办事干练著称。元顺帝至正年间，理贞监管州，善政益著，政声日隆，老百姓为其立《去思碑》。

衡 属地 雁门郡，今山西省代县。

本姓起源 ◎

商朝名臣伊尹，因辅佐商汤有功，获尊号，名为"阿衡"（国家依靠之意），其后人有的以先祖尊号为姓。

本姓名人 ◎

汉朝讲学大夫衡咸。

本姓名人故事 ◎

衡咸，汉朝齐人，字长宝。从五鹿充宗学。王莽时为讲学大夫。

步

属地 平阳郡，今山西省临汾县。

本姓起源

春秋时期晋国大夫邰豹之孙邰扬受封于步，其后人以封地名为姓。

本姓名人

三国时期吴国骠骑将军、丞相步骘，宋朝江西总管步谅。

本姓名人故事

步骘，三国时期吴淮阴人，字子山。东汉末年，步骘避居江东，白天种瓜自给，夜晚寒窗苦读，博研道艺，无不贯通。后辅佐孙权，多有功绩，虽贵为丞相，家中摆设却一如读书人。步骘威望很高，喜怒不形于色，而内外肃然。

都

属地 黎阳郡，今河南省浚县。

本姓起源

春秋时期郑国公族大夫公孙子都之后以先祖名字中的"都"为姓。

本姓名人

西汉临淄侯都稽，北魏右都军都贵，宋朝学者都郁，明朝兵部尚书都杰，学者都穆。

本姓名人名句

学诗浑似学参禅，语要惊人不在联。但写真情并实境，任他埋没与流传。(都穆《学诗诗》)

耿

属地 高阳郡，今河北省高阳县。

本姓起源

周朝时曾有耿国，后灭于晋，其国人以故国名为姓。

本姓名人

西汉学者耿况，东汉东光侯耿纯，西域侯耿恭，唐朝画家耿昌言，五代南唐女词人耿玉真，清朝靖南王耿仲明、耿精忠。

本姓名人名句

玉京人去秋萧索，画檐鹊起梧桐落。倚枕悄无言，月和残梦圆。

背灯惟暗泣，甚处砧声急？眉黛远山攒，芭蕉生暮寒。（耿玉真《菩萨蛮》）

满 属地 河东郡，今山西省夏县。

本姓起源

舜帝有后裔胡公满，其后人有的以先祖名为姓。

本姓名人

三国时期魏国征东将军满宠，西晋尚书令满奋，明朝良吏浙江布政使满福周。

本姓名人故事

满宠，三国时期魏昌邑人，字伯宁。满宠早年追随曹操，后又辅佐曹丕，战功卓著。性刚毅，有勇有谋，为官多年，不置产业，家无余财。

弘 属地 太原郡，今山西省太原县。

本姓起源

春秋时期卫国有一位公族大夫，名弘演，其后人以先祖名为姓。

本姓名人

西汉中书令弘恭，唐朝高僧弘忍。

本姓名人故事

弘忍，唐朝黄梅人，为佛教禅宗五祖。其弟子慧能以一首"菩提本无树，明镜亦非台。本来无一物，何处惹尘埃"的偈语获得他衣钵相传，成为禅宗六祖。

匡

属地　晋阳郡，今山西省太原县。

本姓起源

春秋时期，宋国大夫受封于匡地，其后人以封邑名为姓。

本姓名人

西汉大臣、学者匡衡，明朝名臣匡翼之，名将匡福，名医匡愚，诗人匡如桐，清朝学者匡辅之。

本姓名人名句

匡愚，明朝人，字希贤。匡愚精于医术，曾三次随同三宝太监郑和下西洋。

国

属地　下邳郡，今江苏省邳县。

本姓起源

春秋时期郑国国君郑穆公之子公子发，字子国，子国的后人有的以先祖名为姓。

本姓名人

西汉祭酒国由，三国时期魏国太仆国渊，金朝兖王国用安，清朝将领国柱。

本姓名人故事

国渊，三国时期魏国盖人，字子尼。国渊少年时期师从于大学者郑玄，为后者所器重，称之为"国器"。

文

属地　雁门郡，今山西省代县。

本姓起源

周文王封炎帝后裔于许，世称许文叔，其后人有的便以文为姓。

本姓名人

春秋时期越国名臣文种，西汉良吏蜀郡守文翁，北宋画家文同，南宋抗元名将文天祥，明朝书画家文徵明，清朝画家文点，近代维新派、诗人文廷式。

本姓名人名句

辛苦遭逢起一经，干戈寥落四周星。山河破碎风飘絮，身世浮沉雨打萍。惶恐滩头说惶恐，零丁洋里叹零丁。人生自古谁无死，留取丹心照汗青。（文天祥《过零丁洋》）

拂拭残碑，敕飞字、依稀堪读。慨当初、依飞何重，后来何酷。岂是功高身合死，可怜事去言难读。最无端、堪恨又堪悲，风波狱。岂不念，疆圻蹙；岂不念，徽钦辱，念徽钦既返，此身何属。千载休谈南渡错，当时自怕中原复，笑区区、一桧亦何能，逢其欲。（文徵明《满江红》）

寇

属地　上谷郡，今河北省保定县。

本姓起源

昆吾之后封于苏地，其后人苏公忿生仕周，任司寇一职，忿的子孙以先祖官名为姓。

本姓名人

东汉执金吾寇恂，北周骠骑大将军寇儁，北宋名臣寇准，明朝左都御史寇深。

本姓名人名句

岸阔樯稀波渺茫，独凭危栏思何长。萧萧远树疏林外，一半秋山带夕阳。（寇准《书河上亭壁》）

广

属地 丹阳郡，今安徽省宣城县。

本姓起源

传说黄帝时代有一位隐士，名广成子，其后人有的以广为姓。

本姓名人

唐朝高僧广宣，明朝名僧广印，清朝湖南巡抚广厚。

本姓名人故事

广宣，唐朝蜀中人。广宣诗文俱佳，与著名诗人刘禹锡私交甚笃。元和长庆两朝，并为内供奉，赐居安国寺红楼院。

禄

属地 扶风郡，今陕西省咸阳县。

本姓起源

商朝国君商纣王之子名武庚，字禄父。武庚在周武王时曾受封，后来发动叛乱，兵败被杀。其后人以先祖名为姓。

本姓名人

清朝云南女英雄、陇庆侯母禄氏。

本姓名人故事

禄氏，清朝云南人。清世宗雍正年间，陇庆侯以"窝藏奸细"罪名被革职，其手下欲叛乱，禄氏晓以大义，予以制止。后乌蒙强盗作乱，禄氏率手下环守州署，合城得以平安。

阙

属地 下邳郡，今江苏省邳县。

本姓起源

春秋时期鲁国有阙党邑，封于此地的人以封邑名为姓。

本姓名人

汉朝荆州刺史阙翊，宋朝中侍大夫阙礼，明朝平凉知府阙清，清朝画家阙岚。

本姓名人故事

阙清，明朝河南人，明孝宗弘治年间举人。阙清为人纯孝，在任平凉知府期间，务本爱民，颇受百姓拥戴。

东

属地　平原郡，今山东省平原县。

本姓起源

传说舜帝的朋友中，有一位叫东不訾的，其后人以先祖名字中的"东"为姓。

本姓名人

后汉神射手东明，元朝将领商州总管东良会，明朝应天巡按东郊。

本姓名人故事

东明，后汉人。传说东明为索离国王侍儿感气而生，长大后长于射箭。一次，索离国王欲杀害他，东明在逃亡过程中遇到一条大河，以弓击水，鱼龟都浮到水面上，东明得以乘坐其上而逃生。

欧

属地　平阳郡，今山东省临汾县。

本姓起源

春秋时期，越国有一位著名的铸剑匠人，叫欧冶子，其后人以先祖名字中的"欧"为姓。

本姓名人

春秋末善铸剑冶匠欧冶子，东汉著名孝子欧宝，宋朝永春知县欧庆，元朝农民起义军将领欧普祥，明朝广西总兵欧信，工部郎中欧大聪。

本姓名人故事

欧大聪，明朝顺德人，字桢伯。明世宗嘉靖年间以贡生历官国子博士，才学俱佳，王世贞将其誉为广五子之一。

殳（shū 书）属地 武功郡，今陕西省武功县。

本姓起源

传说舜帝手下有一位大臣，名叫殳斨，其后人以先祖名为姓。

本姓名人

南朝宋道学家殳季真，明朝孝子殳邦清，清朝女画家殳默。

本姓名人名句

殳默，清朝嘉善人，字斋季。殳默九岁即能作诗，及至成年，刺绣裁剪，无一不精，还写得一手好小楷。

沃 属地 太原郡，今山西省太原县。

本姓起源

商朝君主沃丁之后人以先祖名为姓。

本姓名人

明朝监察御史沃頖，良吏沃墅，清朝盛京将军沃内，杭州副都统沃申。

本姓名人故事

沃頖，明朝定海人，明宪宗成化年间进士。沃頖因耿直而为权贵所不喜，从监察御史降职知内乡。在内乡任职期间，兴利除弊，禁奸保良，深受百姓拥戴。内乡境内公署学校，都是他在任期内建造的。后升任荆州知府。

利

属地 河南郡，今河南省洛阳县。

本姓起源

春秋时期，楚国公子曾食采于利，其后人便以采邑名为姓。

本姓名人

唐朝名僧利涉，宋朝学者利申，诗人利登，明朝良吏利本坚。

本姓名人名句

小雨初晴岁事新，一犁江上趁初春。豆畦种罢无人守，缚得黄茅更似人。（利登《田家即事》）

蔚

属地 琅玡郡，今山东省诸城县。

本姓起源

周宣王时，郑国公子翩受封于蔚，其后人以封地名为姓。

本姓名人

宋朝保静军节度使蔚昭敏，明朝礼部右侍郎蔚能，兵部给事中蔚春，礼部尚书蔚绶。

本姓名人故事

蔚能，明朝朝邑人，字惟善。蔚能最初仅为小吏，后因才能授光禄典簿，累进本寺卿。明英宗天顺初年拜礼部右侍郎。蔚能在光禄任上超过三十年，清廉谨慎，先后担任过这个职位的人都不及他。

越

属地 晋阳郡，今山西省太原县。

本姓起源

夏朝君主少康的小儿子的后人受封于越，其子孙以封国名为姓。

本姓名人

春秋时期齐国名士越石父，明朝工诗文而又善骑射的河南巡抚越其杰。

本姓名人名句

知己而无礼，固不如在缧绁之中。（越石父）

夔（kuí 葵）　属地　京兆郡，今陕西省长安县。

本姓起源

上古楚族首领熊挚的后人受封于夔，其子孙以封地名为姓。

本姓名人

南北朝时官吏夔安。

隆　属地　南阳郡，今河南省南阳县。

本姓起源

春秋时期，鲁国有一地名隆邑，当地居民便以地名为姓。

本姓名人

明朝以清廉耿介著称的吏部尚书隆光祖，良吏隆英。

本姓名人故事

隆英，明朝利泽人，明宣宗宣德年间任南宫县知府，敦仆节约，爱惜百姓，有古循吏风。曾有神武二卫指挥带着文件来到南宫，要求占地下屯。隆英未以礼待之，并直言说，本县没有多余的地，仅我办公的地方是多余的地，其他都是民众的常业，所以，我不敢遵命。来人也知道隆英为人廉洁耿介，便放弃了在南宫占地的企图。

师
属地 太原郡，今山西省太原县。

本姓起源

周朝师尹的子孙以先祖名为姓。

本姓名人

商朝乐官师涓，春秋时期晋国音乐家师旷，郑国大夫师叔，西汉大司空师丹，宋朝翰林学士师顽，明朝吏部尚书师逵，清朝甘肃提督师懿德。

本姓名人故事

师涓，商朝人，曾为商纣王制作靡靡之音。周武王伐纣时，师涓逃往东方，后在濮水投水自尽。

巩
属地 山阳郡，今山东省金乡县。

本姓起源

周朝一位公族大夫受封于巩，为巩伯，其后人以封邑名为姓。

本姓名人

汉朝侍中巩伋，宋朝抗元将领巩信，明朝航海家郑和的助手巩珍，安化知县巩思容，当代作曲家巩志伟。

本姓名人故事

巩思容，明朝东平人，明世宗嘉靖年间任安化知县。巩思容性格刚毅明辨，执法严明。曾经有巨盗藏匿大批赃物，思容仅仅审了一次便得详情，百姓称善。

库（shè 设）
属地 河南郡，今河南省洛阳县。

本姓起源

在古代，库和库同义。古代守库大夫即看守仓库的官员，其后人以祖先的官职为姓。

本姓名人

东汉金城太守厍钧，清朝淮安漕厍礼。

本姓名人故事

厍钧，汉朝人，为当时才智之士，与窦融交厚。封辅义侯。

聂

属地 河东郡，今山西省夏县。

本姓起源

春秋时期，齐国国君齐丁公封其支子于聂城，为齐附庸国，该国国人以封国名为姓。

本姓名人

战国时期侠士聂政，三国时期吴国丹阳太守聂友，唐朝诗人聂夷中，南朝梁画家聂松，宋朝诗人聂冠卿，吏部侍郎聂子述，明朝哲学家聂豹，清朝直隶提督聂士成，现代人民音乐家聂耳。

本姓名人名句

二月卖新丝，五月粜新谷。医得眼前疮，剜却心头肉。我愿君王心，化作光明烛。不愿绮罗筵，只照逃亡屋。（聂夷中《伤田家》）

脑筋若无正确的思想的培养，任他怎样发达，这发达总是畸形的发达，那么一切的行为都没有稳定的正确的立足点。（聂耳）

晁

属地 京兆郡，今陕西省长安县。

本姓起源

春秋时期，周景王死后，朝廷发生一场王位争夺战，景王儿子朝失败，出逃至楚国，其后人以先祖名为姓。后改成晁姓。

本姓名人

西汉政治家晁错，宋朝诗人晁补之，元朝兵部尚书晁显。

本姓名人名句

夫寒之于衣，不待轻暖；饥之于食，不待甘旨；饥寒至身，不顾廉耻。人情，一日不再食则饥，终岁不制衣则寒。夫腹饥不得食，肤寒不得衣，虽慈母不能保其子，君安能以有其民哉！（晁错《论贵粟疏》）

买陂塘、旋栽杨柳，依稀淮岸江浦。东皋嘉雨新痕涨，沙嘴鹭来鸥聚。堪爱处，最好是、一川夜月光流渚。无人独舞。任翠幄张天，柔茵藉地，酒尽未能去。

青绫被，莫忆金闺故步，儒冠曾把身误。弓刀千骑成何事，荒了邵平瓜圃。君试觑，满清镜、星星鬓影今如许。功名浪语。便似得班超，封侯万里，归计恐迟暮。（晁补之《摸鱼儿·东皋寓居》）

勾

属地 平阳郡，今山西省临汾县。

本姓起源

远古曾有勾芒氏，其后裔以先祖名为姓。

本姓名人

春秋时期越王勾践，孔子学生勾井疆，隋朝易学家勾微，宋朝史馆修撰勾涛，中书勾希仲，画家兼书画鉴赏家勾处士，画家勾龙爽。

本姓名人故事

勾龙爽，宋朝蜀人，宋神宗时任翰林侍诏。勾龙爽善画，喜好画上古衣冠佛道人物，特别擅长画婴儿。

敖
属地　谯郡，今安徽省亳县。

本姓起源

传说颛顼有一位老师，名叫太敖，其后人以祖先名为姓。

本姓名人

宋朝学者、诗人敖陶孙，元朝信州教授敖继公，明朝广西按察使敖宗庆，清朝贵州提督敖成。

本姓名人故事

敖陶孙，宋朝福清人。年轻时便胸怀大志。当时，权臣韩侂胄掌权，朱熹被排斥，贬往外地，敖陶孙写诗送行；赵汝愚受迫害，死于贬所，敖陶孙写诗哭之。韩侂胄大怒，派人抓捕敖陶孙。陶孙闻讯逃走，并更改了自己的姓名，这样才得以幸免。

融
属地　南康郡，今广东省番禺县。

本姓起源

传说远古时期有一位火神，名祝融氏，其后人有的以"祝"为姓，有的以"融"为姓。

本姓名人

唐朝诗僧融公，与孟浩然友善。

冷
属地　京兆郡，今陕西省长安县。

本姓起源

传说黄帝手下有一位大臣，名伶冷，其后人以先祖名为姓。

本姓名人

西汉淄川太守冷丰，东汉寿星、术士冷寿光，宋朝监察御史冷世光，和州通判冷世修，广州知府冷应征，明朝御史冷曦，良吏冷麟，音乐家冷谦，清朝画家冷枚。

本姓名人故事

冷曦，明朝新昌人，字景旸。明太祖洪武年间任御史，刚正不阿，曾弹劾都御史刘观及各道贪赃枉法的御史，一时，百官震动。人称"冷铁面"。

訾（zī 咨） 属地 渤海郡，今河北省沧县。

本姓起源

传说上古时期有訾陬氏，其后人有的以"訾"为姓。

本姓名人

西汉楼虚侯訾顺，金朝道家訾亘，元朝名士訾汝道。

本姓名人故事

訾汝道，元朝齐河人。友爱孝悌。其弟将分居，以好的田地及房屋相让。乡里曾逢大疫，汝道拿出自己的粮食借给人家，到秋收时，如有人不能偿还，汝道便把他们的借条收集到一起烧掉。

辛 属地 陇西郡，今甘肃省临洮县。

本姓起源

夏朝君主夏启封支子于莘，古代莘与辛音近，后人便以辛为姓。

本姓名人

周朝太史辛甲，西汉名将辛武贤，东汉羽林郎府辛延年，隋朝经学家辛彦之，唐朝湖州刺史辛祕，北宋参政知事辛仲甫，南宋词人辛弃疾，元朝诗人辛文房，明朝浙江左布政使辛彦博，名士辛全，清朝书画家辛开。

本姓名人名句 ◎

千古江山，英雄无觅孙仲谋处。舞榭歌台，风流总被雨打风吹去。斜阳草树，寻常巷陌，人道寄奴曾住。想当年，金戈铁马，气吞万里如虎。　　元嘉草草，封狼居胥，赢得仓皇北顾。四十三年，望中犹记，烽火扬州路。可堪回首，佛狸祠下，一片神鸦社鼓。凭谁问，廉颇老矣，尚能饭否。（辛弃疾《永遇乐·京口北固亭怀古》）

阚（kàn 看）　属地　天水郡，今甘肃省通渭县。

本姓起源 ◎

春秋时期南燕伯后裔受封于阚，其后人以封邑名为姓。

本姓名人 ◎

春秋时期齐国大夫阚止，三国时期吴国中书令阚泽，后魏学者阚骃，唐朝越州都督阚棱，元朝万户府知事阚文兴。

本姓名人故事 ◎

阚骃，后魏敦煌人，字玄阴。精通经传，聪敏过人。三史群言，过目即能背诵。

那　属地　天水郡，今甘肃省通渭县。

本姓起源 ◎

春秋时期，楚灭权国，并将权国居民迁至那地，后人遂以地名为姓。

本姓名人 ◎

北朝西魏扬州刺史那椿，明朝知府那嵩，清朝直隶总督那彦成。

本姓名人故事

那嵩，明朝沅江土官。那嵩家世为知府。抗清将领李定国号召诸土司兵联合抵御清军，那嵩起兵响应。不久，城池被清军攻破，那嵩登楼自焚。

简 属地 范阳郡，今河北省涿县。

本姓起源

春秋时期晋国大夫狐鞫居受封于续，谥号简，世称续简伯，其后人以先祖谥号为姓。

本姓名人

三国时期蜀汉昭德将军简雍，宋朝学者简克己，元朝画家简生，明朝兵部郎中简芳，清朝学者简朝亮，衢州镇总兵简敬临。

本姓名人故事

简克己，宋朝南海人。年轻时师从于大学者张栻，得张氏真传。后退归杜门，以真知实践为事功，以启迪奖掖后进为己任。当时的读书人，不论年龄长幼，均称他为简先生。

饶 属地 平阳郡，今山西省临汾县。

本姓起源

春秋时期，齐国有一位大夫食采于饶，其后人以采邑名为姓。

本姓名人

汉朝渔阳太守饶斌，宋朝学者饶鲁、饶子仪，元朝淮南行省参政知事饶介，明朝廉吏饶应龙，清朝学者饶智元、饶一辛。

本姓名人名句

西角门前御仗回，宏文馆内讲筵开。君王不好霓裳舞，宣唤词臣上殿来。（饶智元《洪熙宫词》）

空 属地 营邱郡，今河北省易县。

本姓起源

远古空侯氏后裔以先祖名为姓。

本姓名人

因姓氏罕见，史书中未见记载。

曾 属地 鲁郡，今山东省曲阜县。

本姓起源

夏朝君主少康封小儿子成烈于鄫，后建鄫国。鄫国在春秋时期为宋所灭，鄫国后人去掉邑旁，以"曾"为姓。

本姓名人

孔子学生曾参，唐朝散文家曾巩，北宋宰相曾公亮，文学家曾几，明朝兵部侍郎曾铣，学者曾鲁，晚清政治家、军事家曾国藩，外交家曾纪泽，当代有中国人民志愿军烈士曾南生。

本姓名人名句

乱条犹未变初黄，倚得东风势更狂。解把飞花蒙日月，不知天地有清霜。（曾巩《咏柳》）

毋（wú 无） 属地 巨鹿郡，今河北省平乡县。

本姓起源

春秋时期，齐宣王封其弟于毋丘，赐姓胡毋氏。其后分三姓，一曰胡毋，一曰毋丘，一曰毋氏。

本姓名人

晋朝夜郎太守毋雅，有惠政。后蜀著作家毋昭裔，宋朝工部尚书毋守素，明朝文学家毋思义，御史毋恩，给事中毋祥。

本姓名人故事

毋昭裔，五代后蜀人，博学有才名。性嗜藏书，好读古文，精于儒家典籍。曾派人将旧本九经刻于成都学宫，刻版发行《文选》等书，自己著有《尔雅音略》。

沙 属地 汝南郡，今河南省汝南县。

本姓起源

传说神农氏时代有一位大臣，名叫夙沙氏。夙沙氏的后裔以先祖名字中的"沙"为姓。

本姓名人

宋朝勇士沙世坚，明朝良吏沙玉、沙良佐，清朝书法家沙张白，画家沙馥。

本姓名人故事

沙良佐，明朝武进人，明太祖洪武初出任新城知县，廉洁谨慎，爱百姓，重教化。时间不长，该县便丰衣足食，诉讼稀见。

乜 （niè 聂）　属地　晋昌郡，今陕西省石泉县。

本姓起源

后周君主赐部族费乜头以乜姓。

本姓名人

因姓氏罕见，史书中未见记载。

养　属地　山阳郡，今山东省金乡县。

本姓起源

春秋时期，吴国两位公子因国家发生变故逃往楚国，楚国君主将他们安置在养地，其后人以居住地名为姓。

本姓名人

春秋时期楚国神射手养由基，东汉名儒养奋。

本姓名人故事

养奋，东汉郁林人，字叔高。养奋博通古籍，乡人都很敬重他。他以一介布衣举方正进入朝廷参政。汉和帝曾策问阴阳水旱等事，养奋以时政干逆天气，所对多切中时弊。

鞠　属地　汝南郡，今河南省汝南县。

本姓起源

战国时期燕国公族大夫鞠武的后人以先祖名为姓。

本姓名人

宋朝殿中侍御史鞠泳，著作郎鞠常，舞蹈家鞠夫人，兵部员外郎鞠仲谋，清朝学者鞠履厚。

本姓名人故事

鞠夫人，宋朝人，擅长歌舞，宋高宗时，鞠夫人在仙韶院诸舞女中排名第一，大家都管她叫鞠部头。

须 属地 渤海郡，今河北省沧县。

本姓起源

春秋时期有须句国，为燕的附庸国，其公族为须句氏，后一部分国人以"须"为姓。

本姓名人

战国时期魏国大夫须贾，西汉陆量侯须无，元朝艺妓须时秀，明朝礼部议制郎须之彦，良吏须用纶。

本姓名人故事

须时秀，元朝人，字顺卿。时秀姿态闲雅，擅长演杂剧，又以演闺怨剧为最有名。

丰 属地 松阳郡，今浙江省松阳县。

本姓起源

周武王封其弟于酆，其后人去掉邑旁，以"丰"为姓。

本姓名人

唐朝高僧丰干，宋朝御史中丞丰稷，镇江知府丰有俊，明朝诗人丰越人，学者、吏部主事丰坊，学者丰寅初，现代作家、画家丰子恺。

本姓名人名句

春是多么可爱的一个名词！自古以来的人都赞美它，希望它长在人间。（丰子恺）

巢

属地　彭城郡，今江苏省铜山县。

本姓起源

大禹封有巢氏后人于巢，建巢国，后巢为楚所灭，国人以故国名为姓。

本姓名人

传说中帝尧时代的隐士巢父，东汉司空巢堪，隋朝医学家巢元方，经学家巢猗，明朝诸生巢帝阁，明末高士、孝子巢鸣盛。

本姓名人故事

巢帝阁，明朝泾阳人。有一天，他在路旁拾到若干金子，于是他坐在原处足足等了一天，最后将金子归还给了失主，这时，天已很晚。归途中，忽临高崖。他所骑的驴子受惊之余，载着他狂奔，不一会儿，高崖崩塌，巢帝阁得以幸免。众人说这是好人好报。

关

属地　陇西郡，今甘肃省临洮县。

本姓起源

夏朝大臣龙逢受封于关地，其后人以先祖封地名为姓。

本姓名人

西汉长水校尉关并，三国时期蜀汉名将关羽，南朝宋学者关康之，散骑常侍关文衍，唐朝宰相关播，宋朝诗人关景仁，五代后梁画家关仝，良吏关玉，元朝戏曲家关汉卿，明朝监察御史关可成，清朝名将关天培。

本姓名人名句

恰不道人到中年万事休，我怎肯虚度了春秋！（关汉卿《一枝花套·不伏老》）

蒯（kuǎi）　属地　襄阳郡，今湖北省襄阳县。

本姓起源

春秋时期卫国国君卫庄公蒯聩的子孙以祖先名为姓。

本姓名人

西汉初年刘邦手下谋士蒯彻，唐朝画家蒯廉，南朝宋淮陵太守蒯恩，宋朝中丞蒯鳌，著名工匠蒯祥，清朝学者蒯光典。

本姓名人故事

蒯祥，明朝吴县人，木匠出身。从营缮一直升到工部左侍郎。从明成祖永乐年间到明英宗天顺年间，凡内殿陵寝，都是他主持建造修缮的。每修缮，蒯祥持尺准度，不差毫厘。明宪宗常常称他为"蒯鲁班"。

相　属地　巴郡，今四川省江北县。

本姓起源

夏朝有帝相，其支庶子孙以先祖名为姓。

本姓名人

北齐名士相愿，后晋忻州刺史相里金，元朝江淮行省左丞相相威，明朝画家相礼，清朝名僧、诗人相润

本姓名人故事

相礼，明朝松江人，字子先。相礼既能作诗，又擅长丹青，在当时很有声望。

查　属地　齐郡，今山东省临淄县。

本姓起源

春秋时期齐顷公的儿子食采于楂，其后人以先祖采邑名为姓。楂，古查字。

本姓名人

五代南唐工部尚书查文徽，宋朝殿中侍御史查元方，明朝良吏查允中，山东布政司左参政查歧昌，学者查厚，音乐家查鼐，清朝名士查日乾，诗人查慎行，书画家查士标。

本姓名人名句

一赋何曾敌两京，也知土木费经营。浊漳确是无情物，流尽繁华只此声。（查慎行《邺下杂咏》）

后
属地　东海郡，今江苏省邳县。

本姓起源

春秋时期，齐国太史敫的女儿是齐襄王后。后来君王赐王后一族以"后"姓。

本姓名人

孔子学生后处，汉朝经学家后苍，明朝岷州守官后能。

本姓名人故事

后能，明朝岷州人。明宣宗宣德初镇守岷州，凡二十余年，军纪严明，令行禁止，四周畏服。

荆
属地　广陵郡，今江苏省江都县。

本姓起源

西周初年，楚部族首领熊铎受封于荆，建荆国，即后来楚国的前身，其后世子孙有的以荆为姓。

本姓名人

战国时期齐国侠士荆轲，五代画家荆浩，北周著名孝子荆可，宋朝都指挥使荆葵，元朝辽东廉访使荆元刚，明朝刑部侍郎荆州俊，右金都御史荆州士，南京给事中荆可栋。

风萧萧兮易水寒，壮士一去兮不复还！（荆轲，语见《史记·刺客列传》）

红

属地　平昌郡，今山东省安丘县。

本姓起源

楚部族首领熊渠的长子熊挚红曾封为鄂王，其支子以父字为姓。

本姓名人

明朝郧西县丞红尚朱，明末农民军将领红军友。

游

属地　广平郡，今河北省鸡泽县。

本姓起源

春秋时期郑穆公儿子游吉的后人以先祖名为姓。

本姓名人

北魏雍州刺史游雅，隋朝治书侍御史游元，十六国前赵光禄大夫游子远，宋朝丞相游似，学者游九言，词人游次公，良吏游少游，明朝监察御史游志逊，学者游芳，著名孝子游如棣，清朝诗人、画家游士凤，书画家游旭。

本姓名人名句

明日相思莫上楼，楼上多风雨。（游次公《卜算子》）

竺

属地　东海郡，今江苏省邳县。

本姓起源

古代中国称印度为天竺国，天竺僧人来中国传教，有的以其国名中的"竺"为姓。

本姓名人

后汉高僧、佛经翻译家竺法兰，晋朝高僧竺法慧，宋朝名士竺大年，明朝福建参议竺渊，现代科学家、教育家竺可桢。

本姓名人故事

竺大年，宋朝奉化人，字耕道。大年性格严肃，擅长说礼，乡人均得到他的教化。

权　属地　天水郡，今甘肃省通渭县。

本姓起源

春秋时期，颛顼帝的后裔被封于权，建权国。权国后来灭于楚，其国人以故国名为姓。

本姓名人

北周荆州刺史权景宣，隋朝豫州刺史权武，唐朝宰相权德舆，治书侍御史权万纪，南宋抗金不屈的名臣权邦彦，明朝名将权安，学者权衡。

本姓名人名句

十年曾一别，征路此相逢。马首向何处？夕阳千万峰。（权德舆《岭上逢久别者又别》）

逯（lù）　属地　广平郡，今河北省鸡泽县。

本姓起源

春秋时期，秦国公族大夫受封于逯，其后人以封邑名为姓。

本姓名人

元朝以刚介著称的监察御史逯鲁曾，明初勇将逯德山，明朝给事中逯中立，员外郎逯端，名士逯宏。

本姓名人故事

逯宏，明朝钱塘人，字希远。明太祖洪武初年随徐大章研习书经。十八岁时即陈时政得失，明太祖听了，十分高兴，要给他安排一个官职，但吏部却认为他年纪太轻。逯宏遂返回乡里，以乡贡分教松江。

盖 属地 汝南郡，今河南省汝南县。

本姓起源

春秋时期，齐国一位大夫受封于盖，其后人以先祖封邑名为姓。

本姓名人

西汉司隶校尉盖宽饶，东汉讨虏校尉盖勋，唐朝学者盖文达，五代后唐太傅盖寓，明朝能吏盖霖。

本姓名人故事

盖勋，东汉广至人，字元固。汉灵帝曾问盖勋，天下为何反叛动乱到这样一个地步。盖勋回答说，都是幸臣子弟扰乱的结果。宦官塞硕正在旁边，闻此言，深恨之。后来董卓乱政，对盖勋心存几分畏惧，征为议郎。当时，自公卿以下，莫不依附或卑下于董卓，唯独盖勋长揖争礼，没有丝毫奴颜媚色，终为董卓所不容。

益 属地 冯翊郡，今陕西省大荔县。

本姓起源

舜帝大臣皋陶儿子名伯益，伯益支子以先祖名为姓。

本姓名人

南宋绍兴进士益畅，元朝怀远大将军益智。

本姓名人故事

益智，元朝普山人，土酋。益智素有谋略，曾任曲靖宣慰使等职，郡人敬服。

桓 属地 谯郡，今安徽省亳县。

本姓起源

春秋时期宋桓公之后以先祖谥号为姓。

本姓名人

战国时期秦国将军桓龁，西汉学者桓宽，东汉哲学家桓谭，三国时期魏大司农桓范，东晋大司马桓温，荆州刺史桓冲，江州刺史桓玄，唐朝宰相桓彦范。

本姓名人名句

有备则制人，无备则制于人。（桓宽《盐铁论·险固》）

精神居形体，犹火之燃烛矣。（桓谭《新论·形神》）

位必使当其德，禄必使当其功，官必使当其能。（桓范《政要论·臣不易》）

公 属地 括苍郡，今浙江省丽水县。

本姓起源

古代有一些复姓，如公西、公孙、公冶。这些复姓的后人有的改单姓为"公"。

本姓名人

汉朝主爵都尉公俭，明朝太仆卿公勉仁，潞安太守公奎跻，礼部侍郎公鼐。

本姓名人故事

公鼐,明朝蒙阴人,字孝与,明神宗万历年间进士。公鼐原在翰林院任编修,后逐步升为礼部侍郎。当时,朝廷为群小把持,朝纲紊乱,鼐屡有批评,指陈切至,为一些人所不快。鼐遂称病返回家乡。

万俟 (mò qí 墨其) 属地 兰陵郡,今山东省峄县。

本姓起源

古代鲜卑族有万俟部族,拓拔珪建立北魏后,献文帝赐其兄的后人姓万俟。

本姓名人

北魏农民起义领袖万俟丑奴,北齐太尉万俟普,宋朝奸相万俟卨,诗人万俟咏。

本姓名人名句

见梨花初带夜月,海棠半含朝雨。内苑春,不禁过青门,御沟涨,潜通南浦。东风静,细柳垂金缕,望凤阙非烟似雾。好时代,朝野多欢,偏九陌,太平箫鼓。　乍莺儿百啭断续,燕子飞来飞去。近绿水,台榭映秋千,斗草聚,双双游女。饧香更,酒冷踏青路,会暗识,夭桃朱户。向晚骤,宝马雕鞍,醉襟惹,乱花飞絮。　正轻寒轻暖漏水,半阴半晴云暮。禁火天,已是试新妆,岁华到,三分佳处。清明看,汉蜡传宫炬,散翠烟,飞入槐府。敛兵卫,阗阗门开,住传宣,又还休务。
(万俟咏《三台》)

司马 属地 河内郡,今河南省武陟县。

本姓起源

周朝程伯休父为司马掌管军政和军赋,其后人以先祖官职名为姓。

本姓名人

西汉史学家司马谈、司马迁，辞赋家司马相如，三国时期魏国将军司马懿、司马师、司马昭，晋武帝司马炎，唐朝诗人司马札，北宋史学家司马光。

本姓名人名句

盖文王拘而演《周易》；仲尼厄而作《春秋》；屈原放逐，乃赋《离骚》；左丘失明，厥有《国语》；孙子膑脚，兵法修列；不韦迁蜀，世传《吕览》；韩非囚秦，《说难》、《孤愤》；《诗》三百篇，大抵贤圣发愤之所为作也。（司马迁《报任安书》）

盖明者远见于未萌，而知者避危于无形，祸固多藏于隐微，而发于人之所忽也。（司马相如《谏猎》）

柳色参差掩画楼，晓莺啼送满宫愁。年年花落无人见，空逐春泉出御沟。（司马札《宫怨》）

凡论人，必先称其所长，则所短不言自见。（司马光《资治通鉴》）

上官　　属地　天水郡，今甘肃省通渭县。

本姓起源

楚庄王之子子兰，曾任上官大夫，其后人以先祖官职名为姓。

本姓名人

西汉丞相上官桀，唐朝诗人上官仪，才女上官婉儿，宋朝龙图阁待制上官均，明朝画家上官伯达，清朝画家上官周，当代电影表演艺术家上官云珠。

本姓名人名句

脉脉广川流，驱马历长洲。鹊飞山月曙，蝉噪野风秋。（上官仪《入朝洛堤步月》）

欧阳
属地　渤海郡，今河北省沧县。

本姓起源

战国时期，楚灭越国，楚王封越王无疆之孙于乌程欧余山之南，古代称山的南面为"阳"，其后人遂将封地名和所处位置结合起来，成为"欧阳"姓氏。

本姓名人

汉朝学者欧阳生，西晋哲学家欧阳建，唐朝书法家欧阳询，五代词人欧阳炯，宋朝文学家欧阳修，现代作家欧阳山，革命烈士欧阳梅生、欧阳海。

本姓名人名句

嫩草如烟，石榴花发海南天。日暮江亭春影渌，鸳鸯浴。水远山长看不足。（欧阳炯《南乡子》）

候馆梅残，溪桥柳细，草薰风暖摇征辔。离愁渐远渐无穷，迢迢不断如春水。　　寸寸柔肠，盈盈粉泪，楼高莫近危栏倚。平芜尽处是春山，行人更在春山外。（欧阳修《踏莎行》）

中国一团黑，悲嚎不忍闻。愿为刀下鬼，换取真太平。（欧阳梅生《试笔诗》）

夏侯
属地　谯郡，今安徽省亳县。

本姓起源

春秋时期，楚灭杞国，杞国国君之弟佗逃至鲁国，封侯。因其为夏禹的后裔，故称夏侯，后世子孙遂以此为姓。

本姓名人

西汉太仆夏侯婴，学者夏侯胜、夏侯建，三国时期魏国大将夏侯惇、夏侯渊，晋朝文学家夏侯湛，画家夏侯瞻，宋朝辞赋家夏侯嘉正。

本姓名人故事

夏侯湛，晋朝谯人，字孝若。年少时即有盛才，文章恢宏华丽，善构新词。夏侯湛面目清秀俊朗，常与当时另一位美男子文学家潘岳同车，时人将他们两人称为"连璧"。夏侯湛性情开朗豪爽，临死前，还嘱咐家人勿事铺张，小棺薄敛即可。

诸葛　　属地　琅玡郡，今山东省诸城县。

本姓起源

上古时期，曾有诸侯国，名葛。后来，一支葛国人迁往诸城定居，其后人将原国名与现居住地名结合，形成"诸葛"姓氏。

本姓名人

西汉司隶校尉诸葛丰，三国时期蜀汉政治家、军事家诸葛亮，吴国谋士诸葛瑾，宋朝著名制笔工匠诸葛高。

本姓名人名句

凡事如是，难可逆见。臣鞠躬尽瘁，死而后已，至于成败利钝，非臣之明所能逆睹也。（诸葛亮《后出师表》）

闻人　　属地　河南郡，今河南省洛阳县。

本姓起源

春秋时期，鲁国有一位很有学问的人，名叫少正卯，其观点与同时代的孔子截然对立，因此成为极有名气的人，被称为"闻人"。后来，孔子当上鲁国司寇，找个罪名将少正卯处死。少正卯的后人便以先祖声望"闻人"作为姓氏。

本姓名人

西汉学者闻人通汉，宋朝学者闻人宏，元朝经学家闻人梦吉，明朝画家闻人益，良吏闻人铨。

本姓名人故事

闻人铨，明朝余姚人，字邦正，明世宗嘉靖年间进士。闻人铨师从于外兄王守仁，先是任宝应知县，后升为御史。巡视山海关，修筑城堡四万余丈。曾因论救都御史王应鹏而遭廷杖。

东方 属地 济南郡，今山东省历城县。

本姓起源

远古太昊氏裔孙，名羲仲，执掌东方青阳之令，其后人以先祖官职名为姓。

本姓名人

西汉文学家东方朔，唐朝诗人东方虬、东方颢。

本姓名人名句

水至清则无鱼，人至察则无徒。（东方朔，语见《汉书·东方朔传》）

赫连 属地 渤海郡，今山东省沧县。

本姓起源

南匈奴单于之后于东晋建国，都城统万，称大夏天王，自制姓为赫连氏，其意为"王者辉赫，与天相连"。

本姓名人

北周大将军赫连达，北齐郑州刺史赫连子悦，唐朝名士赫连韬，土谷浑部首领赫连铎。

本姓名人故事

赫连韬，唐朝漳浦人。赫连韬大抵生活在唐武宗会昌年间到唐僖宗咸通年间，其身份始终是一介布衣。祭酒黄滔称韬有不羁之才，而时运不济。韬与莆田陈黯、王肱、萧枢、林颢以及福州陈既、陈发、詹雄齐名，时称"八贤"。

皇甫

属地 京兆郡，今陕西省长安县。

本姓起源

西周时期，诸侯宋戴公之子充岳，字皇父，其子孙以先祖字为姓（古代"父""甫"二字同音通用）。

本姓名人

东汉度辽将军皇甫规，冀州牧皇甫嵩，晋朝文学家皇甫谧，唐朝宰相皇甫镈，文学家皇甫松、皇甫湜，明朝诗人皇甫汸、皇甫涍。

本姓名人名句

船动湖光滟滟秋，贪看年少信船流。无端隔水抛莲子，遥被人知半日羞。（皇甫松《采莲子》）

南北何如汉二京，迢迢吴越两乡情。谢家楼上清秋月，分作关山几处明。（皇甫汸《对月答子浚兄见怀诸弟之作》）

尉迟

属地 太原郡，今山西省太原县。

本姓起源

前秦时期，苻坚灭鲜卑拓拔部，建代国。后来，拓拔珪复国，改国号为魏，即北魏。当时，与北魏同时兴起的还有鲜卑尉迟部。尉迟部随北魏孝文帝进入中原后，由孝文帝将其族名赐为姓。

本姓名人

北周蜀公尉迟迥，唐初名将尉迟恭，五都王尉迟胜，画家尉迟跋质那、尉迟乙僧父子，元朝辽东廉访使尉迟德成。

本姓名人故事

尉迟恭，唐朝善阳人，隋末归唐，屡立战功。尉迟恭因过于自负，为人又率直，常常直言大臣之长短，因而遭人忌恨。曾有人告他谋反，唐太宗将他找来询问，恭答："我跟着陛下四方征讨，身经百战，现在留下来的皮肉，都是锋镝之余。天下已经平定，倒怀疑我要谋反了吗？"说罢，恭将衣服解开，扔在地上，袒露上身，露出满身疤痕。见此情形，唐太宗亦为之流泪，好言抚慰了他。唐太宗曾想把自己的女儿嫁给尉迟恭，尉迟恭回答说："我的妻子虽然粗鄙丑陋，但与我一道过了很长时间的贫贱生活。我虽然没有学识，但也听说过古人富贵不另娶妻的事，这件事不是我所愿意的。"唐太宗只得作罢。

公羊 属地 顿丘郡，今河北省清丰县。

本姓起源

春秋时期，鲁国有人名公孙羊孺，其孙在祖父名中取"公""羊"二字，合为一姓氏。

本姓名人

战国时期齐国学者公羊高，西汉史学家公羊高的玄孙公羊寿。

本姓名人故事

公羊高，战国时期齐国人，子夏学生，著有《春秋公羊传》。

澹台　属地　太原郡，今山西省太原县。

本姓起源

春秋时期，孔子学生灭明居住在澹台，其后人以先祖居住地为姓。

本姓名人

春秋时孔子弟子鲁国人澹台灭明，后汉诗人澹台敬伯。

本姓名人故事

澹台敬伯，后汉会稽人。敬伯曾师从薛汉学习韩诗。薛汉弟子中，以敬伯与杜抚、韩伯高三人名气最大。

公冶　属地　鲁郡，今山东省曲阜县。

本姓起源

春秋时期，鲁国有一位大夫，名季公冶，其后人以先祖字为姓。

本姓名人

春秋时期孔子学生公冶长。

本姓名人故事

公冶长，春秋时期齐国人，字子长。传说他能通鸟语。

宗政　属地　彭城郡，今江苏省铜山县。

本姓起源

汉高祖刘邦的裔孙刘德曾任掌管皇族事务的宗政一职，其后人以先祖官职名为姓。

本姓名人

北魏安西将军、光禄大夫宗政珍孙。

本姓名人故事

宗政珍孙，北魏人。北魏孝明帝孝昌年间为都督，曾率部征讨汾州反叛者。

濮阳　**属地**　博陵郡，今河北省定县。

本姓起源

春秋时期，郑国有一位公族大夫居住在濮水之阳（即水的北面），其后人以先祖居住地名为姓。

本姓名人

三国东吴大臣濮阳兴，明朝武德将军濮阳成，良吏濮阳涞、濮阳瑾。

本姓名人故事

濮阳瑾，明朝广德人，字良玉。明英宗天顺年间贡试第一，授山东宁阳县丞，任期内治政崇尚宽平，赈济饥荒有功，远近赖以存活，颇得民众好评。

淳于　**属地**　河内郡，今河南省武陟县。

本姓起源

西周初年，周武王封古斟灌国后裔于州国，后州国灭于杞，州国公族迁往淳于居住，复国后称淳于国。其后人以国名为姓。

本姓名人

战国时期齐国学者淳于髡，西汉定陵侯淳于长，名医淳于意，奇女淳于缇萦，东汉侍中淳于恭，南朝陈车骑将军淳于量，唐朝燕国公淳于朗。

本姓名人名句

淳于髡，战国时期齐国人。髡个子不高，性格诙谐，长于论辩，多次出使诸侯国，没有遭受过羞辱。齐宣王好做一些隐秘之事，又喜欢彻夜畅饮，百官亦不理政事，朝政荒乱，诸侯屡屡来犯。髡对齐宣王指出其喜好的危害，并为后者所接受。

单于　属地　千乘郡，今山东省高苑县。

本姓起源

单于曾是古代匈奴族最高统治者的称号，相当于汉民族中的"天子"。汉代以后，匈奴部族逐渐衰弱，大部分人逐渐融入其他民族，有的便以先祖王位名"单于"为姓。

本姓名人

因姓氏罕见，史书中未见记载。

太叔　属地　东平郡，今山东省东平县。

本姓起源

春秋时期郑庄公的弟弟段受封于京，人称京城太叔。段的后人以祖先称号名为姓。

本姓名人

春秋时卫国官员太叔仪。

本姓名人故事

卫献公离国，使人与宁喜言，求复国，宁喜许之。太叔仪说，宁喜必不能免祸。后宁喜果被杀。

申屠　　属地　京兆郡，今陕西省长安县。

本姓起源

西周末年，申侯联合犬戎部族杀死周幽王，拥立太子宜臼，是为周平王。周平王封申侯的儿子于屠，后人便以"申屠"为姓。

本姓名人

西汉丞相申屠嘉，东汉尚书令申屠刚，经学家申屠蟠，明朝学者申屠衡，医学家申屠相，元朝名臣、学者申屠致远。

本姓名人故事

申屠致远，元朝寿张人，字大用。致远在元世祖南征期间，先为经略司知事，参与了军机大事的谋划，后升为淮西江北道肃政廉访司事。致远清修苦节，耻事权贵，藏书万卷，家无余产。

公孙　　属地　高阳郡，今河北省高阳县。

本姓起源

春秋时期，诸侯之子为公子，公子之子为公孙，公孙之子如无封邑爵号的，均以公孙为姓氏。

本姓名人

春秋时期政治家、改革家公孙鞅，晋国名士公孙杵臼，卫国神箭手公孙丁，战国时期思想家公孙龙，孟子学生公孙丑，西汉名臣公孙弘，东汉将军公孙瓒，唐朝舞蹈家公孙大娘。

本姓名人名句

以战去战，虽战可也；以杀去杀，虽杀可也；以刑去刑，虽重刑可也。（公孙鞅《商君书·画策》）

指也者，天下之所无也。物也者，天下之所有也。（公孙龙《指物论》）

仲孙
属地 高阳郡，今河北省高阳县。

本姓起源

春秋时期鲁国恒公之子名庆父，字共仲，称为孟孙氏，其后人以先祖名为姓，这就有了仲姓，也有的人将"仲""孙"二字合在一起，成为仲孙姓。

本姓名人

春秋时期鲁国大夫仲孙蔑，齐国大臣仲孙湫。

本姓名人名句

畜马乘，不察于鸡豚；伐冰之家，不畜牛羊；百乘之家，不畜聚敛之臣。（仲孙蔑）

轩辕
属地 邰阳郡，今陕西省武功县。

本姓起源

黄帝号为轩辕氏，其后人有的以先祖号为姓。

本姓名人

唐朝道士轩辕集。

本姓名人名句

绝声色，薄滋味。哀乐一致，德施无偏，尧舜禹汤之所以致上寿者此也。（轩辕集）

令狐
属地 太原郡，今山西省太原县。

本姓起源

春秋时期，周文王之曾孙毕万在晋国为官。毕万的曾孙魏颗是一员猛将，因屡建战功而受封于令狐邑，其后人便以先祖封邑名为姓。

本姓名人 ◎

北周大将军令狐整，唐朝名臣令狐楚、令狐绪，文史学家令狐德棻，史学家令狐德，明朝经学家令狐璁。

本姓名人故事 ◎

令狐绪，唐朝人，令狐楚的儿子。令狐绪曾先后出任随州、汝州、寿州三州刺史，均有善政。汝州人曾奏请刻碑为其歌功颂德，绪以其弟令狐绹在朝中执掌国政为由而一再谦让，此事也就作罢了。

钟离 属地 会稽郡，今江苏省吴县。

本姓起源 ◎

春秋时期楚国大夫伯宛受封于钟离，其后人以先祖封邑名为姓。

本姓名人 ◎

战国时期齐国王后钟离春，三国吴国武陵太守钟离牧，唐朝道士钟离权（即民间传说中八仙之一汉钟离），宋朝龙图阁待制权知开封府钟离瑾。

本姓名人故事 ◎

钟离牧，三国时期吴国山阴人，字子干。年轻时曾垦田种稻，及至稻子成熟时，个别县民前来认稻，牧便将稻子都给了县民。县令知道后，把那些县民召来，要用法律制裁他们。牧反过来为他们说情。县民都很惭愧，将取走的稻子舂成米送还。牧坚持不受，县民将米放置路边，没有一个去取。钟离牧因此而扬名。

宇文 属地 太原郡，今山西省太原县。

本姓起源 ◎

魏晋时期，鲜卑首领葛乌菟狩猎时，在河中得玉玺。鲜卑人称天为宇，将此事称为天赐文玺，于是号称"宇文氏"。

本姓名人

北魏时西魏丞相宇文泰，北周武帝宇文邕，隋朝工部尚书宇文恺，唐朝宰相宇文融，金朝文学家宇文虚中。

本姓名人名句

遥夜沉沉满暮霜，有时归梦到家乡。传闻已筑西河馆，自许能肥北海羊。回首两朝俱草莽，驰心万里绝农桑。人生一死浑闲事，裂眥穿胸不汝忘。（宇文虚中《在金日作》）

长孙　属地　济阳郡，今山东省定陶县。

本姓起源

拓拔珪建立北魏后，赐其曾祖父长子沙漠雄的儿子嵩为长孙氏，于是便有了"长孙"一姓。

本姓名人

隋朝泾州刺史长孙览，右骁卫将军长孙晟，唐朝唐太宗妻长孙皇后，太尉长孙无忌，诗人长孙佐辅，名臣长孙恕。

本姓名人名句

以刑止刑，以杀止杀。（长孙无忌《唐律疏议》）

慕容　属地　敦煌郡，今甘肃省敦煌县。

本姓起源

鲜卑单于沙归自称慕容氏，其意为"慕二仪之德，继三光之容"。

本姓名人

隋朝名将慕容三藏，宋朝检校太尉慕容延钊，颍州团练使慕容德丰，刑部尚书慕容彦逢。

本姓名人故事

慕容德丰，宋朝太原人，字日新。德丰先任升州都监，以廉洁闻名。宋真宗咸平年间，德丰升任镇州知府，正遇辽兵入侵。德丰缮兵固守，饷馈不绝，确保了镇州无虞。他为人轻财，乐善好施，临终前，家无余财。

司徒　属地　赵郡，今云南省凤仪县。

本姓起源

夏商周三朝均设司徒一职，相当于后世的宰相，担任过此职的官员的后裔有的便以先祖官职名为姓。

本姓名人

春秋时期陈国大夫司徒贞子，唐朝太常卿司徒映，五代礼部侍郎司徒翊，明朝辽阳卫参军司徒化邦，当代爱国华侨领袖司徒美堂，画家司徒乔。

本姓名人故事

司徒映，唐朝泽州人。司徒映于唐文宗太和年间弃官归家，隐迹藏名。他素有清望，又颇具才干，掌权的人多次推荐他，终不仕。

司空　属地　顿丘郡，今河北省清丰县。

本姓起源

传说帝少昊曾设司空一职，专司水利土木工程，其后人以先祖官职名为姓。

本姓名人

唐朝诗人司空曙，唐末诗评家司空图。

本姓名人名句◎

　　燕语曾来客，花催欲别人。莫愁春已过，看着又新春。(司空图《退居漫题》)

　　世乱同南去，时清独北还。他乡生白发，旧国见青山。晓月过残垒，繁星宿故关。寒禽与衰草，处处伴愁颜。(司空曙《贼平后送人北归》)

千字文

天地玄黄，宇宙洪荒①。日月盈②昃③，辰④宿⑤列张。

注释

①玄：玄青，深黑色。古人认为天为玄青色，地为黄色。洪荒：混沌蒙昧的状态，此处指宽阔辽远。

②盈：充满。

③昃：太阳偏西。

④辰：日、月、星的统称。

⑤宿：中国古代将天上某些星的集合体称为宿，共二十八宿，分别为东方七宿，即角、亢、氐、房、心、尾、箕；南方七宿，即井、鬼、柳、星、张、翼、轸；西方七宿，即奎、娄、胃、昴、毕、觜、参；北方七宿，即斗、牛、女、虚、危、室、壁。

译文

天空青，大地黄，无边无际宇宙茫茫。日出日落，月圆月缺，星辰布满天上。

简评

开篇气势不凡，以浩茫天空为背景，以广袤大地作舞台，充分展示出宇宙神秘的内涵、悠远的历史和无穷的魅力。

相关链接

盘古开天地：传说天地本是混沌一片，盘古就生活在混沌中。有一天，盘古睁开眼睛，见眼前漆黑一团，遂用斧头朝四周砍去，天地于是分开。

寒来暑往，秋收冬藏。闰①余成岁，律吕②调阳。云腾致雨，雾结为霜。

注释 @

①闰：一回归年的时间为 365 天 5 时 48 分 46 秒。阳历把一年定为 365 天，所余的时间约每四年积累成一天，加在二月里；农历把一年定为 354 天或 355 天，所余的时间约每三年积累成一个月，加在一年里。这样的方法，在历法上叫作闰。

②律吕：古代用竹管制成的校正乐律的器具，以管的长短来确定音的不同高度。从低音管算起，成奇数的六个管叫作"律"，又叫阳律；成偶数的六个管叫作"吕"，又叫阴律。后来用"律吕"作为音律的统称。

译文 @

寒来暑往，时令循环，秋天收获，冬季储藏。历法以闰余积成闰年，音乐用律吕调节阴阳。乌云升空化作雨，露水遇冷凝为霜。

简评 @

时光的变换，无不遵循着一定的规律；自然的变化，亦是遵循着基本的法则。

相关链接 @

农历：我国曾长期采用的一种阴阳历法，又名"夏历"、"旧历"，民间俗称为"阴历"。辛亥革命后引入公历。因传统历法中关于二十四节气的规定有利于农事，故农村仍照行此历，因而称为农历。

金生丽水①，玉出昆冈②。剑号巨阙③，珠称夜光④。

注释 @

①丽水：即金沙江，相传江中盛产黄金。
②昆冈：即昆仑山，相传山里盛产美玉。

③巨阙：传说春秋时期越王勾践有一口锋利的宝剑，名巨阙。

④夜光：即夜明珠。传说南海鲸鱼的眼珠，在黑夜中能发出光亮。

译文

黄金出产于金沙江底，宝玉生成在昆仑山冈。最有名的宝剑是"巨阙"，最珍贵的明珠叫"夜光"。

简评

中华大地，资源丰厚，物产丰饶。大千世界，无所不包，无奇不有。

相关链接

南阳玉雕：传统玉雕产品，产于河南南阳市。南阳古称宛，向为名玉产地，先秦古籍多有记载。南阳玉雕，历久不衰，工艺精湛，为我国有名玉雕之一。

果珍李柰①，菜重芥②姜。海咸河淡，鳞③潜羽④翔。

注释

①柰：花红果。

②芥：一年或二年生草本植物。种子黄色，有辣味。磨成粉末，叫芥末，用作调味品。芥菜品种很多，形态各异。

③鳞：鱼鳞，此处泛指鱼类。

④羽：羽毛，此处泛指禽类。

译文

水果中珍品是李子和花红，蔬菜中美味数芥菜和生姜。海水咸，河水淡，鱼儿在水中潜游，鸟儿在空中翱翔。

简评

行文至此，从宏观到微观，从自然到物产，环环相扣，层层递进，体现了作者宽广的观察视野和高超的写作手法。

相关链接

神农尝百草：神农是中国神话传说中农业和医学的发明者。传说他整年整月在山野间漫游，从千万种草木中细心观察草木形状，品尝其性味，几乎没有一天不中毒，有一天达七十次之多。此事感动了天帝，天帝送给他一条赭色的神鞭，只要用神鞭鞭打一下草木，鞭上即刻呈现出颜色而知其药性。

龙师①火帝②，鸟官③人皇④。始制⑤文字，乃服衣裳。

注释

①龙师：伏羲氏以龙命官，称为"龙师"。

②火帝：即钻木取火的燧人氏。

③鸟官：少昊氏以鸟命官，称为"鸟官"。

④人皇：古代传说中的帝王，通常称伏羲、燧人、神农为三皇，或者称天皇、地皇、人皇。

⑤始：初，开始。制：造。

译文

龙师、火帝与鸟官，天皇、地皇和人皇。苍颉造文字，嫘祖制服装。

简评

"人猿相揖别，只几个石头磨过。"自然滋养着人类，自然催生着人类，自然创造着人类。人类的演进遵循着自然规律进行，出现了国家，出现了统治者，出现了文字。人类也告别了茹毛饮血的历史，告别了作为自在物的历史。

相关链接

苍颉造字：传说黄帝的史官苍颉相貌奇异，长着四只眼睛，通过观察鸟兽足迹和体形来造字。

推位①让国，有虞②陶唐③。吊民伐罪④，周发⑤殷汤⑥。

注释

①推位：禅让之意。

②有虞：上古传说中的舜帝。

③陶唐：上古传说中的尧帝。

④吊民伐罪：慰问受苦的民众，讨伐有罪的统治者。

⑤周发：即周武王姬发。

⑥殷汤：商朝的建立者。

译文

禅让王位的贤人，要数有虞和陶唐。抚慰百姓讨伐罪孽，典范便是姬发和殷汤。

简评

禅让是流传亘久的神话，伐暴却是文字记载的历史。

相关链接

尧天舜日：旧时形容政治清明的太平盛世。

坐朝问道，垂拱①平章②。爱育黎首③，臣伏戎羌④。遐⑤迩⑥一体，率宾归王⑦。

注释

①垂拱：垂衣拱手。古时多指统治者以无所作为、顺其自然的方式统治天下。

②平章：商量处理国事。

③黎首：百姓。

④戎羌：泛指古代少数民族。

⑤遐：远。

⑥迩：近。

⑦率宾归王：指土地和人民都统一于某个君王。《诗经》："普天之下，莫非王土；率土之滨，莫非王臣。"

译文

他们端坐于朝垂衣拱手，与臣子把国家大事商量。他们爱护养育百姓，四方各族归附向往。远近地域都实现了统一，万民相率服从于君王。

简评

古代中国统治者有所谓贤君和暴君之分，明君和昏君之别。贤明的统治者之所以贤明，是由于他们遵循自然法则，顺应历史潮流，实施开明政治。在他们的治理下，社会、自然和人群便和谐共生，协调发展。

相关链接

古代对少数民族的称呼：中国古代将东方各族泛称为东夷，西方各族泛称为西戎，南方各族泛称为南蛮，北方各族泛称为北狄。

鸣凤在竹，白驹食场。化被草木，赖及^①万方。

注释

①赖及：传导；波及。

译文

凤凰和鸣于竹林，白驹觅食在草场。君王的道德教化覆盖草木，君王的恩泽德行遍及四方。

简评

古代和谐社会的场景，历代正直的政治家的追求。

相关链接

凤凰：古代传说中的百鸟之王，羽毛美丽，雄的叫凤，雌的叫凰。常用来象征祥瑞。

盖^①此身发，四大^②五常^③。恭^④惟鞠^⑤养，岂敢毁伤。

注释

①盖：发语词，无义。

②四大：古人认为人的身体由地、水、火、风"四大"组成，其中，骨、肉、毛发属地；血液、眼泪属水；体温属火；体内循环属风。

③五常：即仁、义、礼、智、信。

④恭：恭敬。

⑤鞠：抚养；养育。

译文

我们的身体发肤分属"四大"，我们的行为准则必须符合"五常"。父母给予的身体应该爱护，岂能有一丝一毫的毁伤。

简评 @

古人认为，身体发肤受之于父母，不能损伤。这一信条在"仁义"面前便显得苍白无力、微不足道了，因为还有"杀身成仁，舍身取义"一说。

相关链接 @

五禽戏：古代的一种医疗体操，传说由汉代名医华佗总结古代人民健身活动，模仿虎、鹿、熊、猿、鸟等动物的活泼动作，编创而成，用以活动筋骨，疏通气血，增强体质，防治疾病。

女慕①贞洁，男效②才良。知过必改，得③能④莫忘。

注释 @

①慕：向往。

②效：效仿。

③得：获得；获取。

④能：能力；知识。

译文 @

女子要仰慕贞洁纯净的情操，男人要效法德才兼备的贤良。知道过错必须改正，学习知识不应轻忘。

简评 @

古希腊神庙的门楣上刻着一行大字："认识你自己。"这反映了古希腊人对自身的理性思考，说明人要认识自己并不是一件轻而易举的事情。由此可知，人要认识到自己的错误不容易，认识到自己的错误要将其改正更不容易，它需要良知和勇气。

相关链接 ◎

周处改过：西晋人周处，少年时顽劣无比，常做出一些危害乡邻的事情。大家把他与山中的猛虎和水中的蛟龙并提，称之为"三害"。周处知道后，十分难受，便上山入水，经过一番激烈搏斗，他先后杀死猛虎和蛟龙。乡亲们以为在搏斗中周处也一起丧生了，拍手称快。周处见状，伤心地离开了家乡。后来，他得到名士陆云的指点，发愤读书，注重修养，终于成为一个文武兼备、品行高尚的人。

罔①谈彼短，靡②恃己长。信③使可覆④，器⑤欲难量。

注释 ◎

①罔：不要。

②靡：无；没有。

③信：诚实；守信。

④覆：审查；考察。

⑤器：器量。

译文 ◎

切莫背后议论别人的短缺，不要仗恃自己的优长。诚实守信方能经受时间考验，器量大度别人就难以度量。

简评 ◎

古人有"一诺千金"之说，现代社会尤应倡导诚信。

相关链接 ◎

商鞅重诺：商鞅在推行变法之前，命人把一根长的木头放在都城南门，下令说："谁把木头背到北门，赏黄金十两。"老百姓惊疑不定，商鞅再次提高赏金。一个小伙子出于好奇，便将木头扛到了北门，结果他如数地获得了赏金。商鞅此举提高了人民对政府的信任度，其后来的变法措施也得到了大多数人的支持。

墨①悲丝染，诗赞羔羊。景行②维贤，克念③作圣。

注释 ◎

①墨：墨子。

②景行：景仰。

③克念：克制私欲。

译文 ◎

墨子叹息易染的蚕丝，《诗经》赞美洁白的羔羊。效仿景仰贤者的言行，克制私欲使自己成为圣人。

简评 ◎

要成为圣贤，就要洁身自好，克制私欲，不使贪欲玷污自己的清白。

相关链接 ◎

柴杰拒色：柴杰，明朝蕲人，字廷俊，明英宗天顺年间举人。一次，柴杰进京办事，夜里遇上一位船夫哭泣，欲投水寻死。柴杰上前询问，方知是为繁重的租税所迫。柴杰当即解囊相助。第二年，柴杰返乡途中，又遇上这位船夫。为答谢柴杰义举，船夫将自己的妻子精心打扮一番，于当夜送入柴杰房间。柴杰正色不为所动，令其退出。

德建^①名立^②，形^③端表^④正。空^⑤谷传声，虚^⑥堂习听。

注释

①建：养成。

②立：树立。

③形：形状；形体。此处指动作体态。

④表：外面；外表。此处指仪表风度。

⑤空：空旷。

⑥虚：宽敞。

译文

养成好的道德，树立好的名声，体态端庄，仪表庄重。空旷的山谷声音可以传得很远，宽敞的厅堂说话也能荡起回声。

简评

古人非常看重道德的重要性，例如我们所熟知的对读书人应有的作为所做的界定："修身、齐家、治国、平天下"，在这一递进关系中，"修身"位居第一位，大抵是认为，不具备良好的道德品行，一切都无从谈起。此节列举了一系列做人立身必须具备的良好道德品行，诸如爱惜身体、贞洁纯净、知错必改、读书学习、杜绝是非、诚实守信、宽宏大度、见贤思齐、克己待人、举止庄重等，说明君主以仁德治理天下，众生亦应以仁德修炼自己；说明良好的道德修养不仅可以完善自我，而且能够光大自我，得以扬名天下。

相关链接

步骘高节：步骘，三国时期吴淮阴人，字子山。东汉末年，步骘避居江东，白天种瓜自给，夜晚寒窗苦读，博研道艺，无不贯通。后辅佐孙权，多有功绩，虽贵为丞相，家中摆设却一如读书人。步骘威望很高，喜怒不形于色，而内外肃然。

祸因恶积，福缘善庆。尺璧非宝，寸阴是竞①。

注释

①竞：争。

译文

祸害是因为多次作恶积累而成，福分是由于常年行善的结果。一尺之璧玉不算宝贵，一寸之光阴值得珍惜。

简评

"祸因恶积，福缘善庆"两句是告诫人们"不以善小而不为，不以恶小而为之"，强调行善弃恶的必要性和紧迫性。"尺璧非宝，寸阴是竞"两句是告诫人们珍惜分分秒秒的宝贵时光，因为只有它是一旦逝去永远不会再得之物。

相关链接

好人好报：巢帝阁，明朝人。有一天，他在路旁拾到若干金子，于是他坐在原处足足等了一天，最后将金子归还给了失主，这时，天已很晚。归途中，忽临高崖。他所骑的驴子受惊之余，载着他狂奔，不一会儿，高崖崩塌，巢帝阁得以幸免。众人说这是好人好报。

资①父事君，曰严②与敬。孝当竭力，忠则尽命。

注释

①资：资助；帮助。

②严：敬畏。

译文

供养父母侍奉君主，必须认真恭敬。尽孝当竭尽全力，尽忠应不惜生命。

简评

中国古代传统道德观一直倡导积善积德，尽忠尽孝，有其合理的因素。善与美的理念增多，恶与丑的成分就会减少，一个在家不孝敬父母的人，也很难设想他步入社会后会忠于国家。

相关链接

栾成报君：栾成，春秋时期晋国人，辅佐翼侯。武公攻打翼，杀死哀侯。武公对栾成说，你如归顺我，便拜你为上卿。栾成拒绝，说，报生以死，报赐以力，人之道也。侍候君主有贰心，你还要用吗？于是，栾成挺剑上前，终被杀害。

临深履薄①，夙②兴③温④清⑤。似兰斯⑥馨⑦，如松之盛。川流不息，渊澄⑧取映⑨。

注释

①临深履薄：临深渊，履薄冰。

②夙：早。

③兴：起。

④温：温暖。

⑤清：清凉。

⑥斯：这；此。

⑦馨：散布得很远的香气。

⑧澄：清澈。

⑨映：照。

译文

侍奉君主要像临深渊履薄冰时那样小心谨慎，奉养父母则应注意冬暖夏凉，嘘寒问暖，使之感受亲情。这样的品德才像兰花一样馨香，像松柏一般茂盛，像江河水川流不息地流淌，似碧潭水清亮澄澈地照映。

简评

奉养父母固然要小心谨慎，克尽孝道，如果以此道侍奉君主，则培养出的是奴性。

相关链接

赖禄孙护母：赖禄孙，明朝宁化人。元仁宗延祐年间，江西强盗盛行。禄孙背着母亲携着妻儿躲进山中。强盗追进山里，禄孙守着母亲不愿逃走。强盗要杀其母，禄孙以身体挡住母亲说，宁杀我，勿伤我母。当时，其母口渴，禄孙用自己的唾液注入其母口中。强盗见状，不忍加害。有强盗欲抢掠禄孙妻子，众强盗谴责说，为何要侮辱孝子的妻子呢？于是，强盗便放过了禄孙一家。

容①止②若思，言辞安定。笃③初诚美，慎终宜令④。荣业⑤所基，籍⑥甚⑦无竟⑧。

注释

①容：容貌。

②止：举止。

③笃：厚；忠实。

④令：美好。

⑤荣业：光耀事业。

⑥籍：名声；声誉。

⑦甚：很；极。

⑧竟：停止。

译文

行为要端正安详，言辞要从容沉静。专注创造良好的开始诚然必要，谨慎追求完美的结果尤应注重。孝成而德备是终身事业的基础，声誉日隆绵延无尽。

简评

这里讲述的是品行与事业的关系。在品行上追求尽善尽美的人，其事业也可以做得有声有色。

相关链接

郭子仪善始善终：郭子仪在平定安史之乱过程中立下大功，朝廷累次为其加官进爵，但遭到奸佞小人的嫉恨，多次构陷，企图加害于他。郭子仪为人颇有远见，该疏放时疏放，该谨慎时谨慎，最后得以善终。时人评价他"权倾天下而朝廷不忌，功盖一世而主上不疑，侈尽人欲而议者不贬"。

学优登仕，摄①职从政。存以甘棠②，去而益③咏。

注释

①摄：执掌；治理。引申为做官。

②甘棠：传说西周周公召南巡途中曾在甘棠树下理政，其品行风度让当地百姓深受感染。在周公召离去后，当地人民一直保留着这棵甘棠

树，并创作《甘棠》诗吟咏他，以纪念其人其德。

③益：增；更加。

译文

学问做好了就可走上仕途，谋取职位参与政事为国效命。要学周公召甘棠树下理政，他离开后人们还作歌长久吟咏。

简评

学问好是为了服务人民，报效国家，单纯的学而优则仕不可取。

相关链接

百姓挽留退休官：桂伯谅，明朝慈谿人，字守诚。明武宗正德年间举人，任龙泉知县，颇有政绩，后升为铜仁知府。退休时，老百姓拥在道旁，哭泣挽留。

乐殊①贵贱，礼别②尊卑。上和下睦，夫唱妇随。

注释

①殊：不同；差异。

②别：区分；区别。

译文

音乐划分贵贱，礼仪区别尊卑。在上者和在下者要和睦相处，丈夫和妻子之间要和谐相随。

简评

必要的礼仪礼节应该遵循，但不能将其极端化。极端化的结果是破坏公平，让一部分人的尊严和快乐建立在另一部分人的屈辱和痛苦之上。

相关链接 ◎

五声：中国古代音乐术语。即五声音阶中宫、商、角、徵、羽五个音级，其中各相邻两音间的音程，除角与徵、羽与宫（高八度的宫）之间为小三度外，其余均为大二度。我国有几种传统音阶形式，但无论哪种形式，其中都包含这五个音阶。

外受傅①训，入奉母仪②。诸姑伯叔，犹子比儿。

注释 ◎

①傅：负责教导或传授技艺的人，此处指老师。

②仪：礼节；礼仪；规范。

译文 ◎

在外虚心接受老师教诲，在家恭谨遵从母亲家训。姑母伯父叔父都是长辈，要尊敬爱戴如同他们的亲生儿女。

简评 ◎

有良好品行的人都是表里如一，内外如一，长幼如一，亲疏如一。

相关链接 ◎

景华尊母：明朝有一个叫庞景华的人，九岁时父亲去世。他根据母亲的训导勤勉读书，出入均接受母亲训示。母亲生病，他割下自己大腿的肉为母亲补充营养。邻家失火，即将危及庞家，景华抱着老母号哭，大火遂灭。母亲去世后，景华结庐于母亲墓前。有前来盗墓者，听到他的哭声，赶忙逃走了。

孔①怀②兄弟，同气③连枝。交友投分④，切磨⑤箴规⑥。

注释

①孔：大；很。

②怀：爱戴；爱护。

③同气：气类相投。

④投分：情分相投。

⑤切磨：切磋砥砺之意。

⑥箴规：规劝。

译文

兄弟姐妹同出父母一脉，要相亲相爱如同相连的树枝。结交朋友要注重情投意合，学习上相互切磋，品行上相互勉励。

简评

"近朱者赤，近墨者黑"，交友不可不慎。

相关链接

管宁割席：三国时期，管宁与华歆一起读书。一天，管宁与华歆一起锄草，华歆在泥土中挖出一块金子，惊叫一声，拾起金子反复把玩，管宁连眼也没抬。华歆心中有愧，只好把金子扔掉。又有一次，两人正在学习，外边有富贵人家的车马驶过，华歆放下书本，起身观看，脸上流露出羡慕的神情。管宁觉得华歆与自己不是同道，便将两人共坐的竹席从中割开，以示决裂。

仁慈隐①恻②，造次③弗离。节义廉退④，颠沛⑤匪亏⑥。

注释

①隐：怜悯。

②恻：悲伤。

③造次：匆忙；仓促。

④退：谦让之意。

⑤颠沛：穷困；受挫折。

⑥亏：欠缺；短少。此处指丧失。

译文

常怀仁慈恻隐之心，即便遇到危难都不放弃；常守节义廉退之德，即便颠沛流离也不丧失。

简评

坚持立场，坚持操守，就要做到富贵不能淫，贫贱不能移，威武不能屈。

相关链接

司玠义不屈贼：明朝人司玠，幼时即怀节操。二十岁时，司玠被强盗抓获，强盗见他有文化，拟让他做文书。司玠宁死不从，最后被杀害。

性静情逸，心动神疲。守真①志满，逐物意移。坚持雅②操③，好爵④自縻⑤。

注释

①真：人之纯洁性情。

②雅：高尚；完美。

③操：操守。

④爵：爵位，此处指职位。

⑤縻：系住。

译文 ◎

心性平静，情绪便安逸自在；心性躁动，精神就紧张疲惫。保持纯洁性情内心就充实满足，追逐物欲享受意志便改变转移。坚持高尚情操，好的职位就会属于自己。

简评 ◎

做官首先是做人。要做好官，首先要做好人。做人要学会处理各种社会关系。本节从礼节规则入手，谆谆告诫如何处理尊卑之间、夫妻之间、长幼之间、兄弟姐妹之间、朋友之间的关系，倡导以好的品格、好的节操、好的心性、好的意志来塑造自我、完善自我，从一个侧面反映出封建社会里正直的士大夫的追求。

相关链接 ◎

林则徐制怒：1839 年，林则徐奉命前往广州禁烟。因为是初次与洋人打交道，林则徐阅读了当时所能见到的介绍西洋风俗民情的书籍，并且提醒自己一定要克服鲁莽急躁情绪，为此，他专门写了一幅条幅挂在府中的墙上，上书"制怒"两个大字。

都邑①华夏，东西二京②。背邙③面④洛⑤，浮⑥渭⑦据⑧泾⑨。

注释 ◎

①都邑：都城。

②东西二京：汉高祖刘邦建都于长安，史称西京；汉光武帝刘秀建都洛阳，史称东京。

③邙：北邙山，位于河南洛阳北。

④面：面临；面向。

⑤洛：洛河，发源于陕西，流入河南。

⑥浮：跨。

⑦渭：渭河，发源于甘肃，经陕西流入黄河。

⑧据：依傍。

⑨泾：泾河，发源于宁夏，流入陕西。

译文 ◎

华夏有京城，东京和西京。洛阳背靠北邙，前临洛河，长安左跨渭河，右傍泾水。

简评 ◎

都城是城市制度的最高形式，也是一个国家政治、经济和文化的中心。封建社会的中国都城，其设计理念追求"天人合一"的境界，其建造工艺极尽豪华铺张，主要目的还是用于体现皇权的至高无上、王朝的长治久安和天子的庄重威严。但古代中国的建筑，包括都城宫殿，多半毁于战火。秦毁于项羽，西汉毁于长安军民和赤眉军，东汉毁于董卓，这种结局，恐怕不是宫殿的建造者和享用者所能料到的。具有讽刺意味的是，尽管殷鉴在前，但后继者仍然乐此不疲地建造新的更加恢宏华丽的宫殿。诚所谓"秦人不暇自哀，而后人哀之；后人哀之而不鉴之，亦使后人而复哀后人也"。

相关链接 ◎

六大古都：北京、西安、洛阳、开封、南京、杭州是我国历史上建都朝代最多、时间最长的六座城市，通称"六大古都"。

宫殿盘郁①，楼观②飞惊。图写禽兽，画彩仙灵。

注释

①盘：弯曲。郁：茂盛。

②观：楼台之类。

译文

宫殿重重叠叠，曲折盘旋，楼阁高耸欲飞，让人心惊。上面绘着飞禽走兽，彩画着仙人神灵。

简评

中国帝王宫殿的特色，似乎要把天下全搬进其中。

相关链接

故宫：旧称紫禁城，明永乐十八年建成，为明清两朝皇宫，位于北京市中心。故宫有房屋九千余间，建筑面积约十五万平方米，占地七十二万余平方米，周围宫墙长约三公里，墙外环绕着宽达五十二米的护城河，整体为长方形，南北长九百余米，东西宽七百余米。内有太和殿、中和殿、保和殿、文渊阁、武英殿、乾清宫、交泰殿、坤宁宫、养心殿、储秀宫、万春亭、绛云轩等建筑。故宫是我国保存最完整的古建筑群，其气势之雄伟、装饰之辉煌，充分显示了我国古代匠师的高超技艺和创造才能。

丙舍①傍启，甲帐②对楹③。肆④筵设席，鼓瑟吹笙。升阶纳陛⑤，弁⑥转疑星。

注释

①丙舍：宫廷中的配殿。

②甲帐：最好的帐幕。

③楹：堂屋前部的柱子。

④肆：铺陈之意。

⑤陛：殿前台阶。

⑥弁：古代男子戴的帽子，此处指官帽。

译文

正殿两侧大门开启，珍珠宝玉装饰柱楹。美味佳肴布满筵席，鼓瑟吹笙庆祝升平。文武百官沿着台阶步入殿堂，官帽晃动像漫天的繁星。

简评

极言装饰之美，宴会之盛，官员之多。

相关链接

古代官服的颜色：官服分颜色，从唐朝开始。三品以上着紫袍，佩金鱼袋；五品以上着绯袍，佩银鱼袋；六品以下绿袍，无鱼袋。官员有职位高而品级低的，仍按照原品服色。

右通广内①，左达承明②。既集坟典③，亦聚群英。

注释

①广内：汉宫殿名，主要用于藏书，后泛指帝王的图书库。

②承明：汉宫殿名，为朝臣休息的地方。

③坟典：即《三坟》、《五典》，传说中的古书名，其中，《三坟》记三皇之事，《五典》记五帝之事。此处泛指各种书籍。

译文

宫殿两侧可通两座大殿，右边名广内，左边为承明。既收藏着很多典籍名著，也汇聚了众多雄才精英。

简评

清明的朝代必定是人才济济，人文荟萃，学术昌盛，文化繁荣。

相关链接

清代七大藏书阁：北京的文渊阁和文源阁，承德避暑山庄的文津阁，沈阳的文溯阁，镇江金山寺内的文宗阁，扬州的文汇阁，杭州的文澜阁。这七座藏书阁，是珍藏《四库全书》的书库。

杜①稿钟②隶，漆书③壁经④。府罗⑤将相，路侠⑥槐卿⑦。

注释

①杜：指后汉书法家杜度，善草书。

②钟：三国时魏书法家钟繇，善隶书。

③漆书：以漆书字于竹简之上。

④壁经：传说秦始皇焚书时，孔子八世孙孔腾将《书经》藏于壁中。到了汉代，鲁共王在孔子旧宅中寻得，这就是《古文尚书》。漆书、壁经在这里泛指书籍之多。

⑤罗：排列；罗列。

⑥侠：通"夹"字。

⑦槐卿：周朝时，在宫廷外面种植三槐九棘，公卿大夫分立其下，正面三槐为三公，两侧九棘为卿大夫。槐卿在此处泛指大臣。

译文

这里珍藏着杜度的草书、钟繇的隶书，还有漆书的竹简和孔子旧宅中的经文。宫廷里将相们排列成行，出行时大臣们夹道送行。

简评

书法是中国特有的艺术，富于造型美和抒情美，被称为"无声之音，无形之相"，钟繇取诸家之长，能写隶、楷、行、草诸体，尤以楷书绝妙。

中国书法：我国特有的用毛笔书写汉字的艺术。主要讲究执笔和运笔的方法，笔画的变化和结构的匀称，章法布局的和谐统一，艺术风格的优异和特色，以及文字内容的丰富和含蕴。

户封八县，家给千兵。高冠陪辇^①，驱毂^②振^③缨^④。

注释 ◎

①辇：皇帝乘坐的车子，此处代指皇帝。
②毂：车轮，此处代指车辆。
③振：动。
④缨：系帽的带子。

译文 ◎

皇上封赏每人八县的土地，并且配给成千的士兵。官员们头戴高高的官帽陪着皇帝出巡，驱动车马飞奔，帽带随风飘动。

简评 ◎

都城作为首善之区，不仅仅是豪华壮丽，而且还是群英汇聚、文化荟萃之地。同时，烦琐的礼仪、铺张的出行、奢侈的生活随处可见。官员们有如此丰厚的待遇，有如此威风的排场，难怪古代人要拼命挤上仕途，千军万马过独木桥。

相关链接 ◎

县：战国以来的地方行政区划名。秦统一以后，确立郡县制，县隶属于郡，郡县的长官都由朝廷任免。这样，县的建制自战国以来，历秦、汉、隋、唐直到明、清各代不变。

世①禄侈富，车驾②肥轻。策③功茂④实，勒⑤碑刻铭⑥。

注释

①世：世袭。

②驾：此处代指马。

③策：谋划。

④茂：茂盛。

⑤勒：刻。

⑥铭：刻在器物上歌功颂德的文字。

译文

他们的子孙世袭俸禄，生活奢侈，出门时轻车肥马。他们为国家出谋划策，功勋卓著，石碑和器物上的铭刻，称诵着他们的功绩。

简评

有功之臣当然值得歌功颂德，但纪念碑不如老百姓的口碑。

相关链接

凌烟阁：唐太宗即位后，专门修建了一座楼阁，里边张挂着开国功臣的画像。唐太宗也是中国古代少见的不杀戮功臣的君主之一。

磻溪①伊尹②，佐时阿衡③。奄④宅⑤曲阜，微⑥旦⑦孰营。

注释

①磻溪：故址在今陕西省宝鸡县东南，传说中姜太公吕尚钓鱼处。周文王在磻溪与姜太公相遇，聘其为军师。后来姜太公帮助周武王灭掉商朝。磻溪在这里代指姜太公。

②伊尹：商汤王宰相。

③阿衡：商朝官名。阿意为倚，衡意为平。

④奄：取得。

⑤宅：居住。

⑥微：没有。

⑦旦：周公旦。

译文

姜子牙与伊尹，都是辅佐君主匡时济世的一代名臣。封地曲阜，如果没有周公旦有谁能把鲁国来经营？

简评

姜尚、伊尹和周公，都相传是人臣中的大贤。他们用自己的智慧辅佐君主而扬名万世，君主亦以自己的英明任用他们而成就大业。君臣互动，缺一不可。

相关链接

伊尹见商汤：夏朝末年，君主夏桀昏庸无道，民怨沸腾。商部落首领汤决心顺天应人，推翻腐朽残暴的现政权。于是礼贤下士，广纳人才。伊尹装扮成奴隶，随着商汤所娶新妇进入商汤府中。商汤见伊尹谈吐举止与常人有异，暗自称奇，便与他交谈，结果发现伊尹志存高远，是一个匡时济世之才。商汤将其引为知己，开始重用他。

桓公①匡合②，济③若④扶⑤倾。绮⑥回汉惠⑦，说⑧感武丁⑨。

注释

①桓公：春秋时期齐国君主，春秋五霸之一。

②匡合：匡，匡正，帮助。合，指汇合诸侯。

③济：接济，救援。

④若：同"弱"。

⑤扶：扶持，扶助。

⑥绮：即汉初高士绮里季。秦末天下大乱，绮里季与东园公、夏黄公和用里先生等三位老人避乱于商山，称"商山四皓"。汉高祖曾想废掉太子，张良请来"商山四皓"游说，使汉高祖最终打消了废太子的念头。

⑦汉惠：指汉惠帝，即前文所述汉高祖曾经想废的太子，他于汉高祖死后即位。

⑧说：商朝武丁时期贤相傅说。传说他隐居在傅岩，武丁梦上帝赐予贤相，醒来后将梦中所见绘成图画，最后找到在山中采石的傅说，遂拜为相。在傅说的辅佐下，商朝得以中兴。

⑨武丁：商朝君主。

译文 ◎

齐桓公九次会合诸侯，帮助弱小诸侯国使其免遭灭顶。绮里季挽回了汉惠帝的王位，傅说以治国才能感动武丁。

简评 ◎

大多数君主只知恃强凌弱，齐桓公抗强扶弱，难能可贵。

相关链接 ◎

齐桓公起用管仲：管仲与鲍叔牙，分别是春秋时期齐国两位公子的智囊。管仲辅佐公子纠，鲍叔牙辅佐公子小白。在一场抢夺王位的较量中，管仲曾用箭射伤了公子小白。公子小白登上王位，是为齐桓公。齐桓公听从鲍叔牙劝告，不计前嫌，拜管仲为相。在管仲辅佐下，齐桓公终成一代霸主。

俊乂①密勿②，多士寔③宁④。晋楚更⑤霸，赵魏困横⑥。

注释

①俊乂：泛指德才兼备之人。古人以在千人之上的英才为俊，百人之上的英才为乂。

②密勿：勤勉之意。

③寔：通"是"。

④宁：安定；安宁。

⑤更：更替；交替。

⑥横：连横。战国时期，苏秦游说六国（赵、魏、韩、齐、楚、燕）合纵以抗秦，后来张仪则游说六国以事秦。

译文

英才勤勉工作是国家的福气，正是他们使国家获得安宁。晋楚两国相继称霸，赵魏两国先后受困于连横。

简评

在中国古代，如果没有一个好的君主，有杰出的人才也无济于事。这种事实使人们把国家的兴衰寄托在一人身上，这其实是很危险、很脆弱的。

相关链接

晋文公称霸：晋文公，名重耳。由于晋国宫廷争权夺利，流血事件一再发生，重耳为避祸，流亡国外达十九年之久。后在秦国的帮助下，回国即位，时年六十二岁，是为晋文公。晋文公执掌大权之后，在狐偃、赵衰等人辅佐下，推行了一系列积极的经济措施和用人政策，结束了动荡多年的政局，使"政平民阜，财用不匮"，创造了从事霸业活动的条件。通过扶助周襄王和对楚国发动的城濮之战，晋文公确立了自己的霸主地位。

假途灭虢①，践土会盟②。何③遵约法④，韩⑤弊烦刑。

注释 ◎

①假途灭虢：春秋时期，晋献公欲伐虢国，途中需经过虞国，晋献公用谋臣荀息之计，以宝玉、宝马买通了虞国国君，晋军得以通过虞国。灭掉虢国后，晋军在回师途中又灭掉虞国。

②践土会盟：践土，地名，在今河南省开封市附近。春秋时期，晋文公于城濮之战击败楚军后，在践土会合各国诸侯，相约效命于周王室。

③何：汉高祖时期丞相萧何。

④约法：秦末，刘邦在攻入咸阳后，与父老约法三章，"杀人者死，伤人及盗抵罪。"

⑤韩：战国时期思想家韩非。

译文 ◎

晋献公向虞国借路讨伐虢国，晋文公在践土地方会盟诸侯，为周王室效命。萧何遵循高祖的约法三章，成功治理，韩非主张苛酷刑法，自己却在严刑中丧命。

简评 ◎

假途灭虢的故事告诉我们，决不可贪图眼前的小利而丢了根本。

相关链接 ◎

韩非（约前280—前233）：战国末期思想家、政治家，出身于韩国贵族世家，曾多次上书韩王，建议变法图强，一直未被采纳。秦王嬴政曾读到韩非的文章，大为赞赏，适逢韩非同学李斯正辅佐嬴政，于是促成韩非来到秦国，但不久即被胸怀狭隘的李斯所害。韩非是法家学说的集大成者，其法治理论和政治主张大都为秦始皇所采用，并对后世封建专制主义产生了深远的影响。

起^①翦^②颇^③牧^④，用军最精。宣威沙漠，驰^⑤誉丹青^⑥。

注释

①起：战国时期秦国名将白起。

②翦：战国时期秦国名将王翦。

③颇：战国时期赵国名将廉颇。

④牧：战国时期赵国名将李牧。

⑤驰：传播。

⑥丹青：红色或青色的颜色，借指绘画；史册，史籍。

译文

　　白起、王翦、廉颇和李牧，带兵有方，用兵如神。他们的声威远播沙漠，他们的英名史册永存。

简评

　　贤臣良将的辅佐，是国家得以安宁稳定的保证，所以中国历史上便有盛世；奸臣庸将的充塞，则是国家动乱衰亡的祸根，所以中国历史上便有乱世。而选贤臣良将还是用奸臣庸将，主要取决于没有任何监督机制可以约束的皇帝，如果皇帝英明，如唐太宗，则社稷幸甚，百姓幸甚；如果皇帝昏昧，如秦二世，则国家遭殃，百姓遭殃。这样，皇帝的个人品质和才干就显得分外重要。

相关链接

　　廉颇老矣，尚能饭否：廉颇，战国时期赵国名将，晚年为奸人谗害，出奔魏国。后赵国有难，派使臣前往魏国探询，试图再请回廉颇为国效力。使臣收受了奸人贿赂，回复赵王说："廉将军虽老，饭量还可以。但是与我一起聊天时，工夫不长，曾起身三次去拉屎。"赵王认为廉颇确实老了，因此不再召用。

高冠陪輦 驅轂振纓 世祿侈富 車駕肥輕 策功茂實 勒碑刻銘
磻溪伊尹 佐時阿衡 奄宅曲阜 微旦孰營 桓公匡合 濟弱扶傾
綺迴漢惠 說感武丁 俊乂密勿 多士寔寧 晉楚更霸 趙魏困橫
假途滅虢 踐土會盟 何遵約法 韓弊煩刑 起翦頗牧 用軍最精
宣威沙漠 馳譽丹青 九州禹跡 百郡秦并 嶽宗恒岱 禪主云亭
雁門紫塞 雞田赤城 昆池碣石 鉅野洞庭 曠遠綿邈 巖岫杳冥
治本於農 務茲稼穡 俶載南畝 我藝黍稷 稅熟貢新 勸賞黜陟
孟軻敦素 史魚秉直 庶幾中庸 勞謙謹敕 聆音察理 鑑貌辨色
貽厥嘉猷 勉其祗植 省躬譏誡 寵增抗極 殆辱近恥 林皋幸即
兩疏見機 解組誰逼 索居閑處 沈默寂寥 求古尋論 散慮逍遙
欣奏累遣 慼謝歡招 渠荷的歷 園莽抽條 枇杷晚翠 梧桐早凋
陳根委翳 落葉飄颻 游鵾獨運 凌摩絳霄 耽讀玩市 寓目囊箱
易輶攸畏 屬耳垣牆 具膳餐飯 適口充腸 飽飫烹宰 飢厭糟糠
親戚故舊 老少異糧 妾御績紡 侍巾帷房 紈扇圓潔 銀燭煒煌
晝眠夕寐 藍筍象床 弦歌酒讌 接杯舉觴 矯手頓足 悅豫且康
嫡後嗣續 祭祀蒸嘗 稽顙再拜 悚懼恐惶 箋牒簡要 顧答審詳
骸垢想浴 執熱願涼 驢騾犢特 駭躍超驤 誅斬賊盜 捕獲叛亡
布射僚丸 嵇琴阮嘯 恬筆倫紙 鈞巧任釣 釋紛利俗 並皆佳妙
毛施淑姿 工顰妍笑 年矢每催 曦暉朗曜 璇璣懸斡 晦魄環照
指薪修祜 永綏吉劭 矩步引領 俯仰廊廟 束帶矜莊 徘徊瞻眺
孤陋寡聞 愚蒙等誚 謂語助者 焉哉乎也

嘉靖乙未夏四月二十有九日徵明書

千字文

天地玄黃　宇宙洪荒　日月盈昃　辰宿列張　寒來暑往　秋收冬藏

閏餘成歲　律呂調陽　雲騰致雨　露結為霜　金生麗水　玉出崑岡

劍號巨闕　珠稱夜光　果珍李柰　菜重芥薑　海鹹河淡　鱗潛羽翔

龍師火帝　鳥官人皇　始制文字　乃服衣裳　推位讓國　有虞陶唐

弔民伐罪　周發殷湯　坐朝問道　垂拱平章　愛育黎首　臣伏戎羌

遐邇壹體　率賓歸王　鳴鳳在樹　白駒食場　化被草木　賴及萬方

蓋此身髮　四大五常　恭惟鞠養　豈敢毀傷　女慕貞絜　男效才良

知過必改　得能莫忘　罔談彼短　靡恃己長　信使可覆　器欲難量

墨悲絲染　詩讚羔羊　景行維賢　剋念作聖　德建名立　形端表正

空谷傳聲　虛堂習聽　禍因惡積　福緣善慶　尺璧非寶　寸陰是競

資父事君　曰嚴與敬　孝當竭力　忠則盡命　臨深履薄　夙興溫凊

似蘭斯馨　如松之盛　川流不息　淵澄取映　容止若思　言辭安定

篤初誠美　慎終宜令　榮業所基　籍甚無竟　學優登仕　攝職從政

存以甘棠　去而益詠　樂殊貴賤　禮別尊卑　上和下睦　夫唱婦隨

外受傅訓　入奉母儀　諸姑伯叔　猶子比兒　孔懷兄弟　同氣連枝

交友投分　切磨箴規　仁慈隱惻　造次弗離　節義廉退　顛沛匪虧

性靜情逸　心動神疲　守真志滿　逐物意移　堅持雅操　好爵自縻

都邑華夏　東西二京　背邙面洛　浮渭據涇　宮殿盤鬱　樓觀飛驚

九州①禹迹，百郡②秦并。岳③宗④泰岱⑤，禅⑥主⑦云亭⑧。

注释

①九州：传说中的我国上古行政区划，即冀州、豫州、雍州、扬州、兖州、徐州、梁州、青州、荆州，后用作中国的代称。

②百郡：秦始皇统一中国后，将当时的疆土分为三十六郡，汉朝则进一步分为一百零三郡，此处代指天下。

③岳：五岳，即东岳泰山，西岳华山，南岳衡山，北岳恒山，中岳嵩山。

④宗：尊。

⑤泰岱：即泰山。

⑥禅：封禅。

⑦主：主持。

⑧云亭：云山和亭山，都是泰山之下的小山。

译文

九州遍布大禹的足迹，秦始皇统一天下百郡。五岳之尊为泰山，天子封禅在云亭。

简评

秦始皇统一中国，是他最大的功绩。残暴与雄才大略奇妙地糅合在他的身上，使他成为中国历史上最有争议的君主之一。

相关链接

岱庙：中国古代历代帝王封禅泰山，举行大典的场所。殿宇巍峨，城垣围绕，其形制犹如帝王宫殿。秦代已为祭天基址，汉代已建殿堂，唐代增修，宋代扩建，经金、元、明、清各代修葺，成为我国宫殿式建筑之一。

雁门①紫塞②，鸡田③赤城④。昆池⑤碣石⑥，巨野⑦洞庭⑧。旷⑨远绵邈⑩，岩岫⑪杳⑫冥⑬。

注释

①雁门：雁门关，在今山西代县。

②紫塞：长城的别称。秦始皇筑长城，土色为紫色，故称紫塞。

③鸡田：古代驿站名，在今宁夏灵武县。

④赤城：传说为蚩尤居住之处，在今河北境内。

⑤昆池：即昆明滇池。

⑥碣石：山名，在今河北昌黎县境内。

⑦巨野：湖名，在今山东巨野县，已干涸。

⑧洞庭：湖名，在今湖南省境内。

⑨旷：空而宽阔。

⑩绵邈：遥远苍茫。

⑪岫：山洞；山。

⑫杳：深。

⑬冥：昏暗。

译文

名关有雁门，要塞有长城，驿站有鸡田，奇山有赤城。赏池去滇池，眺海临碣石，观泽奔巨野，看湖下洞庭。苍茫大地辽阔无涯，山峦起伏壮丽幽深。

简评

神州之大，胜迹无数。风光秀丽，历史辉煌，神话奇妙。真是钟灵毓秀，人杰地灵。

相关链接

雁门关：万里长城重要关隘，位于山西代县城西北二十公里雁门山腰。与宁武关、偏头关合称外三关。雁门关重峦叠嶂，霞举云飞，两山对峙，其形如门，形势十分险要，一夫当关，万夫莫开。

治本于农，务资稼穑①。俶②载③南亩④，我艺⑤黍稷⑥。税熟贡新，劝⑦赏黜陟⑧。

注释

①稼穑：种植和收割，泛指农业劳动。
②俶：开始；整理。
③载：从事。
④南亩：出自《诗经·大田》："以我覃耜，俶载南亩。"此处代指田地。
⑤艺：种植。
⑥黍稷：黄米和小米，此处代指百谷。
⑦劝：勉励。
⑧黜陟：官员的降职为黜，升职为陟，此处代指处罚或奖励。

译文

治国之本在于农，稼穑之事须上心。辛勤劳作在农田，黄米小米忙播种。粮食丰收缴新税，官府赏罚最分明。

简评

农耕社会，以粮为本。稼穑艰难，必须全力以赴，"谁知盘中餐，粒粒皆辛苦"。

相关链接

田赋：中国历代按田地征收的田地税。田赋始于春秋时期。历代田赋名称有所不同。从秦汉到魏晋南北朝叫"田租"；后官田的税叫租，私田的叫税；宋朝分作"官田之赋"和"民田之赋"，是官私田统称田赋的开始；元朝到明初，叫粮税；明朝张居正实行"一条鞭法"后，直到新中国成立前，都叫田赋。

孟轲①敦②素③，史鱼④秉⑤直。庶几⑥中庸⑦，劳⑧谦⑨谨敕⑩。

注释

①孟轲：孟子。

②敦：崇尚，纯厚。

③素：纯洁；精纯。

④史鱼：史鰌，字子鱼，春秋末年卫国史官。

⑤秉：秉持。

⑥庶几：差不多。

⑦中庸：不偏不倚。

⑧劳：勤。

⑨谦：谦虚；谦恭。

⑩敕：戒除。

译文

孟子崇尚纯洁，史鱼追求刚直，可算近乎中庸的道理，再加上勤奋谦虚，谨慎自励。

简评

纯洁和刚直，是两种美好的品德。纯洁，是指人应保持人的单纯、天真、笃诚的天性，不应城府满心，心计满腹，尔虞我诈；刚直，是指人应具备刚强、正直的品格，不应心怀胆怯，人云亦云，随波逐流。谦虚谨慎是应该提倡的，处事中庸则不完全可取。

相关链接

仰瞻刚直：明朝人仰瞻，在大理臣任上因得罪太监王振而谪成大同。明代宗景泰初年召为右寺臣，执法更加坚定，在位的很多官员都不喜欢他。仰瞻也懒得搭理那些人，称病归乡了。

聆音察理，鉴貌辨色。贻^①厥^②嘉^③猷^④，勉其祗^⑤植^⑥。

注释 ◎

①贻：遗留；赠送。

②厥：其；他的。

③嘉：善；美好。

④猷：计划；谋划。

⑤祗：恭敬。

⑥植：树立。

译文 ◎

听人说话明辨是非，看人面孔辨析心理。虚心学习他人美好品德，勉励他人谨慎立身处世。

简评 ◎

察言观色，有针对性地去处理生活中遭遇的人和事，也许可以帮助我们把事情和人际关系处理得更好一点。但并不能提倡看别人脸色行事。

相关链接 ◎

观神色：中医用语，望诊内容之一，指观察病人的精神和气色。神是生命活动总的表现，从精神、神态、表情以及面部色泽、目光神采等反映出来。色是色泽，主要指面部色泽，它是脏腑气血的外现，是神的表现，故察色是观神的不可分割的一部分。

省躬讥诫①，宠②增③抗极④。殆辱近耻，林皋⑤幸即⑥。两疏⑦见机⑧，解⑨组⑩谁逼?

注释

①诫：儆戒。

②宠：尊荣；尊贵。

③增：益；更加。

④抗极：抗，高亢，这里指被抬举、重用。极，尽，最终。

⑤皋：水边的高地。

⑥即：就。

⑦两疏：指西汉宣帝时太子太傅疏广，太子少傅疏受，两人均以年老辞位而归。

⑧机：征兆；预兆。

⑨解：解脱。

⑩组：绶；印绶。

译文

听到别人的指责讽刺，要反省自己。受到恩宠过多，被抬举重用过甚，可能会有危险耻辱之事来临，避居山林即可平安度日。疏广疏受预见危险便急流勇退，辞官归隐有谁逼迫?

简评

荣辱得失其实都是身外之物，不必看得过重。头上挂满花环时须谨慎，事业遇到挫折时不要气馁。这就是我们应持的态度。但遭遇危险便躲避，也不是大丈夫所为。

相关链接

范蠡急流勇退：范蠡，春秋时期越国人，在帮助越王勾践完成复国大业后，认为在盛大的名位之下，是难以长久安居的。同时，他也看出勾践的为人，只可以共患难，而难以同安乐。临走前，他写了一封信给文种，说："蜚（飞）鸟尽，良弓藏；狡兔死，走狗烹。"劝说文种离开勾践。文种尚不及逃离，便被勾践赐死。范蠡隐姓埋名，躲过祸患。后定居定陶，并在经商方面取得成就，自称为陶朱公。

索①居闲②处，沉默寂寥③。求④古寻论，散⑤虑⑥逍遥。

注释

①索：萧索；孤独。

②闲：悠闲。

③寂寥：寂静；空旷；清静无为。

④求：寻觅。

⑤散：排解；消散。

⑥虑：思虑；思念。

译文

甘于离群独居，悠闲度日，心境沉默寂静，探求古书中的哲理，寻觅其精辟高论，忧愁消散，乐得自在逍遥。

简评

欲求平静，先得做到心静。否则总是难得自在逍遥。

相关链接

《礼记·大学》：知止而后有定，定而后能静，静而后能安，安而后能虑，虑而后能得。

欣①奏②累③遣④，戚⑤谢⑥欢招。渠⑦荷的历⑧，园莽⑨抽条。枇杷晚翠，梧桐蚤⑩凋。

注释

①欣：欢喜。

②奏：凑；聚集。

③累：操劳；费力。

④遣：打发；消除。

⑤戚：忧郁；忧愁。

⑥谢：辞去；拒绝。

⑦渠：人工开凿的水道，此处指池水。

⑧的历：光亮灿烂的样子。

⑨莽：密生的草。

⑩蚤：通"早"。

译文

高兴的事接踵而来，劳神的事抛到脑后，远离了忧郁，欢欣就在身边围绕。池塘荷花，开得艳丽灿烂；园中草木，竞显鲜嫩枝条。枇杷到了岁末，仍然青翠欲滴；梧桐一逢秋日，便尽失妖娆。

简评

乐观处世，就可化烦心为高兴，化不快为愉快。

相关链接

庄子鼓盆：庄子的妻子死了，惠子前往问候，见庄子敲着瓦盆唱歌。惠子指责说："你的妻子为你照顾家庭，抚养儿女，如今去世，你不仅不悲伤反而敲着瓦盆唱歌。你这样做太过分了！"庄子说："我的妻子死去，我怎么会不悲哀呢？但后来一想，人本来是没有生命，没有形体，甚至连气也没有。在若有若无之间的自然变化中，忽然有了气，气变化而有形体，形体变化而有了生命。现在我的妻子变化去世，就像春夏秋冬一样的自然。她已安息在大自然中，如果我还大哭大闹，那我就不通达自然的命理了。所以我不哭。"

陈根委①翳②，落叶飘摇。游鹍③独运④，凌⑤摩⑥绛⑦霄⑧。

注释

①委：曲折；抛弃。

②翳：遮蔽；树木枯死。

③鹍：同"鲲"，鸟名，鲲鹏，传说中的大鸟。

④运：转动。

⑤凌：升高，在空中。

⑥摩：迫近。

⑦绛：深红色。

⑧霄：云；天空。

译文

树根陈腐，老树倒地，风吹落叶，空中飘摇。鲲鹏在寒风中独往独来，展翅凌空，冲向彩霞密布的九霄。

简评

对于心态平和的人来说，不论是春光灿烂还是秋风萧瑟，都不会影响他的心境。寂寞其实也是一种美，沉浸于寂寞，甘于寂寞，身心得以净化，灵魂得以洗礼，境界得以升华，生活得以丰富。正因如此，在不断升腾着的物质和精神的诱惑面前，现代人在恣意享受的同时，又止不住怀念消逝的田园。这一矛盾心态也许将伴随着城市版图的不断扩大，永远萦绕着人们而挥之不去。

相关链接

陶渊明归隐诗：结庐在人境，而无车马喧。问君何能尔，心远地自偏。采菊东篱下，悠然见南山。山气日夕佳，飞鸟相与还。此中有真意，欲辨已忘言。(《饮酒》)

耽读玩市①，寓目②囊箱。易辋③攸④畏，属⑤耳垣⑥墙。

注释

①耽读玩市：东汉哲学家王充因家贫买不起书，经常在书铺里站着读书，以至于废寝忘食。耽：沉溺；入迷。

②寓目：过目。

③辋：轻。

④攸：所。

⑤属：进。

⑥垣：墙。

译文

读书该像王充那样沉迷，满目都是书袋和书箱。说话谨慎加小心，隔墙有耳应提防。

简评

做什么事都得专心致志，读书也好，说话也好。专心致志，就能集中精力读书，就能把有困难的事情做好。说话小心谨慎，可避开那些隔墙贴耳偷听的人。

相关链接

《论衡》：王充的哲学论著，全书共三十卷，八十五篇，二十多万字。作者以毕生精力，耗时三十多年，才完成这部巨著。《论衡》发挥了古代朴素唯物主义的宇宙观和认识论，批判了"天人感应"说和谶纬迷信，提出了一些进步的历史、社会、政治观点。这部充满了批判精神的唯物主义和无神论著作一问世，就被视为异端，横遭攻击，以至于长期被埋没。

具①膳餐饭，适口充肠。饱饫②烹宰，饥厌③糟糠④。

注释 ◎

①具：备；办。

②饫：饱食；饱足。

③厌：满足。

④糟糠：酒糟、米糠等粗劣食物。

译文 ◎

安排膳食不要十分讲究，适合口味能充饥肠就行。饱时不满足于鱼肉，饥时不嫌弃糟糠。

简评 ◎

这一段把读书和饮食安排在一起叙述，倒也有点意思，大概是因为两者都必须动嘴的缘故罢。但仔细一想，这种搭配似乎还是有深意在，读书是补脑，吃饭是补身，对于人来说，两者都是不可少的。

相关链接 ◎

八大菜系：传统称鲁、川、粤、闽、苏、浙、湘、皖八省的烹饪流派，中国最有影响的著名菜系。

亲戚故旧，老少异粮。妾御^①绩纺^②，侍巾帷房^③。

注释 @

①御：管理；掌管。

②绩纺：绩麻纺纱。

③帷房：指夫妻居住的内室。

译文 @

亲戚故旧盛情来款待，老人小孩食物要不同。侍妾勤勉纺绩，侍候主人。

简评 @

对持家提出的要求，概括来说就是要礼数合适，安排周全，老少相安。

相关链接 @

范成大诗赋田园乐：昼出耘田夜绩麻，村庄儿女各当家。童孙未解供耕织，也傍桑阴学种瓜。（《四时田园杂兴》）

纨扇^①圆洁，银烛炜煌^②。昼眠夕寐，蓝笋^③象床^④。

注释 @

①纨：很细的丝织品；细绢。纨扇，用细绢制成的团扇。

②炜煌：火光炫耀的样子。

③蓝：青色。蓝笋，用青篾编成的竹席。

④象床：用象牙装饰的床。

译文 @

细绢制成的团扇浑圆洁白，银色的烛台灯火辉煌。白日休憩，夜晚安歇，有青篾编成的竹席和象牙镶嵌的寝床。

简评 ◎

仅从这些床上用品看，不由让人想起《红楼梦》当中描述的场景。但这种生活恐怕也只有大户人家才能消受得起。

相关链接 ◎

长信宫灯：汉代铜制宫灯。整座灯具造型为一跪坐宫女双手持灯。灯具由若干活动部件组合而成，灯盘、灯座及宫女右臂都可拆卸，灯罩可以转动开合，以便调节灯光亮度和角度。宫女右臂中空，可以导入灯烟，使室内空气洁净。

弦歌酒宴，接杯举觞①。矫②手顿足，悦豫③且康④。

注释 ◎

①觞：一种酒器。
②矫：高举。
③豫：快乐。
④康：安乐。

译文 ◎

酒宴上弦歌不绝于耳，美酒一觞接一觞。客人兴高采烈手舞足蹈，大家纵情欢乐享受美好时光。

简评 ◎

正是诗仙李白"人生得意须尽欢，莫使金樽空对月"诗句的最好注脚，可与此相对照的是，还有"朱门酒肉臭，路有冻死骨"呢！

相关链接 ◎

古代的酒器：古代盛酒和饮酒的器具有爵、角、觚、觯、觥、卣、盉、方彝、罍、壶、缶、瓿、镳斗、觞、耳杯等。

嫡①后嗣②续，祭祀③烝尝④。稽颡⑤再拜，悚⑥惧恐惶。

注释

①嫡：宗法制度下指家庭的正支（跟"庶"相对）。

②嗣：接续；继承。

③祭祀：旧俗备供品向神佛或祖先行礼，表示崇敬并求保佑。

④烝尝：祭祀之名。秋天祭祀为尝，冬天祭祀为烝。

⑤颡：额；脑门子。稽颡：以额至地。

⑥悚：恐惧。

译文

嫡子继承先祖事业，祭祀大事不能遗忘。以额触地一拜再拜，表达敬意诚惶诚恐。

简评

先祖或养育后人，或开创家族基业，子孙理当常怀感恩之心。

相关链接

家祭：旧时家族内祭祀祖先的礼仪。封建大家族祭礼多在祠堂举行，一般平民家庭则于家中设灵位。祭礼一般在祖先生日、忌日、农历正月初一、冬至等日举行。

笺①牒②简要，顾达③审④详。骸⑤垢⑥想浴，执⑦热愿凉。

注释

①笺：注解；写信或题词用的纸。

②牒：文书或证件；簿册。

③顾达：回答。

④审：详细；审查；知道。

⑤骸：借指身体。

⑥垢：污秽；肮脏。

⑦执：持；拿着。

译文

撰写书信要简明扼要，回答问题要准确周详。身体有了污垢自然想要沐浴，接触发热物体便愿尽快清凉。

简评

简明扼要和准确周详都是对别人的尊重。前者是珍惜别人的时间，后者是重视别人的意愿。

相关链接

古代信件的代称：在中国古代，信件一般称为"书"，还有的称为"简"、"笺"、"牍"、"札"、"素"的。这几种称谓的主要区别在于材质。其中，"简"是竹片，"笺"是小竹片，"牍"是木板，"札"是小木板，"素"是白色的绢。因为古代很长时间还没有纸张，上述材料都可用来写信，故产生了这些代称。

驴骡犊①特②，骇③跃超骧④。诛⑤斩贼盗，捕获叛亡⑥。

注释

①犊：小牛。

②特：公牛。

③骇：惊吓；震惊。

④骧：马奔跑。

⑤诛：杀。

⑥亡：逃跑。

译文

驴子骡子牛犊虽是牲畜，灾祸降临也会奔跑发狂。要使社会安定，家庭安宁，必须诛杀盗贼，捕获叛亡。

简评

以上几节为我们展开一幅欢乐安康的画面，团扇轻摇，觥筹交错，轻歌曼舞，烛光明亮，祭祀先祖，寄托情感。但享受美好时光的同时也要时刻保持警惕，居安必须思危，防患在于未然。

相关链接

十恶：十恶不赦，比喻罪大恶极、不可饶恕的人。"十恶"原指十条大罪，始见于北齐法律，隋、唐两朝正式定名，并写在法典的最前面，其内容包括谋反、谋大逆、谋叛、恶逆、不道、大不敬、不孝、不睦、不义、内乱。

布①射僚②丸，嵇③琴阮④啸。恬⑤笔伦⑥纸，钧⑦巧任⑧钓。

注释

①布：东汉末年名将吕布，擅长射箭。

②僚：春秋时期楚国人熊宜僚，擅长玩弹丸。

③嵇：三国时期魏国文学家嵇康，擅长弹琴。

④阮：三国时期魏国文学家阮籍，专擅长啸。

⑤恬：战国时期秦国名将蒙恬，传说他发明了毛笔。

⑥伦：东汉发明家蔡伦，他发明了造纸术。

⑦钧：三国时期魏国人马钧，他改进了织绫机，制造了指南车、水车，发明了一种攻城用的转轮式发石机。

⑧任：任公子，传说中的人物，擅长钓大鱼。事见《庄子》。

译文

吕布擅长射箭，宜僚长于弹丸，嵇康精于弹琴，阮籍专擅长啸。蒙恬创造毛笔，蔡伦发明纸张，马钧制指南车，任公子钓术高。

简评

基本技能，也是安身立命之本。中国古代科技具有强烈的实用性，出现了很多发明家，造纸术是我国四大发明之一，蔡伦造的纸，是世界上最初经过一定工序制成的纸张。马钧巧思绝世，是一个发明天才，可惜未得重用。

相关链接

辕门射戟：袁术派手下大将纪灵率部攻击驻扎在小沛的刘备。小沛是一座小城，刘备粮少兵寡，只得向吕布求救。吕布率军到两军阵前，邀纪灵饮酒。席间，吕布说："刘备是我的干兄弟，现在被你们所围困，所以我特地来帮他。我这个人，不喜欢交兵，而喜欢解兵。"随后，他叫人把他自己的武器——方天画戟插在辕门前的地上，说："大家看我射戟，如果射中了，大家就罢兵吧。"吕布张弓搭箭，一箭命中。于是，纪灵撤兵，刘备之危获解。

释①纷利俗②，并皆佳妙。毛③施④淑⑤姿，工⑥颦⑦妍⑧笑。

注释

①释：消除。
②俗：大众的。
③毛：战国时期美女毛嫱。
④施：春秋时期越国美女西施。
⑤淑：温和善良；美好。

⑥工：长于；善于。

⑦颦：皱眉。

⑧妍：美丽。

译文

消除纠纷方便大众，受人拥戴为人称道。毛嫱西施姿容美好，即使皱眉亦如娇笑。

简评

为人排忧解难是一件美好的事情，好事做多了就像美女一样，总能给人以美好的印象。

相关链接

东施效颦：西施是春秋时期越国出名的美女。有一次，她的胸口痛，于是，她捂着胸口，皱着眉头，在街上走过。邻居中有一个丑女，名叫东施，看见西施这副模样，觉得很美，便学着西施的样子，也捂着胸口，皱着眉头，从街上走过。没想到大家见了她，纷纷躲避，因为她的样子更难看了。

年矢①每②催，曦③晖④朗曜⑤。璇玑⑥悬斡⑦，晦魄⑧环照。

注释

①矢：箭。

②每：经常。

③曦：指清晨的阳光。

④晖：阳光。

⑤曜：日光；照耀。

⑥璇玑：古代称北斗星的第一颗星至第四颗星。

⑦斡：旋转。

⑧晦：昏暗；不明显；夜晚。晦魄：此处指月亮。

译文

时光如箭催人渐老，只有阳光永远辉耀。北斗高悬旋转不息，月光明暗环球普照。

简评

中华历史，绵远悠长。江山日新，人才辈出。但时光如箭，风流不复，韶华易逝，青春难留。因此，每一个人都应珍惜时间、珍惜青春、珍惜生命，积德行善、怡情养性、求知向学，才能使有限的生命富有意义，使短暂的人生充满收获。这样的生命和人生才具有如同日月星辰般永恒的价值。

相关链接

古人怎样计时：在中国古代，人们最初根据太阳的起落和人兽的活动来计时，如鸡鸣、日入等，后来用地支子、丑、寅、卯、辰、巳、午、未、申、酉、戌、亥，把一天分成十二个时辰，每个时辰相当于现代的两小时。白天靠测量太阳的影子，晚上则用漏壶滴水测时。

指①薪②修祜③，永绥④吉劭⑤。矩步⑥引领，俯仰⑦廊庙⑧。束带矜⑨庄⑩，徘徊瞻眺。

注释

①指：通"旨"，示。
②薪：柴火。
③祜：福。
④绥：安好。

⑤劭：劝勉。

⑥矩：画直角或正方形、矩形用的曲尺。矩步：方步。

⑦俯仰：低头和抬头，此处引申为周旋、应付。

⑧廊庙：此处代指朝廷。

⑨矜：慎重；拘谨。

⑩庄：庄重。

译文

积德行善薪火相传自然修来福分，子孙赖以永远安康吉祥美好。行走从容得体，方可俯仰自如，穿戴端正庄重，才能高瞻远眺。

简评

心中有德，内心自安，行为举止也就从容自如。

相关链接

孔子谈德、学、义、善：子曰："德之不修，学之不讲，闻义不能徙，不善不能改，是吾忧也。"

孤陋寡闻，愚蒙等①诮②。谓语助者，焉哉乎也。

注释

①等：同样。

②诮：责备；讥讽。

译文

孤陋寡闻一如愚昧无知，两者同样受到讥讽嘲笑。焉哉乎也语气助词，我们常用到。

简评

孤陋寡闻与无知只是一种数量上的差异。无知和少知只是不足，而不是过错，最怕半知半解，不懂装懂，好为人师。

相关链接

　　孔子到老仍志在求学：子曰："加我数年，五十以学《易》，可以无大过矣。"（《论语·述而》）